Author
しんこせい
Illustrator
ろこ
1
宮廷魔導師、追放される
無能だと追い出された最巧の魔導師は、部下を引き連れて冒険者クランを始めるようです
JN056128

エルル
アルノード
エンヴィー
マリアベル

サクラ
オウカ

——侯爵家会食にて

宮廷魔導師、追放される

The court wizard was banished.

1

——無能だと追い出された最巧の魔導師は、
部下を引き連れて冒険者クランを始めるようです——

Author
しんこせい
Illustrator
ろこ

The court wizard was banished.

CONTENTS

1

プロローグ

いつものように天領での魔物討伐を終え帰ってくると、兵舎に人だかりができていた。
何事かと思い輪の中へ入っていくと、なんとこの混雑の理由は俺にあるようだ。
なんでも王都からやってきた紋章官からの呼び出しがかかっているらしい。
紋章官というのは、王家の使う王印を管理する立場の宮内職だ。
王と密接な関わりを持っているため、強大な権力を持っている。
そんな人物からの呼び出し――正直なところ、嫌な予感しかしない。
けど追い返すわけにもいかない。
俺もデザント王国の禄《ろく》を食《は》んでいる身だし、王に貴族に取り立ててもらった恩もある。
宮廷魔導師として、王家には敬意を払わないといけないのだ。
「アルノード男爵」
「はっ！」
紋章官は、三十を超えたがっしりとした身体《からだ》つきの男だった。
襟にある紫色の帯は、彼が第二王子の紐《ひも》付きであることを示している。
俺はそんな王家直属の人物を、兵舎の中の応接室に案内することになった。
彼は封書を開くと、その内容を読み上げる。

「軍務大臣エオルデ・フォン・フランツシュミット様からの命令を言い渡す。貴公は本日付で国外追放の刑に処されることとなった。それに伴い宮廷魔導師の資格は剝奪される」

「……理由をお聞きしてもよろしいでしょうか？」

「職務怠慢がその原因だ。卿《けい》は他の宮廷魔導師たちと比べると戦果が挙げられていない」

「――私への命令は天領の防衛です。他国への侵攻や開拓地に棲《す》まう魔物の殲滅《せんめつ》を担当するウルムスたちと同様の水準を求められても不可能なのは、当然のことではないでしょうか？」

宮廷魔導師というのは、魔術師の中でも特に秀でている者たちが、王からの選任を受けることで就くことのできる名誉ある仕事だ。

七人しか任命されることのない非常に狭き門で、なれるだけで自分だけではなくその子孫まで生活に困ることがなくなる。

就任できただけで貴族位が与えられ、貴族位の世襲が認められるようになるからだ。

この場合の優秀さというのは、魔導師としての戦闘能力そのものを指している。

侵略を繰り返し領地を拡《ひろ》げてきたデザント王国では、どれだけ殺傷力の高い魔法が使えるかが重要視される。

俺以外の宮廷魔導師たちは、みんな戦場で派手な成果を示し、その存在感を示し続けていた。

でも俺には、残念ながらそれができない。

与えられた任務が、この東部天領であるバルクスの防衛だからだ。

バルクスには強力な魔物が大量に巣食っているため殲滅というのもなかなか難しく、兵数などの関係もあり開拓は実質不可能。

魔物と生存領域がかち合うこの場所で、魔物たちに領地に踏み込まれないよう防衛することが、宮廷魔導師としての俺の役目。

現状維持をすることを目的としている場所で、華々しい成果なんか出せるはずがない。

「これは王命である！——これ以上の言葉は叛逆《はんぎゃく》とみなし、直ちに爵位を取り消しの上、死罪とするが？」

「……承知致しました」

「——よかろう。ふぅ……わざわざ辺境くんだりまでやってくるほど、私も暇ではないんだがな」

いくら魔法で魔物を倒せたところで、世俗的な権力には逆らえない。

まったくもって納得はできないが……国外追放処分は受け入れなくちゃいけない。

けど、王だって俺がここで手柄を挙げようがないことくらいわかっているはずだ。

……どうにも政治的な臭いがするな。

宮廷魔導師も紋章官と同様に宮内職なので、王宮内の権力闘争とは密接な繋《つな》がりがある。

派閥闘争のような無意味な争いが嫌いなので、俺はいつも中立派だった。

跡目争いをしている王太子と第二王子じゃなく、かわいらしい第二王女殿下プルエラ様の派閥にいたくらいだ。

王位継承権第六位の殿下と仲良くさせてもらっていたのは、彼女が小さい頃に俺の妹分だったレリアにどこか似ていたからだ。まさか血の繋がりがあるとも思えないが、もしレリアが大きくなればこんな風になっているだろうと思えるほどに、良く似た見た目をしているのだ。

特に笑顔がそっくりだったりする。

とまぁ、俺は出世レースとは一歩外れたところで自分の仕事を黙々とこなしてきた。

そんな姿勢が、多分どちらかの陣営に目障りに映ったんだろう。

日和見主義、とでも思われたのかもしれないな。

まぁ官職とおさらばできるというならそれでもいいだろう。

これでも宮廷魔導師になれるくらいには魔法の才能もある。適当に魔道具でも作って魔道雑貨商人にでもなれば、余裕で暮らしていくことくらいはできるからな。

決意を新たにしてから、出発にあたって必要なアイテムをリュック型の『収納袋』に入れていく。

これは空間魔法を付与して自作した魔道具だ。

一見するとただのリュックにしか見えないが、本来の千倍以上の容量がある。

この『収納袋』は空間魔法と付与魔法の才能がある程度ある人間なら、割と簡単に作ることができる。もっともその両方を持っている人間自体がかなり少ないので、生産できる人間はかなり限られているんだけどな。

それにこの『収納袋』は軍需物資扱いのため、流通させていい量も国に厳格に指定されている。

だから国内だと売りに出したりすることはできないんだが……売らずに自分たちで使う分には、いくら持っていても構わない。

実際俺が率いている部隊の奴《やつ》らには、ほとんど無償であげたりもしているし。

この『収納袋』の魔道具において、増やせる収納容量はある程度のところで頭打ちになる。

だが高級な素材や魔力触媒を使えば、更にいくつかの効果を付けることができる。

自分で使う物には自重をせず貴重な素材を大量に使っているため、『重量軽減』や『遅延』なんかの効果がついていたりする。

『遅延』の効果がどれくらい強力なものになっているかはわからないが、少なくとも数年前に入れた生肉は今でも全く問題なく食べられる。

多分内部ではほとんど時間が止まるくらいにはなっているんじゃなかろうか。

サラマンダーの逆鱗《げきりん》からドラゴンゾンビの腐蝕《ふしょく》革《がわ》、ストームパイソンの昂角《こうかく》にユニコーンの糞《ふん》まで、使える物はじゃんじゃんぶち込んだし。

この辺境に来て唯一よかったと思えることは、タダで大量の魔物素材が手に入るところだな。

配下の兵士たち全員に配っても余るくらいの量は手に入ったし。

よかったと言えば、あいつら——第三十五辺境大隊に出会えたことも、その一つだな。

自分のことを慕ってくれるやつらと出会えたことは、人生の中でも、一二を争うくらい素晴らしいことだと思う。

この場所を去ることに少しもの悲しさを感じながらも、淡々と物を入れていく。

多分俺がここで作った『収納袋』は世界トップクラスの代物……だと思う。

最高級品の『収納袋』はほとんど流通しないし、俺はそもそも魔導師に友達がいないから、あくまで推定だけど……。

ちなみに血を一滴垂らし、本人認証をしないと開けない作りにしているので、盗まれても俺以外の誰にも使うことはできない。防犯対策もバッチリというわけだ。

そんな『収納袋』に今まで作ってきた魔道具や装備、ストックしてあった食料なんかを入れていく。

すぐにいっぱいになってしまい、また新たな物を。

全てを収納しきったときには既に十個近い『収納袋』がはちきれそうな状態になってしまっていた。内容量は、リュックのパンパン具合で可視化されるようになっているのでわかりやすい。

そしてそれらの奥には、ここ五年分の防衛任務でため込んできた魔物の素材たちが入った『収納袋』が百個近くある。

いやぁ、自分で言うのもあれだけどよくこれだけの魔物を狩ってきたものだ。

別に持っていってしまっても構わないだろう。

元々素材のうちのある程度を上納すれば、残りは好きにしていいって話だったし。

「――よっこいしょっ！　ふふっ、今の俺に持ちきれないものなどないのだ」

思わず笑みをこぼしながら、机の下の引き出しから目的のブツを取り出した。

新たに現れたのは、兵士が出兵時に背負うサイズの大きなリュックだ。

もちろんこれも『収納袋』なのだが、色々と試していくうちに今まではなかった新たな効果を付けることに成功していた。

貴重な『リッチの冥核』をほとんど全て使うことでようやく完成したこいつに付与されているの

は、『相互魔力場を中和し、包括する新たな魔力場形成』。

めちゃくちゃ簡単に言えば、これは『収納袋』を入れられる『収納袋』なのだ。通常『収納袋』の中に『収納袋』を入れることは、互いの空間魔法が干渉し合うため不可能とされていた。

これはそんな不可能を可能にした、スーパーな魔道具なのである。

そういえばこの空間魔法の相互干渉を中和するための理論についての論文、書き上げたけどまだ提出してなかったな。

直近で来た魔物の軍勢《スタンピード》を食い止めようと必死だったから忘れてた。

……もう出す必要もなくなったわけだけど。

というか今思えば、俺がこんなことになってるのって、宮廷工作をなおざりにして研究に没頭したせいじゃないか？

……あんまり王国を恨まないようにしよう。

たしかにこの国は腐ってるが、追放される理由のうちの半分くらいは、何かをするとすぐ周りが見えなくなる俺のせいな気がする。

新天地でやり直すときは、もう少し気を付けないとな。

少し悲しい気持ちになりながら、俺の五年間の仕事の成果をスーパーな『収納袋』へ入れていく。

こいつは普通のものとは区別して、何か新しい名前をつけるべきかもしれない。

時間はたっぷりある、道中ゆっくり考えるとするか。

「アルノード様が放逐だなんておかしいですよ！　今のバルクスはアルノード様のおかげでなんとかなっているのに！」

「本当にそう。アルノード様の魔道具がなければ、私たちはとうに死んでいた」

「ありがとな、二人とも」

準備を終えたらすぐにという話だったので、俺は兵舎を出ていくことにした。

すると俺を見送るためか、第三十五辺境大隊のメンバーが来てくれた。

どうやら二人は、大隊の代表として俺を見送りに来てくれたらしい。

「でもまぁ、俺の戦闘能力が宮廷魔導師の中では低いのは事実だし」

「アルノード様の本領は魔道具製作じゃないですか！　私たちは隊長が作ってくれた装備に何度も命を救ってもらっています！」

「あの『不死鳥の尾羽』……最近知ったけど、私たちがまともに使えるような価格帯の魔道具じゃない。隊長は大隊の救世主」

彼女たちは百人隊長を任せていた、エンヴィーとマリアベル。

青髪で気が強そうなのがエンヴィーで、茶髪でとろんとした目をしているのがマリアベルだ。

俺と一緒に魔物の侵攻を食い止めてくれた戦友であり、見た目はかわいい女の子に見えるが、こう見えてかなりの戦闘能力を持っている。

東部天領であるバルクスは、王国で最東端に位置している。

常に魔物の襲撃に晒《さら》されているこの場所は、しかしながら国防上それほど重要視されていない。

政争で負けた武官たちの島流し場所として使われているくらいだからな。

たしかに二、三年前ぐらいまでは、その認識でよかったんだけど……。

ここ数年、出没する魔物が明らかに強くなってきている。

最前線で戦う俺たちには、そのことが肌身に沁《し》みてよくわかっていた。

最弱のゴブリンですら相当凶悪になっており、俺の目算では余所《よそ》のゴブリンソルジャーくらいの強さがある。

それで問題が起こらないのは、普通の兵士たちでは手に負えないような魔物たちを、全て俺たちが間引いているからだ。

俺は自分の魔道具製作能力を全力で使い、稀少《きしょう》な素材を惜しみなく使いまくって大隊のみんなの装備をフルでチューンアップした。

それでハック&スラッシュを続けながら、なんとかやりくりをしてきたのだ。

完全に装備が整ったところでピークは過ぎ、最近では余裕も出てきたけど、最初はホントにしんどかった……。

こんなことになっているのはどうやらトイトブルク大森林――バルクスと隣接している大森林のことだ――だけらしく、他で似たような話はとんと聞かない。

もしかしたら森の奥で、何かが起こっているのかもしれない。

俺たちなしでは成り立たないであろう天領防衛の功績は、しかし決して評価されることはない。

左遷されてきた武官たちが、自分の手柄として報告しているからだ。

おかげで俺は領土を拡張できず、左遷武官にも劣る成果しか出せない非力な宮廷魔導師と蔑まれ、大隊のみんなは無能で野蛮な奴らだと馬鹿にされ続けた。

第三十五辺境大隊は、異国やかつて王国に征服された属州出身の、いわゆる二等臣民と呼ばれる者たちで構成された部隊だ。

それに女が多いというのも、嘲笑の原因の一つだったりする。

王国だと女性軍人は、百人隊長までしか昇進できないからな……。

エンヴィーの青い髪も、マリアベルの真っ赤な瞳も、彼女たちが属州出身であることを示している。

「でも『七師』であるアルノード様を追放するだなんてありえません！　上層部の能無しっぷりにはあきれ果てます！」

「アルノード様が他国に渡ったらどうなるのかを考えられない、無能ばかり」

「……まぁ、俺がいなくても代わりはいるってことさ。魔術学院も五つあるし、王国の魔導師は層が厚いからな」

宮廷魔導師に就くことができるのは、広大な領地を持つ王国の中でたった七人のみ。

これを通常の魔導師と区別して、『七師』と呼び表す。

この『七師』の威光は並大抵のものではなく、その名は国内外を問わず轟《とどろ》いている。

基本食堂なんかもタダで利用できたしな。

向こうも『七師』御用達《ごようたし》の看板が出せて嬉《うれ》しい、俺はタダで飯が食えて嬉しい。

あれは正に、両者ウィンウィンというやつだった。

まだ王都に居た頃のことを懐かしんでいると、どうもエンヴィーたちの様子がおかしい。

キマイラの軍勢に突っ込んでいく時のように、覚悟を決めた者の目をしている。

「アルノード様——実は私、辞表提出してきました」

「——右に同じ」

「冗談……じゃなさそうだな」

話を聞けば、俺の罷免に伴い第三十五辺境大隊は後方勤務にすげ替えられることが決まったらしい。

新たにやってくる『七師』とその下に付く魔道大隊がその代わりを務めてくれるようだ。

安穏な暮らしができてよさそうにも思えるが、彼女たちからすればそれが不満らしい。

俺というリーダーの下で、強力な魔物と戦う日々が、楽しくてたまらなかったんだと。

安月給で地獄のような辺境防衛をし続けているだけあって、大隊の面々にはバトルマニアの者が非常に多いのだ。

「シュウやエルルなんかも、私たちが生活基盤を整え次第合流したいと言っています。というかぶっちゃけ、辺境大隊の全員が退役希望ですね」

「だからとりあえず、クランを作ろうと思っている」

「クランか……たしかに大隊規模の人員を養っていくには、冒険者しかないだろうが」

武装集団が生きる道というのは限られている——傭兵《ようへい》か冒険者、もしくは仕官……この三つだ。

いつすり潰され、使い捨てにされるかもわからないような傭兵になるべきではない。

そして仕官先からは三行半《みくだりはん》を叩《たた》きつけられている。

となれば残されているのは、冒険者の道だけ。

冒険者というのは、平たく言えば戦うなんでも屋である。

雑用から盗賊退治、魔物の討伐や王族の警護まで幅広い仕事をこなす。

ランクと呼ばれる階級制度で上の方まで行けば、貴族と同等の権力を手に入れることすら可能だという。

クランというのは冒険者の一つの行動単位であるパーティーをいくつか合わせた、大所帯のことを指す。

パーティーでは対応できないような大規模な護衛や大物の討伐などを請け負う、戦闘集団だ。

そしてクランになれば、傭兵とは違い滅多なことで使い潰されることはない。

なんでも屋としてのノウハウがあるため、好きな場所で好きなように働くことができるからだ。

いざという時に他国へ出るという選択肢があるかどうかというのは、結構デカいのである。

「まぁお前たちなら十分やれるとは思うが……」

第三十五辺境大隊の面々は、戦闘能力は高い。

戦闘狂の脳筋集団で、すぐに前に出ては手柄を立てようとする者たちが多いのが玉《たま》に瑕《きず》だが。

エンヴィーとマリアベルは大分マシな方だが……それでも彼女たち二人だけできちんと交渉や折

衝ができるとは俺には思えない。

いくら戦う力があると言えど、社会のルールというやつに縛られて力を振るう場すら奪われてしまうのではないだろうか。

魔物に一歩も王国の土を踏ませなかったことを全く評価されなかった、この俺のように……。

「それなら一緒に行くか？　どうせ二人とも、俺についてくればなんとかなると思って予定とか決めてないだろ？」

「すごっ、どうしてわかったんですか!?」

「アルノード様についていけば……安心安全」

ただでさえ実力に見合わぬ安月給で扱《こ》き使われていた彼女たちが、新天地でのセカンドライフでも同じような目に遭うのを見るのは忍びない。

何度も同じ戦場を駆けているうち、彼女たちには情が湧いてしまっている。

しばらくの間面倒を見てやるくらいのことはしても罰は当たらないと思う。

一応腐っても元『七師』だし、俺を頭に立てればめったなことにはならないはずだ。

王国は腐ってるが、未《いま》だ王国の魔法技術は他国より抜きん出てる。

リンブル王国やガルシア連邦なんかに行けば、厚遇してもらえるはずだ。

——それに元『七師』という肩書きがある俺は、どうせどこでも静かに生きていくことはできない。

ならば権力者にいいように使われないよう、第三十五辺境大隊のみんなと共闘するというのはいい案だ。

気心の知れた彼女たちとなら、上手《うま》くやっていけるはずだし。

そんな風に彼女たちと一緒にいる理由を見つけてから、小さく頷《うなず》く。

「よし、それなら出奔するか。どうせならどこかに腰を据えたクランになって、王国と戦う……なんてのもアリかもな」

「あはっ、いい考えですね！」

「……血沸き肉躍る」

エンヴィーとマリアベルと不敬な会話を楽しんでから、馬車に乗り込む。

マリアベルの出身は良質な馬の出るユシタなので、御者は彼女にやってもらう。

「ハッハッハ、いい馬じゃあねぇか！」

御者台で鞭《むち》を振るいだすと、マリアベルがいきなり豪快に笑い出した。

荒っぽい口調で、上機嫌に馬車を進め出す。

マリアベルは馬に乗ったり御者をすると、性格が変わるのだ。

彼女が騎兵じゃなくて、本当によかったと思う。

馬車から身体を乗り出して後ろを向けば、兵舎がどんどんと遠くなっていく。

嫌なことも色々あったが……デザント王国は俺を育んでくれた国だ。

こんなことをされても不思議とまだ愛着は残っていて、少しだけもの悲しい気分になってくる。

プルエラ様、大丈夫かな。

怒りっぽい第二王子にいちゃもんをつけられないといいんだけど。

第三十五辺境大隊のみんな、もう少し待っていてくれ。

お前らが来てもなんとかできるよう、俺も頑張ってみるから。

できれば俺の後任の『七師』には、天領をしっかりと守ってほしいな。

……って、俺より強い奴が来るだろうからこれは要らぬ心配か。

さらば、我が半生。

そんなにいいもんではなかったが……感謝はしているよ。


デザント王国の王都デザントリアにある王宮のすぐ近く。

配置されている離宮の一画に、第二王子ガラリオの私室がある。

「ふむ、これでようやく第二王女派が一掃できたか……」

「はっ、そして後任の『七師』であるヴィンランド様は我ら第二王子派です。また一歩、王国での影響力を強めることができたかと」

「ふふふ……全ては俺の思い通りだ」

腹心であるメッテル伯爵に訳知り顔で頷くガラリオは、神経質そうな顔つきをした、細身の少年だった。

モノクルをしきりに動かしながら貧乏揺すりをしている彼は現在、自陣営の第二王子派の影響力を増やすべく、宮廷で働きかけを行っている真っ最中だった。

今回アルノードが国外追放刑に処されたのは、そんなガラリオによる工作の一環だった。

「バルドなんぞに先を越されてたまるか……なんとしてでも俺が王位に就いてみせるぞ」

「はっ、その意気でございます。私も微力を尽くしましょう」

忠臣であるメッテルに頷き、ガラリオはゆっくりと離宮を後にする。

歩いている最中も、その頭脳は常にめまぐるしく動いていた。

現王であるファラド三世は、既にかなりの高齢。

未だ現役で壮健ではあるが、最近「老体には仕事が応《こた》える」と漏らすことが増えてきていた。

このままではそう遠くないうちに、王太子であるバルドに王位を譲ってしまう。

ガラリオとしてはなんとしてでもそれを避けたかった。

彼は自分こそがもっとも王に相応《ふさわ》しい人物だと疑っていなかったからだ。

そのために選んだ手段は、第三閥の形成である。

王であれば誰にでも仕える王党派、バルドに忠誠を誓っている王太子派以外の全ての勢力を吸収し、自分こそが第三極になろうと蠢動《しゅんどう》したのだ。

そして現在、彼の思惑は完全に上手くハマっている。

既に王太子が無視できぬほどに、ガラリオ派は大きく成長していた。

庭園を経由して王宮に入ろうとすると、小さな影が見える。

楽しそうに花に水をやっている少女の姿を見て、ガラリオはふんと鼻息を一つ。

ずんずんと歩いていって、わざとらしく身体をぶつけた。

「——痛っ！」

「おおっと、誰かと思えばプルエラじゃないか。すまんが、考え事をしていると周りが見えなくなる質《たち》でな」

「い、いえ……」

第二王女プルエラは、水を含んだ土に思い切り飛ばされ、召しているドレスが泥だらけになってしまう。

けれど彼女は、ガラリオに文句を付けることはできなかった。

数少ない彼女の支持者たちは、皆ガラリオに取り込まれてしまっている。

今のプルエラにできることは、自分が嫁ぐその瞬間まで、暴風が家の屋根を飛ばさぬよう祈ることだけだった。

プルエラは呆然《ぼうぜん》とした顔で、自分の姿を見下ろす。

手を見れば、赤い擦り傷ができていた。

そして母に作ってもらったばかりのドレスは、泥だらけになってしまっている。

プルエラは顔をうつむけ、小さく身体を震わせる。

ガラリオはそれを見て己の嗜虐心《しぎゃくしん》を満たし、満足げな顔をして王宮へ入っていく。

あとにはプルエラのすすり泣く声だけが響いた。

侍女に回復魔法をかけてもらっても、心の傷は魔法では治らない。

「……アルノード」

泣き止《や》んでから思い出すのは、いつも楽しい話をしてくれるアルノードの優しげな笑みだった。

彼のことを、プルエラはよく覚えている。

『七師』でありながら政治権力にはおもねろうとしなかった、魔導の探求者。

孤児から身を起こし、王都にあるフリューゲル魔術学院を首席で卒業。

そして一代で貴族にまで成り上がった俊才だ。

だがそれは後になってから調べたことで、プルエラが彼に興味を持ったのは全く別の理由からだった。

王女である自分と対等に接し、柔らかな態度で接してくれる。

見守り包んでくれるようなその視線は、今まで感じたことのないものだった。

アルノードが、数日ほど前に爵位も職も失ってしまったと聞いたのは、昨日のことだった。

(アルノードが全てを失ったのは、私のせい。派閥に属さなかった彼を、ガラリオ兄様が第二王女派とみなしてしまったから)

今どこで何をしているかもわからぬ彼のことを考えると、プルエラの胸は締めつけられる。

「姫様、お召し物を」

「そうね……あら、何かしら?」

王宮で着替え直そうと立ち上がるプルエラの目に、馬に乗った伝令兵の姿が見える。

全身は薄汚れており、無精髭《ひげ》が生えていて、相当慌ててやってきたようだった。

王宮に馬で乗り込むことは、王家を軽んじたとして死罪に処されると法で決まっている。

それが適用されないのは、緊急事態の場合のみ。

ということは……。

「また戦争かしら……」

新たな戦火が広がる光景を想像し、プルエラはぶるっと身体を震わせる。

しかし現実は、彼女の予想とはまったく違っていた。

「陛下、荘厳な離宮をかような理由で跨《また》いでしまい、申しわけございませぬ」

「世辞はよい、用件を」

「ハッ！」

王宮で最も大きな一室は謁見室といい、王が他者と接見するために用いられる場所である。

今その部屋の中には四人の重要人物がいる。

国王ファラド三世、王太子バルド、そしてガラリオ第二王子。

そして彼らの後方で、軍務大臣であるフランツシュミット侯爵が立っている。

（いったい何が起こったというのだ。方面からすれば東部からの伝令だろうが……）

伝令兵がこれほどまでに急ぐ火急の用件とはなんなのか、ガラリオには全く想像がつかなかった。

そして彼は報告された情報を聞き、驚愕《きようがく》することとなる。

「東部辺境において、魔物の軍勢《スタンピード》が発生！　そして『七師』ヴィンランド様率いる魔導騎士大隊が半壊！　ヴィンランド様が単身で魔物の軍勢《スタンピード》を相手にしており、至急援軍をとのことです！」

「何っ!?」

「なんだとっ!?」

「……ふむ」

声を上げたのは王太子と第二王子だ。

国王は何も言わず、伝令兵の報告を聞きながら頷いている。

魔物の軍勢《スタンピード》とは、時折起こる魔物の飽和現象のことだ。

森やダンジョンなどでその数を爆発的に増やした魔物たちが、足りなくなった食料を求めて本来の生息範囲を飛び出すのである。

普通の魔物は、食料が足りなくなれば共食いを始める。

彼らに余所から食べ物を取ってこようという知性はない。

魔物の軍勢《スタンピード》が起こる場合、そこにはある程度の知性を持つ強力な魔物の存在がある。

通常魔物の軍勢《スタンピード》は、師団単位で派兵をすることで収める現象だ。

王は決して慌てることなく、泰然とした態度を崩さずに視線を横に向ける。

そこには軍事を統括する軍務大臣である、フランツシュミット侯爵の姿があった。

「卿ならどうする？　王都守護隊を回すか？」

「――属州の監視を引き揚げましょう。併せて属州から募兵をしつつ東部に向かわせるべきかと」

「それでは反乱の芽が生まれかねん、属州民による略奪の可能性もあるぞ？」

「王国を魔物に荒らされるよりマシです。伝家の宝刀である守護隊は、使わぬからこそ意味があります」

「ふむ……専門家の言うことは素直に聞くとしよう。よきに計らえ」

「はっ！」

側近にいくつも矢継ぎ早に命令をしている侯爵を見ながら、ガラリオは顔を真っ青にしていた。

ここに来ていきなり東部の魔物が抑えられなくなった。

だとすればその理由は明らかに――

「しかしいったい、何故《なぜ》これほど急にバルクスが……報告ではそれほど危険な魔物は出ないという話だったはずですが」

「報告に虚偽や誇張があったんだろうな……東部天領の代官周りから正確な情報を集めさせよう」

後継者と目している息子に答えると、ファラド三世は玉座から立ち上がり、ゆっくりと歩き出す。

そして戦々恐々としているガラリオの肩をポンと叩いた。

「ひっ！」

「バルクスの代官はお前の紐付きだったな？　直ちに正確な情報を集めろ。いいか？　直ちに、だ」

「ひゃ、ひゃいっ！」

ガラリオはその後、バルクスの代官を勤め上げていた男から正確な情報を聞き出し、報告に含まれていた虚偽の多さに激怒することとなった。

そして王国中枢部の人間は、今起こっている魔物の軍勢《スタンピード》が、既に首魁《しゆかい》を討ち取られたあとの余波であることを知り愕然《がくぜん》とする。

魔物のリーダーであったテンペストオーガを倒し、最大の殊勲をあげたアルノードは既に放逐済み。

実質的に六百程度の小勢で東部天領を守っていた第三十五辺境大隊は、魔物の軍勢《スタンピード》によって東部軍団が壊滅するのを見計らったかのように退役してしまっていた。

王国は最終的には国内の治安をかなり悪化させながらも、なんとか魔物の侵略を防ぐことには成功する。

しかし王国内部に亀裂が生じ、属州の至る所で反乱が囁《ささや》かれるようになった。

そんなことになった理由は、ガラリオの不始末が原因だ。

国王は彼の監督不行き届きを、決して許さなかった。

「救国の英雄であるアルノードを国外追放させるなどと……恥を知れ！　他国に渡ったあやつがどれだけの脅威となるかもわからぬような阿呆《あほう》に、王族たる資格はない！」

ガラリオは結果として王位継承権を失い、出家した上で神聖教に引き取られることとなる。以後ガラリオ派は急速に瓦解し、他勢力に吸収されていった。

そして救国の英雄となったアルノードと懇意にしていたプルエラは、宮廷内で以前より強い勢力を持つようになる。

彼女は先見の明のある王族として、王太子に次いだ発言権を持つようになっていく――。

第一章 ✝ 向かうは新天地

馬車での旅に飽きが来始めた頃、ようやっと国境までたどり着くことができた。

視線の先にあるのは、俺たちの新たな拠点となるリンブル王国だ。

ぐるりと反時計回りに移動し、北から王国を抜けた形だな。

ちなみにデザントの南の国境を接しているのがガルシア連邦で、西側は海に面している。

魔導船に揺られて数週間も旅をすれば、海洋国家オケアノスが見えてくるらしい……まだ一度も行ったことはないが。

「ここがリンブル王国か、長かったな……」

「そうですか？　いつもより快適だったと思いますけど」

「むしろ手応えがなくて物足りない」

「それはお前らがバグってるだけだ。物事の考え方がバルクス基準になってるぞ」

道中魔物の襲撃や盗賊討伐なんかもしたが、どうやら彼女たちは満足できなかったようだ。

もっと強い奴《やつ》と戦いたいらしい……戦闘狂どもめ。

平和ボケしないのはいいことだとは思うが、殺伐過ぎるのも息が詰まると思う。

バルクスは常に戦いのことを考えないと生きられないような場所だったからな。

俺が警戒の魔道具『起きルンです』を作るまでは、警邏《けいら》も命がけだったくらいだし。

「でも兵士たちがいませんね。これだと素通りできちゃいそうですけど」

「一応リンブルとデザントは相互不可侵条約を結んでいるからな。両方とも今は事を荒立てる気がないってことなんだろう」

国境沿いに兵士たちの姿はなく、あるのは『この先を進むとリンブル王国』と書かれた看板だけだ。国境線自体がかなり曖昧になっているのは、もし紛争が起こってもその責任をうやむやにするためだろう。

越境し放題な感じなら不法入国者が大量に生まれる気もするが、実は案外そんなことはない。

一歩外に出れば魔物や盗賊による被害が起きるこの大陸では、街の外への転居すらも命がけだ。

そして両国とも納める税金に大した差がないのだから、そんなことをする者はほとんどいない。

まあ間諜《かんちょう》の侵入や犯罪者の国外逃亡とかはあるだろうが、それはお貴族様の考えることだ。

ついこないだ爵位がなくなった平民の俺には関係のないことである。

ちなみに今リンブルとデザントが相互不可侵条約を結んでいるのは、お互いの利害が一致しているためだ。

デザントは南部のガルシア連邦を切り崩して併合しようとしている最中。

リンブルは王位継承関連でゴタゴタが続いている……というのが表向きの理由。

これは俺の推測だが、東部からやってくる強力な魔物の処置に追われているというのもあると思っている。ここもバルクス同様、強力な魔物の生息地域であるトイトブルク大森林と国境を接しているからな。

俺の推測を裏付けるように最近、リンブル王国では凶悪な魔物を狩れる冒険者を手厚く保護しているらしい。

ここは正しく、俺たちが冒険者ライフを始めるのに相応《ふさわ》しい場所というわけだ。

「よし、とりあえず冒険者登録をしよう。デザントと同じなら、クランを作れるようになるのはBランクから。じゃんじゃん依頼を受けないとな」

「さっすがアルノード様、話がわかるぅ！」

「……私より強い奴に会いに行く」

エンヴィー、服の裾を引っ張るな。

既製品だけど絹製で高いんだから、もうちょっと大切に扱ってくれ。

あとマリアベル、自分より強い奴とは戦っちゃダメだぞ。

そんなことをしたらやられちゃうじゃないか。

俺たちは通りかかった隊商の護衛をしていた冒険者から話を聞き、ガードナーと呼ばれる街へやってきた。

リンブルでギリ十指に入らないくらいの中規模な街らしい。

街の外観はデザントのものとそう変わらない。

違うのは、魔道具を使っている人が少ないところだろうか。

気になったので魔道具を取り扱う商店に入ると、質が悪いにもかかわらず、値段は王国の物の倍以上だった。

あっちの方が魔導師育成に金をかけてる分、良質な魔道具なんかが比較的安価で買えるってことなんだろう。

そう考えると、デザントはわりと恵まれた国なのかもしれないな。

あのザルな国境のことを考えれば、魔道具転売すればボロ儲《もう》けな気がするが、魔道具は軍需物資となるものがほとんど。

購入の際に署名や戸籍確認をされるし、大量に買われれば調査の手が入る。

そして他国で売っているとわかった場合、かなりエグい追徴課税が入る。

そのため魔道雑貨商人も、おおっぴらには自国の製品をメインで売っているようだった。

裏ルートだともっと色んな物が手に入るんだけどな……売る方としても買う方としても、昔はよくお世話になってました。

品揃《しなぞろ》えを見た感じ、俺が魔道具専門店を開いても十分やっていけそうだ。

『収納袋』の中に死蔵されている素材が死ぬほどあるので、一点物の高級魔道具作りをメインにすれば、稼ぎだけでも大隊のみんなを養えそうである。

もちろん彼女たちもそんなことは望まないだろうが、最悪の場合の保険があるというだけでずいぶん気持ちが楽になった。

「そんなに嬉《うれ》しいことがありました？」

「きっとこれから魔の森で鏖殺《おうさつ》するのを楽しみにしてるに違いない」

魔の森というのは、トイトブルク大森林の通称だな。魔物が出てくるから魔の森というのは安直すぎるので、俺は正式名称の方で呼ばせてもらっている。

というか……こいつらは俺のことをなんだと思ってるんだ。

仕事だからやってただけで、別に戦うのなんか好きでもなんでもないんだが。


冒険者ギルドに入ると、周囲からいくつもの視線を感じた。

みんなが見ているのは、俺ではなくその後ろにいるエンヴィーたちだ。

この辺の人間は、基本は金髪碧眼《へきがん》だからな。

エキゾチックな見た目をした女の子が珍しいんだろう。

冒険者たちの視線が、彼女たちに釘付《くぎづ》けになっている。

元上司のひいき目を抜きにしても、二人はかわいいからな。

俺の方を見てペッと唾を吐くようなジェスチャーをする者もいる。

カウンターにはむさいおっさんとかわいい受付嬢が居たので、俺はむさいおっさんの方を選ぶ。

だってかわいい子の方、めちゃくちゃ並んでるんだもん。

それに歴が長い人の方が、有益な話とかしてくれそうじゃん？

「かくかくしかじか……というわけです。何か質問はありますか？」

「ありません」

説明を聞きながら観察すると、おっさんの身体《からだ》には古傷が残っているのがわかる。

多分、以前冒険者をやっていたんだろう。ある程度業績なんかが認められれば、引退してからギルドで雇われることもあるらしいから、その口だろうな。

冒険者ギルドとしての組合規則なんかは、王国のものとほとんど変わらなかった。

ざっくりと言えば、悪いことをしたらギルドの猛者が殺しに来るから、変な気は起こすなよというやつだ。

冒険者は武力を持ちながら、世俗の支配を受けないという選択を採ることができる。

そのため力の行使には、ある程度の制限がかかっているのだ。

市民相手に武器を抜いちゃいけないとか、問題が起こったら必ずギルドを通さなくちゃいけない
……みたいな感じで。

けどまぁ、このあたりは向こうで冒険者をやっていたこともあるのでよく理解している。

向こうとこっちの違いはといえば……ランクの呼び方が金属なことくらいだろうか。

デザントでは
『E・D・C・B・A・S』

という風になっていたのが、こっちのリンブルでは
『鉄・銅・銀・金・ミスリル・オリハルコン』

という形で呼び表される。

ちなみにランクを上げるために必要なのは、ギルドへの貢献だ。

指名依頼を受けた回数だったり、依頼の達成率だったり、貴族からの推薦だったり……実は案外

としがらみは多い。純粋な実力だけじゃなくて、いかにギルドにとって役立つ人材かということの方が重要視される傾向がある。

デザントではどんだけ実力があっても、目上への礼儀がなってなかったり、素行不良が目立つような奴はBより上には上がらなかった。俺もギルドのためというより自分のための素材集めしかしてこなかったので、ランクはB止まりだ。

——そう、俺は宮廷魔導師になる前は冒険者をやっていた。

本業は公務員としての魔導師稼業だったので、あくまで副業としてだけど。

魔道具を作るための素材は自分で調達した方が安く上がるし、そもそも依頼では取ってきてもらえないような僻地《へきち》にしかない素材が必要なことも結構多い。

『給水』の魔道具で出る水の味を変化させる場合にだけ使う『ジガの根っこ』みたいに用途がかなり限られているものの場合、大抵は自分で調達しなくちゃならないのだ。

依頼をしようとすると足が出ちゃうから、どうしようもないんだよな。

自分にとって必要な物を入手して、余った物を売ったりしていただけだったので、依頼らしい依頼はほとんど受けていない。

結構な量の魔物の素材を持ち込んでいたから、それでも一応Bランクまでは上がれていたというわけだ。

デザントと現状は友好的なリンブルでは、向こうの実績がある程度通用する。

デザントで出している功績を疑うようなことはしない、というポーズなのだろう。

そのため俺は向こうでいうCランク相当の、銀級として認められることになった。

「このままパーティーを組めば、Cランクとして活動してもいいんだよな？」

冒険者パーティーでは、リーダーのランクが参照される。そのため俺がエンヴィーたちとパーティーを組めば、いきなりCランクとして活動ができるようになる。

もちろん依頼の履歴なんかも見られるから、そんなハリボテのCランクには大した依頼は来ない。いずれは彼女たち本人のランクも上げてもらう必要があるだろう。

「まぁ問題はないですが……非力な女性を連れていくのはおすすめしません、デザントとは違ってこっちはそれほど治安もよくないので。お連れの方のような見目麗しい女性は、人さらいなんかに狙われる可能性もありますし」

職員さんはエンヴィーたちを俺の女か何かだと勘違いしているらしい。

たしかに彼女たちの装備は一見すると大した物には見えないからな。

エンヴィーたちが着けている鎧《よろい》は、ボロボロの革鎧だ。

上から目をつけられるわけにはいかなかったので、大したことのない装備にしか見えないよう『偽装』の効果がついている。

実際はドラゴンの皮革をふんだんに利用している、自信作のうちの一つだ。

高い鑑定眼を持つであろうギルド職員の目もしっかりと欺けたようで、作成者の俺としても大変満足である。

二人に装備してもらっている『ドラゴンメイル』の実際の性能は、恐ろしいくらい高い。

そもそもミスリルの剣でも通らないドラゴン素材を使っているというだけで、デザントの冒険者でもAランクを超えなければ買えないような代物だ。

更にそこに俺が付与魔法でいくつもの効果をつけているので、革鎧としては最高級品。

少なくとも今まで俺が見てきた中じゃ、一番堅牢《けんろう》な革鎧になっていると思う。

ついている効果は『偽装』『斬撃軽減』『打撃軽減』『魔法減衰』『身体能力上昇』の五つ。

実戦証明《コンバットプルーフ》もあるので、実際の防御力も折り紙付きだ。

魔道具につく効果の度合いは、道具自体の魔力の親和性や使う触媒の魔力含有量の高さ、道具と触媒との親和性などのような色々な要素によって変わってくる。

ちなみに触媒には魔石を砕いて溶かした液体を使うことが多い。

基本的には素材となる魔物から採った魔石を使うと、一番効果が高くなることがほとんどだからな。だがそこでも満足しなかった俺は、複数の魔物の魔石を砕き、更にそれをドラゴンの胃液で溶かし、混合物を濾過《ろか》して極限まで魔力含有量を上げることに成功している。

おかげで彼女たちの装備は、そんじょそこらのドラゴン系の防具には負けないものに仕上がっている。

そんなにドラゴン装備を持っている人間はいないので、これも比較対象はほとんどないんだけど。

「問題ないです。こんななりですけど、二人とも結構やりますので」

そう言って後ろを振り返ると、エンヴィーはぐっと右腕を曲げて力こぶを出していた。彼女はムキムキというよりスラッとした体型なので、どちらかと言えば真っ白な肌の方に目が行く。

マリアベルはシュッシュッと誰を相手にしているかわからないストレートを繰り出し、一人シャドーをしていた。

「かかってきなさい！」

「私は負けない」

二人の態度を見て、受付のおっさんが困ったような顔をしている。

……そんな顔しないでくれ、俺も困ってるんだから。

あ、そうだ。

そういえばここに来る道中、結構な量の山賊を倒してきたんだった。

盗賊依頼はどの街でも出ている物なので、いくつかは貢献数に加算されるかもしれない。

「デザントからこちらに来るまでの間に山賊の根城をいくつか潰したんですが、依頼って出てますか？」

「もちろんです。商隊は常に盗賊被害に悩まされていますからね。いくつかありますが……首は持ってきていますか？」

「はい、頭目の物だけでも三つほど。構成員まで含めると結構な量があります。解体所で確認してもらえますか？」

「ええ、もちろんです」

別の担当に代わるのかと思ったが、彼は受付を一旦閉じるとそのまま併設されている解体所にまでついてきてくれた。

I'll Beat You!

どうやら直接確認してくれるらしい。

一人一人に親切にしてくれるなんて、教育が行き届いているな。

お役所仕事だった王都のギルドより好感触だ。

人がそれほど多くないのも大きいのかもしれないけど。

道中話をしたおかげで、職員さんとも仲良くなれた。

彼の名前は、アリスタさんと言うらしい。

「す、すごい！　ベックの赫猫《あかねこ》盗賊団にはかなりの数の商隊が悩まされてきていました！　それにギルバートの山城殲滅《せんめつ》隊に——コナーズの紅蓮《ぐれん》隊まで!?」

とりあえず頭目の首を出していくと、アリスタさんはかなり驚いていた。

どうやら三人とも、そこそこ名前の売れた盗賊頭だったらしい。

たしかに盗賊にしてはかなり統制が取れていた気がする。

正直どいつだったかは覚えてはいないけど、中には魔法を使ってくる奴もいたし。

あ、ちなみに彼らの首は普通のリュックの中にしまってある。

『収納袋』を持っていると良くも悪くも目を付けられる。

貴族なんかに売ってくれと言われたら、なかなか断るのは難しかったりするし。

しばらくは普通のリュックや鞄《かばん》をメインにして、『収納袋』は人目に付かない場所でだけ使用するつもりだ。

「襲われた商隊の商会長や娘を攫《さら》われた織物商の支店長など、何人かが討伐依頼を出しています。

かなりの依頼が重なっているはずなので、報酬には期待していてください！」

依頼には常駐のものや期限付きのものまで、色んな種類がある。

どうやらこいつらの率いていた盗賊たちは相当あくどいことまでやっていたらしく、何人もの有力者たちが討伐依頼を出していたらしい。

いくつもの依頼が重なる場合、当たり前だが彼らが出した依頼の達成料は全てもらえる。更に盗賊を倒しただけで一気にいくつも依頼を達成した扱いになるので、二重の意味でホクホクだ。

ギルド側も有力者相手に面目が立つし、双方にとっていいこと尽《ず》くめである。

他の構成員たちの首はまとめて袋の中に入れているので、後で馬車から持ってくることになった。

盗賊討伐の報酬は金貨五枚は下らないそうなので、しばらくは生活には困らなそうである。

ちなみにこのリンブルでは鉄貨・銅貨・銀貨・金貨・白金貨の順に価値のある貨幣で、基本的にはそれぞれ十枚で一つ上の貨幣と同価値とされている。

デザントと同じだが、あっちの方が国力や国としての信頼性が高い。

含有量なんかはそれほど変わらないが、大体リンブルの金貨十一枚とデザントの金貨十枚が同じくらいの価値だ。

そこらへんは国際的な信用度の差だろう。

さっき宿屋なんかも見て回ったが、馬車を入れられるような規模の店だと一泊で銀貨二枚は取られる。それが三人分と馬の飼料代、チップも合わせれば銀貨七枚。

食事は切り詰めるつもりはないので、一食銅貨五枚くらいとすると一日三食三人分で銀貨四枚と銅貨五枚。

雑費を入れれば一日の必要経費は金貨一枚ちょっとって感じか。

冒険者としての暮らしだけで多少なりとも黒字にしたいから、一日金貨一枚と銀貨五枚くらいの稼ぎは欲しいところだな。

装備は俺が全部賄えるからなんとかなるだろう。

大隊のみんなを食わせるとしたら大きめの家を借りて、六百人を食わせなくちゃいけないわけで……クランへの道のりはまだまだ長そうである。

とりあえず土地勘がないので、日帰りで受けられる適当な討伐依頼でもこなすか。

索敵の魔道具『サーチ&デストロイ君三号』があるので、魔物捜しには困らない。

ある程度稼げる魔物を狩りたいところだな。

「アルノード様、サラマンダーの番《つが》いですって！　これ受けちゃいましょうよ！」

「グレーターデーモン出没情報……そそる」

「はいはい、わかったわかった」

俺はミスリル級の依頼しか見ようとしない二人の首根っこを摑《つか》みながら、今の自分たちに合っている物を探すことにした。

慣れない場所で強敵と戦うのは勘弁だ。そういうのは、もっと冒険者という職に慣れてから、しっかりと準備を整え万難を排した上で挑むべきである。

生きるか死ぬかの戦いは、もうこりごりだ。

常駐依頼　オーガ討伐
推奨討伐ランク　銀
討伐証明部位　オーガの心筋
討伐報酬銀貨　一枚

今の俺たちなら……うん、このあたりが無難だろう。

オーガのオツムは相当悪いので、ゴブリンほどではないが結構すぐに個体数は増える。

魔道具があるので探すのにも難儀しないし、生息地域に行けばあぶれるという可能性も低い。

オーガは真っ赤な筋骨隆々の身体を持つ魔物である。

魔法を使ってくることはなく、持っているのも木を削って作ったでっかい棍棒《こんぼう》だけだ。

厄介なのは高いタフネスと、白兵戦の能力。

単純にパワーでごり押ししてくるので、真っ向から戦えばいっぱしの騎士くらいの実力はある。

基本的には魔法や矢で遠距離メインで戦うか、毒や麻痺《まひ》で弱らせて倒すタイプの魔物だ。

なので冒険者たちからはあまり人気がない。

事前準備や道具が必要な魔物の依頼って残りがちなんだよな。

ほら、冒険者ってかなり人間的に問題のある奴らの集まりだから……。

そういう細かい作業をまともにやりたがらない奴が多いんだよ。

そんだけ強くて数も増えやすくて狩られないならもっと社会問題とかになりそうなものだが、オーガはすぐに同種で争って数を減らす。

人間顔負けに縄張り争いとかをするので、爆発的な個体数増加は起こらないのだ。

さて、人気のないオーガ討伐だが、俺たちからすると少し事情が異なる。

まず武闘派な二人と遠距離から一方的に倒せる俺なら、オーガに苦戦することはない。

これより上の金級のレッドオーガでもエンヴィーたちは倒してたし、俺なんかその更に上のアダマンタイト級のオーガエンペラーや、ミスリル級のテンペストオーガとサシで戦ったこともあるからな……。

なのでこれは安全にこなせる依頼の範疇《はんちゅう》だ。

それに生息地帯は街からそれほど遠くないので、馬車を使えば日帰りも余裕だ。

更に魔道具職人としても働ける俺がいるので、オーガ討伐の価値は銀貨一枚だけじゃない。魔石や角なんかは素材として別途買い取りもできるし、軽く加工して魔道具作りの触媒や錬金術の材料として売れば、銀貨五枚分くらいにはなってくれる。

細かい手作業は道中にでもちょちょいとやればいいので、オーガ討伐なら一日三匹狩れば生活に貯蓄もできる計算だな。

「えー、オーガですかー?」

「死ぬほど戦ってきた……もうしばらく見たくない」

二人はめちゃくちゃ不満そうだった。

まぁバルクスで起きた魔物の軍勢《スタンピード》で死ぬほどオーガとは戦ったからな……彼女たちからすると毎日パンばかり食べているからパンはもう飽きた、みたいな感覚なのかもしれない。

だがそこは我慢してもらおう。

したいことだけしていては、生きていきにくい。

世の中というのは案外、世知辛くてつまらないものなのである。

オーガ討伐をすることにした理由は、もう一つある。

彼女たちには言っていないが、今の俺の当面の目標は、俺という存在なしで彼女たちが生活していけるような環境を作ること。

なので俺がいなくても利益が出せるような暮らし方を、彼女たちには仕込んでおきたい。

大隊の面子《メンツ》の中には俺が魔道具作りの手ほどきをした奴もいる。

彼女たちが来てくれれば、俺がいなくてもオーガ討伐だけで暮らして、貯蓄もできるようになる。

もし上手《うま》く回れば、俺がいなくなってもなんとかなるはずだ。

俺もいつまでも大隊のみんなのことを守ってやれるわけじゃないし、例えば不測の事態でデザントに戻されるようなこともあるかもしれない。

そうなってもなんとかやっていけるよう、彼女たちに利口な生き方を叩《たた》き込むつもりだ。

軍隊暮らしをしていると、世間一般的な常識からはどうしてもズレてしまう。

大隊のメンバーも、今更普通の店員として働いたりするのは難しいだろうからな。

せめて冒険者として堅実に暮らしていけるくらいにはなっておいてもらいたい。

今は強敵との戦いを楽しみたいかもしれないが、そんなのは若いうちだけだろう。

所帯を持ったり子供を産んだりすれば、安定を求めるようにもなるはずだ。

元上司で現パーティーリーダーなんだ。

エンヴィーたちの今後のことくらいは、考えてやらんとな。

だからつまんなくても我慢してくれ。

「テンペストオーガいないかなぁ。アルノード様が戦ったあれ、めちゃくちゃ強かったんでしょ？」

「私たち二人でなら……なんとかいける？」

安定を求めるように、なるかなぁ（遠い目）。

彼女たちの変わらぬバトルジャンキーっぷりに俺は頭を抱えた。

ダメだこいつら、早くなんとかしないと……。

【side　エンヴィー】

二等臣民である私、エンヴィーが軍隊に入ったのは避けようのない話だった。

戦うのは大好きだったし、戦いで死ねるのなら本望だった。

それに他に選択肢なんてものはなかったし。

もし女の子が独り立ちしてお金を稼ごうとするのなら、娼婦《しょうふ》か戦闘技能系の職種に就かなくちゃいけないのが、デザント王国っていう国だから。

でも今では、むしろそれでよかったと思っている。

だってそのおかげで――アルノード様と一緒にいることができているんだから。

王国の統治下に入った地域は、属州という呼び名で表される。

私の出身は、属州プロヴィンキア。

戦いとは神聖で侵しがたいものとされている、いくつもの戦闘民族が集まり、定期的に行われる戦で最も強かった者が国王になるという地域だ。神前決闘の概念が未《いま》だに根付いており、何かあれば夫婦で決闘をして物事を決めるような場所である。

なので純粋な王国民からは、蛮族などと言われ蔑まれることも多かった。

私からすれば、向こうの方があり得ない。

戦うこともできないのなら、いったいあなたに何が守れるというの？

この世界では自分の身を守るのにすら、力が必要だっていうのに。

プロヴィンキアは傭兵《ようへい》や冒険者、属州兵を大量に輩出することで有名な地域である。

私の生まれも夫婦喧嘩《げんか》で重傷を負うような家だった……基本的に怪我《けが》をして負けるのは父さんのことの方が多かったけど。

何かあれば戦いで決着をつけるような家庭で育ってきたので、何をするにも戦いで決着をつけようとする癖がある。

なので軍隊暮らしは、私にはよく馴染《なじ》んだ。

配属されることになる属州兵だと、似たような考え方の人が多かったからね。

戦いの中で死ねるのなら本望、どうせ長生きはできないのだから、死すならせめて戦いの中で……。

そんな考えがいつだって、頭の片隅にあった。

属州兵は基本的に、最前線に送り込まれる。

それなのに給料は一般的な王国兵の半分程度しかない。

王国領と属州のケイザイカクサというやつがそうさせるらしい。

戦ってもなんとかできないものは嫌いだ。

全てが戦闘でなんとかできるようなら、もっと楽しい世の中になるのに。

私はしばらくの間、連邦との国境地帯での紛争に駆り出されていたが、突然の配置換えを食らうことになる。

理由は上司の命令不履行ということになっているけれど実際のところは違う。

私が他の兵たちより強くて、おまけに女だから、やっかまれて飛ばされたんだ。

新たな勤め先こそが、東部の辺境にあるバルクスだった。

そこは僻地とされていて、あまりいい噂《うわさ》を聞くことのない地域だ。

軍を辞めるかは結構悩んだんだけど……今となっては、あの頃勤続を選んだ私を褒めてあげたい気分。

だって私はそこで……アルノード様に出会うことができたんだから。

「俺が第三十五辺境大隊の隊長を務めることになったアルノードだ。よろしく頼む」

第一印象は、なんだか頼りなさそうな人って感じだったなぁ。

身体つきはどちらかと言えば細身で、着ているのもローブでいかにも魔法使いな見た目をしてたし。

でもアルノード様へのそんな印象は、戦闘している姿を見れば一発で吹っ飛んじゃった！

その魔法の威力は森を焼き尽くすくらいに高くて、魔法で強化したその肉体で私でもギリギリ目で追えないくらいの超速戦闘ができて、おまけに誰よりも前に出て魔物たちと戦ってくれるんだ！

しかもただ強いだけじゃないの！

アルノード様は回復魔法を使って大隊のみんなの怪我を治してくれる。

例えばエルルは火魔法を使いこなすマーダーグリズリーと戦っているうちに、その攻撃を避《よ》けきれずに食らってしまった。

アルノード様はそこに颯爽《さっそう》と現れてエルルを囲む魔物たちを倒して、そのまま回復魔法をかけて戦いに戻ったんだって。

かっこいいよねぇ！

本当ならお嫁にいけないような大きな火傷《やけど》を顔に受けちゃったエルルの顔は、隊長のおかげで今もつるつるの卵肌。

エルルはあの一件以降、完全にアルノード様に惚《ほ》れてしまっている。

誰がアルノード様についていくかは模擬戦で選んだんだけど、正直負けてもおかしくなかった。

実力は私の方が上だったはずなのに、恋する乙女のエルルの鬼気迫る様子は尋常じゃなかったからねぇ……。

隊長はただ回復魔法が使えるだけじゃなくて、魔道具職人でもあった。

魔物が侵入したらアラームを鳴らしてくれる『起きルンです』みたいな実用的な物から、魔力を込めれば砂糖みたいに甘い水が出る『甘露の水差し』まで。

私たちが過酷なバルクスでもなんとかやってこられたのは、アルノード様の多才さのおかげだった。

例えば今私が着ている『ドラゴンメイル』や腰に差している『龍牙絶刀』も、アルノード様が付与魔法で色々と効果を高めてくれている。

これを作ってくれたのは、鍛冶見習いだったダックと前に皮革職人の徒弟をしていたことのあるジィラック。

もちろん二人とも大隊のメンバーだ。

ただの見習いでしかなかった二人がドラゴン素材をまともに扱うことができたのも、何度失敗してもいいだけの素材を集めてくれて、おまけに素材をしっかりと扱えるようアルノード様が強化魔法で支援していたからだ。

大隊に装備が行き渡るようになってからは、重傷を負うこともめったなことではなくなった。

私たちはみんな、アルノード様のことが大好きだった。

これだけ方々に手を尽くされて、嫌いになるはずがない。

だから余所《よそ》の隊でずっとサボってきたマリアベルのような隊員まで、みんな真面目に戦うようになった。

自慢じゃないけど、私たち第三十五大隊はそりゃもう相当に頑張った。

アルノード様にもらった厚意を受け取るだけではいけないと、誰もが自分にできる限界を超えて戦い続けたからね。

おかげで今の私たちは、配属前と比べれば雲泥の差がつくほどに強くなった。もちろん装備の差もあるが、同じ装備の過去の私と戦っても一瞬で倒せるくらいにはなったと思う。

早くアルノード様のところへと、他の隊員たちにはせっつかれている。

私たち大隊のメンバーは、軍というよりアルノード様個人への恩義を強く感じているからね。

あまり口数は多くないけれど、マリアベルもきっと私と同じ。

じゃなきゃ無精な彼女が、わざわざ軍を抜けて冒険者になるはずがないものね。


オーガを狩りに行く前に、まずは住環境を整えていくことになった。

借りたのは、『怪しい風体』というそんな名前で人が来るのか不思議に思う宿屋の一室だ。

アルノード様はうなだれながらも、私たちの分までお金を出してくれた。

「私、お金を持ってたらあるだけ使っちゃうので！　ありがとうございます、隊長！」

そう言って感謝の気持ちを伝えると、アルノード様は頭を抱えてしまった。

いったいどうしてだろう？

借りることになったのは、大きめの部屋を一個だけ。

節約も兼ねて、寝るのは三人一緒だ。

異性に裸を見られるのはもう慣れたので、あまり抵抗はない。

バルクスでは危険がないよう、任務中は異性の前でも着替えるのが普通だったからね。

トイレなんかも遠くでしているうちに襲われないよう、音が聞こえるくらいの距離には誰かがいなくちゃいけなかったし。

宿を決めて、一階にある食事処《どころ》でご飯を済ませたら、オーガ討伐へ出発！

歯ごたえのない相手なので退屈な任務になりそうだ。

けど隊長と一緒にいられるってだけで、不満はない。この程度でぶー垂れていては、アルノード様への随行の立場を争った他の子たちの立つ瀬がないしね！

アルノード様には何か考えがあるみたいだし、私は黙ってついていくだけ。

隊長に従ってれば、きっと上手くいく。

バルクスの頃から、私は隊長の信者なのだ。

「あっちに三体……更に右の方に五体いるな。どっちをやる？」

「はいはい、私が五体の方で！」

「……ずるい、私もそっちがよかった」

「早い者勝ちですぅ！」

隊長の手には、懐中時計のような丸い魔道具が握られている。

表面は銀でコーティングされていて、パカリと中が開く仕組みになっている。

時計なら十二刻が刻まれている場所は、つるりとした平面になっている。

そしてその平面の中に、ピカピカといくつかの光点が見えている。

あれは素敵に使う探知魔法を魔道具に落とし込んだ『サーチ＆デストロイ君三号』だ。

生き物が無意識のうちに発する魔力を感知して、敵影を探してくれる魔道具である。

使うのに魔力が必要なので私にはまともに扱えないが、かなり便利なアイテムだ。

光点の輝き方で、ざっくりとした強さもわかるらしいからね。

あれは隊長が自分用にチューンアップしたやつなので、他の大隊の魔法使いたちが使っていた物よりも消費魔力が多く、探知範囲が広いものになってるって話を前に聞いた。

すっごく便利なんだけど……魔道具の名前、全部ダサいんだよね。

アルノード様は色んな才能を持ってるけど、ネーミングのセンスだけは神様から与えられなかったらしい。

名付ける魔道具は全部が全部、猛烈にダサい名前ばっかりなの。

性能はすごくいいから、使う分には問題ないんだけどさ。

「隊長はここで――」

「待ってて」

「おう」

オーガ程度でアルノード様の手を煩わすわけにはいかないので、二人でちゃっちゃと狩ってしまおう。少しでも戦い甲斐《がい》があるように二人で別のグループを相手取るつもりだけど、まったく油断はしてないよ？

腕が鈍《なま》っていざという時に戦えない方が、ずっと怖いもの。

マリアベルと小突き合いをしながら、獲物のいる方へと駆けていく。

途中で別れて先へ進むと、お目当てのオーガたちが見えてきた。

ゆっくりと近付いていきながら、戦闘準備を整えていく。

向こうもこちらに気付いたようで、早足で駆けてきた。

小さく息を吐いてから、腰に差した剣を抜く。

反りのある真っ白な剣が、その刀身を露《あら》わにした。

よく目を凝らしてみれば、うっすらと白いオーラが立ち上っている。

高い生命力を持つドラゴンの素材は、死して尚《なお》その強靱《きょうじん》さを示し続ける。

私の愛刀は、その名を『龍牙絶刀』。

以前バルクスで出てきた、アイテールドラゴンの牙のうち最も硬度が高かった部分を使用した、最高クラスの逸品だ。

あのドラゴンは身体がでかいくせに、めちゃくちゃスピードがあって誇張抜きに死ぬかと思った。

魔法耐性が高すぎるせいで、隊長でも致命傷を与えられなかったんだよね。

皆でローテーションで戦闘メンバーを入れ替えながら戦い続けて、どうにか倒せたけど……かなりの強敵だった。

単体の強さなら、今まで戦ってきた魔物の中で一番だったと思う。

そんなドラゴンの中でも年齢が高く強力な個体の牙からできているこの剣の切れ味は、それはもう凄《すさ》まじい。

ミスリルの鎧を噛《か》み砕く龍の牙でできているので、そこらの剣ではこれとまともに打ち合うこともできない。

おまけに剣に自分の体力を注ぎ込むことで、威力を更に増大させることも可能だ。

数回も使えば立ってられないくらいに消耗しちゃうから、ここぞという時にしか使えない必殺技だけどね。

近付いていき、一閃《いっせん》。

棍棒で受けようとしたオーガは、己の得物ごと真っ二つになった。

残る四匹のオーガたちは、ない知恵を絞って私を囲もうと動き出す。

だが遅い。

彼らの動きは、高速戦闘に慣れた私からするとあくびが出るほどに遅かった。

後ろに回ろうとする者を切り捨て、正面から向かい合う一匹の頭に突きを当てる。

抜いた剣を横に薙《な》いで四匹目を倒すと、最後の一匹が実力差に恐れたのか逃げようとする。

その無防備な後頭部に剣を突き立ててやると、血を噴き出しながら倒れていく。

戦闘自体はあまりにも一瞬のうちに終わった。

戦うことよりも、お金になる部分を取り出す作業の方がよほど手間がかかる。

バルクスに居た頃は全部『収納袋』に入れていたんだけど、何故《なぜ》か隊長はここでそれをやったらダメだって言っていた。

面倒だなぁと思いながら、言われた部分を切り取って鞄にしまっていく。

魔物を倒したことを示すためには、討伐証明部位と呼ばれる魔物の身体の一部が必要だ。

オーガ討伐の証拠になるのは心筋なので、心臓をまるっと切り取ってしまう。

中には魔石も入っているので、後でほじくるつもりだ。

アルノード様にお金になると言われた部位を切り取っては、鞄の中に入れていく。

今使っている鞄には空間魔法はかかっていないが『消臭』の効果は付与されている。

おかげで血腥《ちなまぐさ》いものをぽいぽい入れても、嫌な臭い一つしなかった。

言われたことをこなして戻ると、別れたところでマリアベルが待っていた。

彼女は相変わらずの仏頂面だが、一緒に死線をくぐり抜けてきた私にはわかる。

今の彼女は、ドヤ顔をしていた。

「私の方が早かった……ふふん」

そりゃあんたは三匹だったんだから、私の方が処理に時間がかかるのは当然でしょ！

口げんかをしながらどっちの方が強いか言い争っていると、すぐに困った顔をしたアルノード様が見えてくる。

見てくださいアルノード様！

私、言われた通りにちゃんとやってみせました！

オーガ程度、まったく相手にもなりません！

本当はもっと強い魔物と戦いたいけど、我慢我慢。

アルノード様は自分の部下が怪我をすることをとっても嫌がる。

なので絶対に安全に戦えるくらいの魔物の相手を命じることが多い。

そして自分は、いつも一番危険なところに飛び込んでいってしまう。

「俺が相手をすれば、誰も傷つかなくて済むからな」とかなんとか言って。

アルノード様、あなたが私たちのことを大切に思ってくれるのはとても嬉しいです。

でもあなたが私たちのことを思うのと同じ……いやそれよりも強く、私たちだってあなたに傷ついてほしくないんです。

今は無理でも……きっといつか、一緒に肩を並べて戦ってみせます！

だって私……アルノード様のこと、大好きですから！

第二章 ✝ 新たな出会い、そして再会

「はい、では合わせて金貨八枚になります」

今俺の前には、オーガ討伐の報酬が置かれている。

さっと布袋の中に入れると、ずっしりとした重みを感じた。

討伐報酬と処理済みのオーガのいくつかの部位をまとめると、大体オーガ一頭あたり銀貨三枚くらいの値段になった。

今日は合わせて三十体くらいのオーガを倒したが、いくつか処理が甘かったものがあり、その分査定額が引かれて金貨八枚という次第。

危険なくできる仕事の中では、大分割もいい方だろう。

後で魔道具の触媒になる魔石とレバーだけはもうちょい加工して魔道具屋にでも卸すつもりなので、しめてギリ白金貨一枚に届かないくらいの稼ぎだろうか。

一日でこれだけ稼げるなら、この街で暮らしていくことは問題なくできそうだ。

受付を終えギルドから出ようとすると、後ろに並んでいた冒険者たちの視線が気になった。今朝とは違い、彼らが見ているのはエンヴィーたちではなく俺だ。

大量のオーガを狩ることは、熟練の冒険者であっても難しい。

普通オーガというのは、泊まり込みで群れていない個体を探して狩る場合が多いからだ。

群れを成しているオーガを蹴散らすには、金級レベルの実力が必要になるからな。

「それでは第三十五辺境大隊の再出発を祝って、乾杯！」

「かんぱい」

「乾杯！」

宿の食事処《どころ》で、コップを打ち鳴らして酒を呷《あお》る。

労働の対価に酒を求めるようになるのは、大人になった証拠だ。

俺も歳《とし》を取ったもんだ。

前は苦くてマズいと、酒を敬遠してたというのに。

「このままなら余裕で暮らしていけそうですね～」

「冒険者としての、私たちの実力は高い」

「だな、お前らなら十分やっていける」

エンヴィーたちはなかなかに上機嫌だった。

彼女たちからすればオーガはそれほど満足できるような相手ではなかった。

だが久方ぶりに俺と一緒に魔物討伐に精を出したことによる満足感と、思っていたより多く金が稼げたことによる達成感がそうさせているらしい。

「何か入り用なら遠慮なく言えよ。必要な物なら、経費として出すからな。あとこれが、当面の小遣いな」

今回パーティーを組むにあたって、俺は彼女たちと改めて雇用契約を結ぶことにした。

といっても、それほど厳密に決めたわけじゃないけど。

でも一応、一緒に生活していくにあたって金銭の管理は必要だ。

金の切れ目は縁の切れ目だしな。

とりあえず財布の管理は俺がすることにした。

魔物討伐のための準備や魔道具や各種装備品の整備は俺がやるし、彼女たちはおおらかな属州出身者なせいかそっちの面では大分ずぼらだ。

なので必要な金銭が生じた場合、それを財布から出すという形式を取らせてもらうことにした。

銀貨五枚ほどを給料……というか何かあったときのための予備として渡しておく。

エンヴィーたちはそれを、前に俺が渡した巾着袋へとしまっていた。

……俺が公務の手慰みに作った小銭入れ、まだ持ってくれてるのか。

二人ともずいぶんと物持ちがいいんだな。

「とりあえず金の問題はなんとかなりそうだ。オーガも数十匹程度なら問題なく倒せることがわかったし、狩り場を変えれば数を減らすこともなく安定して稼げるだろう」

俺たちはまだしばらくのうちは、節約しなくちゃいけない。

何人か新たに大隊のメンバーが来たりすれば、出費もかさむだろうし。

最終的に六百人もの人間の面倒を見るなら、金なんかいくらあっても足りないからな。

一応腹案としては、いずれは稼ぎを五等分するような形にしたいと考えている。

具体的には俺に二、エンヴィーとマリアベルにそれぞれ一、そしてパーティーの余剰資金として一を貯《た》めるという形だ。

俺の取り分が多いのは、素材を加工する手間を加味した結果である。

これくらいの配分でも、何もせず全部ギルドに売るより彼女たちの得る金額は多くなる。

そして俺を別の誰かに置き換えてもパーティーが回るようになれば、それが理想だ。

魔物の加工方法を教えた奴《やつ》らも何人かいるので、そいつらを教師にして同じことができる者たちを増やし、いずれは大隊を小分けにした中隊、更にそれを分けた小隊ごとに黒字が出せるようになるのが目標だ。

彼女たちが俺の手から離れても問題なく稼げるようになれば、俺としても万が一の心配をしなくてもよくなるし。

「しばらくはガードナーにいるんですか？　もっといい場所もあるかもしれませんけど」

「ここは王国とかなり近いからな。大隊の中にはシュウみたいな戦闘要員じゃない奴らもそこそこいるし、ある程度の数が揃《そろ》うまではここでと考えてるが」

「何人か呼んどきます？　手紙出せるそうですけど」

「そうだな……とりあえずもう四人呼べるか？　大人しめな奴らで頼むぞ。あと一人は、俺が魔道具作りの手ほどきをした奴も入れてくれ」

「ほいほーい」

まだ一日しか試してはいないが、大隊のみんななら実力的にはそれほど問題はなさそうだ。

冒険者としても問題なくやっていけるだろう……少なくとも、実力的には。

手綱を取ってやらないと、強敵に突っ込んで死にかねない奴らが多いんだよな……あいつら、バルクスでちゃんとやれてるだろうか。

一応結構な量の魔道具は残してきたから、下手なことにはなってないとは思うが……。

「マリアベルは今日一日、どうだった？」

「冒険者……あんまり強いのいない。エンヴィーの方が、まだマシ」

「それってどういう意味よ！　いいわ、決闘しましょう。表に出なさい！」

「どうどう」

何かあるとすぐ試合おうとするエンヴィーをなだめながら、俺もマリアベルの意見に内心で同意していた。

少なくともこの街の中で会った者の中に、二人クラスの実力者はいなかった。

『サーチ＆デストロイ君三号』で冒険者たちの魔力量も見てみたが、俺が唸《うな》るような者はいなかったし。

気力量、つまりはその人間の持つ生体エネルギー量を確認もしたんだが、大隊のメンバーなら金級の奴らを相手にしても問題なく勝てるくらいの力はありそうだった。

となれば単純計算で、大隊のみんなを呼べば金級六百人分以上の武装集団がやってくることになる。

だがそうなると……。

「大隊全員を養っていくには、この街だと小さすぎるんだよな」

俺抜きのパーティーでもやれるかを確認する意味も込めて、大隊から何人か人員を募るのは問題ない。

手紙が届いてこちらに来てもらった時には、今よりはずっと余裕を持てているはずだし。

ただどうやらこの街周辺の狩り場では、出てくる魔物の数も質もそれほど高くはない。

二十から三十人ならなんとかなるだろうが、あまりたくさん来られても完全に戦力過剰だ。

日々の生活のためだけに、魔物を狩り尽くしかねない。

そもそも金級六百人の戦力なんて、基本的にどこへ行ったって過剰だろう。

戦争でもおっぱじめるなら話は別だけど。

まぁとりあえず、目標は当初と変わらない。

金級にさっさとなって、大隊のみんなを呼べるだけ呼ぶ。

そしてクランとしての名声を高めて、王国の中で存在感を高めていく。

いざという時に切り捨てられたりしないよう、立ち回っていかなくちゃいけない。

そうすると早い段階で、この街を治める貴族とも渡りをつけといた方がいいかもしれないな。

元『七師』の威光が他国でどこまで通じるかはわからんが、あまり期待せずにやってみようじゃないか。


俺はオーガ討伐を二人に任せ、一人ガードナーの街をぶらついていた。

……別にさぼっているわけじゃないぞ？

昨日のうちに処理を済ませておいた魔石とレバーを売っていたのだ。

オーガから採れる素材の中で、この二つが最も有効な魔力触媒を作ることができる。

魔力触媒というのは、魔道具を作成する際に必要になってくる触媒のことを指す。

魔道具作りに必要なのは三つ。

魔道具として使う道具そのもの。

道具に魔法を付与できる付与術士。

道具へ魔法を付けるために必要な魔力触媒。

何を作るにも、この三種の神器が必要不可欠だ。

例えばガードナーの魔道具ショップなんかにも並んでいる点火の魔道具。

最も初歩的なこの魔道具は、魔力回路を刻んだ道具と簡単な火魔法の使える付与術士、適当な魔力触媒があれば作ることができる。

点火の魔道具なら、魔力触媒に高価な物を使う必要はない。

付ける魔法の難易度も低く、魔力回路自体も火を点《つ》けるためのシンプルな物だからな。

具体的には最弱の魔物であるスライムの核《コア》のうちの三分の一ほどをすり潰した水溶液があれば事足りるだろう。

回路が複雑になり、より精密な魔力伝達が必要となる場合、触媒もまた有用なものを使わなければいけない。

オーガの魔石と肝臓から作った自家製魔力触媒は……全体から見ると下の中くらいだろうか。

バルクスだと上の中くらいなら平気で手に入っていたので、自己採点が少し辛いような気もする。

とりあえずは適当に何店舗かに卸してみて、一番高く買い取ってくれそうな場所をお得意様にするつもりだ。

あいにくだけど、魔道具作りを生業《なりわい》にするつもりはまだないからな。

魔道具作りにおいては、相性というものがある。

例えば魔力回路と魔力触媒の相性だったり、道具の素材と魔力触媒、術士との相性だったり……何を使って誰が作るかで、性能はかなり変わってくるのだ。

また同じ職人が作っても、結構バラつきが出ることも多い。

同じ品質の物を安定して作れるようになるのは、その職人が一流の証拠だ。

俺はとりあえず下見で目星をつけていたザレム魔道具店に入ることにした。どちらかといえば大衆向けの簡単な魔道具がメインの店だが、ここの製品の品質はかなり均一だった。

どうせ使われるのなら、腕のいい職人に使ってもらいたいと思うのは、魔道具職人としての性《さが》だ。

「魔力触媒の買い取りを頼みたい」

「素材はなんだ?」

「オーガの魔石とレバーだな」

「おお、それなら出してみてくれ。オーガ素材が少しばかり不足気味でな」

前にも言ったが、基本的には魔道具は素材を統一した方がいい物ができる可能性が高くなる。

オーガ系の防具は冒険者なんかには人気が高い売れ筋商品だ。

討伐する魔物のチョイスは間違ってなかったみたいだな。

容器を取り出し、机の上にことりと置く。

店主はクルクルと蓋を開けてから、まず匂いを嗅いだ。

魔力触媒の質の見極め方は、五感に頼らざるを得ない。

魔力が入っているだけいいというわけでもないので、ここらへんは職人技の領域だ。

「混じりが少ねぇな。純水で作ってるのか？」

「いや、面倒だったから少し血を混ぜた」

「おいおいマジかよ、勇者かお前」

魔力触媒を作るのに最も適しているのは純水だが、俺が作業をしたのは馬車の中。

濾過《ろか》装置が割れるのが嫌だったので、オーガの血を混ぜて魔石と水の親和性を上げておいた。

ただしこのやり方は、配合比率をミスったり、作成の際に魔力調節を間違えると魔力触媒がまるごとおじゃんになる。

ザレムが驚いているのはそれが理由だ。

オーガの触媒程度ダメになってもいいからと、効率優先で作っただけなんだけどな。

「合わせて……金貨五枚でどうだ？」

「おお、思ってたより高いな」

「見たことないくらいに上質な触媒だからな。一応参考までに聞いておきたいんだが……お前さん、高名な魔道具職人かね？」

「いやいや、まさか」

前に王国で魔法で飯を食ってたことはあるけれど、魔道具職人ではないよ。

俺の答えに満足せずに首を傾《かし》げられても困るって。

……でも思っていたより金になるな、オーガ討伐。

一日の稼ぎはしめて金貨十三枚。

俺は懐を店に入る前より重たくしながら、ホクホクで店を出る。

まだまだやらなければいけないことはある。

次は不動産見学と洒落《しゃれ》込《こ》むか。


大隊のメンバー十人で住めるような場所となると、さすがに一軒家にはすべきだろう。

そこから更に……二十人くらいまでなら住めるくらいの大きめの家の相場なんかを調べてみることにした。

何人かに聞き込みをして一番評判がよさそうだったエニタイム不動産へ入り話を聞かせてもらう。

どうやらいくつも店を出している大手らしい。

店長のアガサスは、眼鏡をした三十代半ばほどの女性だった。

柔和そうな顔をしているが、この年で店長をしているとなればやり手だろう。

下手な物件を勧められたりしないように気をつけねば。

「見繕ってみた感じ、挙げられるのはここところ、あとここくらいですね」

紙を抜き取り、物件の情報を見せてくれる。

ガードナーには、条件の一致する候補が三つほどあった。

賃料はそれぞれ、金貨八・十・十二枚。

金銭的な問題はクリアできそうだった。

リンブルの国法にはあまり詳しくないので尋ねてみると、特に大きめの屋敷を借りたりしても課税額がドッと増えたりはしないらしい。

「これより大きなサイズとなると厳しいか？」

「それだとどうしても没落貴族とか落ちた豪商の屋敷になっちゃいますので、こっちにはあんまり数は多くないんですよ」

「その言い方だと、王都にはたくさんあるのか？」

「ええ、王都リンブリアは今色々とごたついてるみたいで、結構な数の屋敷が売りに出されたりしてますよ。商売っ気のある人間はみんなリンブリアに行ってます」

たしかリンブルがデザントと不可侵条約を結んでいるのは、王位継承を巡るゴタゴタという名目だったたな。

俺はトイトブルクからの魔物が処理しきれないことを隠すための名目だと思っていたが、どうやらいくばくかは真実も混じっているらしい。

彼女が店長をやっているのは、ギラついている人たちがみなこの場所を離れていったかららしい。

どうやら俺の人を見る目は、まったくあてにはならなそうだった。

「大きめの家を借りるなら、使用人も雇うことにはなると思うが、普通は何人くらい雇うものなんだろうか？」

「このサイズなら……四、五人でしょうか、うち一人は貴族に雇われてた侍従長クラスをって感じですかね」

「使用人はどこで雇うんだ？　冒険者ギルドか？」

「普通はある程度信頼できる店の徒弟とか、知り合いとかが多いです。大きめな屋敷に住めるような金銭的な余裕がある人は、冒険者なんか雇いません」

まぁたしかに、冒険者に倫理とかは期待できないよな。

社会のルールに縛られたくなくて、日銭を稼ぐ奴らがほとんどだし。

でも少し困ったな。

来たばかりの俺たちにまともな伝手《つて》はない。食堂なんかの給金を調べてから、それより少し高いくらいの求人の張り紙でも出してみるべきだろうか。

使用人は絶対に必要だ。

自慢じゃないが、俺も含めてまともに家事ができるやつなんぞほとんどいないからな！

エルルなんかはよく弁当を作ってきてくれる家庭的な子だったが、あれは彼女が例外なだけだ。

ただ人数が多すぎてもあれだよな。

自分で言うのもあれだが、俺たちは結構たくさんの秘密を抱えている。

俺の正体とか、身につけてる装備とか、使ってる魔道具とかな。

『収納袋』を家に置いておけば魔が差したりする奴も多いだろうし、バカな奴らなんかが盗みに入ることもあるかもしれない。

そう考えると屋敷の人間も、ある程度は戦えた方がいいのか……？

まぁそのあたりは、後でエンヴィーたちと話し合って決めてみるか。

「ありがとうございました。あとのメンバーたちと話をしてから、そう遠くないうちに決めようと思います」

「おおっ、いえいえこちらこそありがとうございます！　不動産を抱えるだけでも経費がかかるので、助かりますよ！」

アガサスは正直すぎるので、不動産業には向いていない気がした。

でも個人的に、こういう真《ま》っ直《す》ぐな人は嫌いじゃない。変な物を押しつけられる心配もなさそうだし、もし借りる時はエニタイム不動産に決めてしまおう。

ちなみにエニタイム不動産は、二十四時間営業らしい。

居酒屋でもないのに、誰が得をするというのか……謎である。

ガードナーの街を歩いていると、当たり前だがデザントの王都デザントリアとは全く違う。

ここはなんというか……時間の流れが、全体的に緩やかだ。

辛辣な言い方をすれば、いささか田舎じみている。

リンブル全体がそんな感じで、デザントの方が色々と進んでる。

魔法技術とかもそうだし、娯楽とか食事とかも。

でも俺は、どちらかといえばリンブルの方が好きだな。

デザントリアでは人の往来が多すぎたし、みんな忙《せわ》しなかった。元々そんなに上昇志向の強くない俺には、このくらいのゆったり感が性に合っているのかもしれない。

あくびで開いた口を押さえつつ、適当に店を冷やかしていく。

いくつかの店では物価確認と称して、何個か商品を買っている。

肉も麦もデザントより安い。

塩や香辛料が割高なのは、恐らくは輸送の関係だろう。

あと武器と魔道具は、基本的にはデザントより高いな。

これは魔法技術と……鉱山との距離の違いだろうか。

帰ってきたらエンヴィーたちを連れて来ても面白いかもしれない。

お腹《なか》がパンパンになるまで食べ続けている彼女たちの姿を想像していると、ガシャガシャと聞きなじみのある音が聞こえてくる。

金属鎧《よろい》が擦れるときの、無骨な擦過音だ。

ちらと横を向くと、視界の端の方に慌てた様子の女性の姿がある。

金属の全身鎧を着ているが、兜《かぶと》だけはしていないため顔はよく見える。

意志の強そうな瞳をしている彼女は、額にじっとりと汗を掻《か》いていた。

まだ春先で肌寒い季節だというのに……それほど焦る何かがあるのだろうか。

遠くて何を言っているのかまではわからなかったが、店先に居る従業員になにやら尋ねている。

「……っ！……ぃ！」

紙を指さしているので、尋ね人か何かだろうか。

それにしても結構な剣幕だな。

かなり切羽詰まっていそうだ。

「………」

立ち止まり、視線を鎧の女騎士に固定させる。

金属の全身鎧は、決して安い物ではない。

そして金属鎧は体温を吸い取りやすく、そして熱くなりやすい。

そのデメリットを補うため、高価な鎧の場合は付与魔法で効果を付け足されている物も多い。

彼女が着ているのも、そういった魔法効果付きの鎧だった。

付与魔法の付いた武具の場合、純粋な魔道具と区別するためにマジックウェポンという呼び方をすることもある。

彼女が着用しているマジックウェポンには、パッと見ただけで『重量軽減』と『体温調節』の効果が付与されているのがわかった。

よく見れば『偽装』も混じっているな。

鉄じゃなくミスリルでできているようだ。

なんにせよ、あの鎧は明らかにただの騎士に着られるような物ではない。

魔法技術が遅れ気味のリンブルでは、あの鎧の価値は相当高いはずだ。

それほどの人物が何やら困った様子で店を回っている。

これはもしかすると、チャンスかもしれない。

有力者との顔繋《かおつな》ぎのタイミングは、早ければ早いほどいいだろうからな。

俺はガシャガシャと音を立てて歩く騎士へ声をかけることにした。

「何かお探しですか？　微力ながら力を貸しますよ」

【side　サクラ】

私――王国第一騎士団序列第四位、サクラ・フォン・アルスノヴァ＝シグナリエはリンブル王国において数少ない『聖騎士』の名を冠することを許された人間だ。

優秀な者たちがより抜かれて集められる王国第一騎士団の中で高い序列を保持することは並大抵のことではない。

ただ剣の腕が達者で、戦場で活躍できるというだけでは『聖騎士』にはなれない。

気力を使い白兵戦を行うだけではまだ足りない。遠距離からの魔法や支援としての回復魔法や強化魔法なども使いこなし、部下の騎士団員をきちんと統制し、有事の際は統率してようやく、認められるようになる。

『聖騎士』とは一定以上の魔法の練度を持つ、魔導騎士でもある。

魔法の修練に必要な物は一に血統、そして二に教育である。

各種魔法を使いこなせる私は、その名前からも察することができるように名家であるアルスノヴァ家の生まれであり、しっかりとした教育を受けて育ってきた。

いずれはアルスノヴァ家で代官をこなし、領地の一つでももらい受けようと思っている。

そんな風に順風満帆に生きていた私は今、かつてないほどの窮地に立たされていた。

デザントと条約の締結が成り紛争問題が解決した現状、リンブルは小康状態にある。

政情には暗雲が立ちこめてはいるが、内戦が始まるほどではない。

『聖騎士』である私の業務も減り、仕事内容も国内で起こる些細《ささい》な問題の解決ばかり。

国からはこの機会にと休暇の許可が下り、半月ほどの短い期間ではあるが、生家であるアルスノヴァ家へと戻ることになった。

久方ぶりに慣れ親しんだ空気を楽しみながら家に帰ると、現アルスノヴァ家当主である父から、領地の視察をする次期当主である妹のオウカへの随行を命じられる。

特にやりたいこともなかったので、休みの期間中ならばと了承し、久方ぶりの姉妹団らんを楽しむこととなった。

そこまではよかったのだ。

だがそこで事件が起きた。

オウカが突然、失踪してしまったのだ。

彼女は元から活発で、少し目を離せばどこかへ行ってしまうようなお転婆娘だった。

そのため父から借り受けた騎士団員を監視に貼り付けていたのに……彼女はそれすらも撒《ま》いてどこかへ抜け出してしまった。

隠蔽の魔法でも使ったのかと思うほどの凄技《すごわざ》だ。

誰かに誘拐されてしまったのかもしれない。

オウカが行方不明になったのは、私の監督不行き届きである。

次期当主であり、正妻の娘であるオウカに万が一のことがあれば、私は詰む。

第一騎士団で出世の道が絶たれるだけではない。

側室である母の家内での立場もなくなり、領地から追放に処されるような可能性さえあるだろう。

だがそんなことはどうでもいい……いや、どうでもよくはないが。

何より私が一番案じているのは、オウカの身の安全だ。

色々と面倒をかけさせられもするが、オウカは私のかわいいかわいい妹だ。

その身にもしものことがあればと思うと、身震いせずにはいられなかった。

捜索隊を結成し、必死になってその行方を追い続けているが……結果は芳しくない。オウカの姿が忽然《こつぜん》と消えたガードナーの街で、聞き込みを続けるも、手がかりは何一つ手に入らなかった。

捜索は既に三日目に突入しているが、状況は変わっていない。

街の出入りには目を光らせてもらっているが、情報は何一つ入ってはこない。

やはりもう、ガードナーにはいないのだろうか。

（まずい、このままでは……）

頭の中によぎる暗い想像を振り払いながら聞き込みを続けていた時のことだった。

「何かお探しですか？　微力ながら力を貸しますよ」

「――実は尋ね人が居るのだ」

私は声を上げそうになるのを必死で抑えながら、ゆっくりと後ろを振り返る。

自分に言い聞かせなければ、声もうわずってしまっていただろう。

（こいつはいったい、どこから現れたのだ!?　これほどの距離に近付かれるまで、その存在に気付かないとは……）

自慢ではないが、私の感知能力は高い。

お前の気力感知は王国でも五指には入るだろうと、団長に太鼓判を押されたこともあるほどだ。

王国でも有数の力を持つ私の警戒を掻い潜《くぐ》り、後ろに立つ。

そんなことができる人間が、このガードナーにいるとは思っていなかった。

もし相手が敵対的な人間だったのなら、私は既に死んでいただろう。

「失礼しました、私はアルノード。現在は銀級の冒険者をやらせてもらっています」

「――サクラだ、見て分かる通り王国で騎士をしている。アルノードは冒険者だったのか。……いきなり背後に立つのはやめてほしい、心臓が飛び出るかと思ったぞ」

「それはすみません。自分の方も慣れない騎士様と話すので、少しばかり気持ちが浮ついていたのやも」

アルノード……いや、まさかな。

彼が緊張しているようには見えなかったが、黙って首肯しておく。

これほどの男が私に話しかけてきたことには何かがあるかもしれないが、現状では背に腹は代えられない状況だ。

たとえ裏があるとしても、実力者の手はどんなものであっても借りたいのが正直なところである。

銀級にもなれば、私が着けている鎧がマジックウェポンであることは察しがついているはず。

それだけの物を持てる人間だとわかっても態度は何一つ変わらない……それだけの大物ということか。

冒険者をやっているあたり、訳ありなのは間違いないだろうが。

「探しておられるのは、どのような御方《おかた》なのでしょう？」

「特徴はここに書いてある……消息不明の私の妹だ」

私の手に握られているのは、外見的な特徴の記されたペラ紙だ。

下の方には、絵師に頼んで描かせた似顔絵がある。

だが男――アルノードはそれをちらと一瞥《いちべつ》しただけで読み込もうとはしなかった。

彼は指を立て、

「その人の魔力の残滓《ざんし》……いえ、その人が使っていた物品はありますか？　使い続けていればいるだけいいです」

「……使っていた物か？　長年使い続けていたものとなると――少し待っていてくれ」

一度宿泊している宿に戻り、言われた通りの物がないかを探す。

オウカが道中使っていた、アンガータートルのべっ甲で作った櫛《くし》が目に入る。

これは――今から五年ほど前に、私が彼女へ誕生日プレゼントとしてあげた物だ。

どんどんと新しい物を買い、お金を消費して経済を回すのも貴族の責務の一つだ。

だがオウカは私があげたこれだけは、長年手放さずにいたのだろう。

使い続けていたことを示すように、その櫛は買ったばかりの頃より光沢を増しており、そして歯の部分が少し削れていた。

――気付けば強く拳を握っていた。

歯を食いしばりながら、そっと櫛をハンカチに包み、ポケットの中へと入れる。

「とうとう私も、焼きが回ったのだろうか」

大通りへ戻る最中、自嘲の笑みがこぼれてくる。

何に使うかもわからないというのに、言われるがままにオウカの物を漁《あさ》るなどと。

名高きリンブルの『聖騎士』が、銀級冒険者の言うことを鵜呑《うの》みにするとは。

それだけ自分が追い込まれているということか。

藁《わら》にも縋《すが》るとは、正にこういうことを指すのかもしれない。

「オウカが使っていた櫛だ。数年間は使用していたはずだが、これで問題ないか?」

「ありがとうございます」

去る前と同じ場所に立っていたアルノードへ櫛を手渡す。

何に使うのかを確かめるため、目を皿のようにしてその一挙手一投足を観察することにした。

アルノードの佇《たたず》まいに、何一つおかしなところはない。敵対的な態度を取られているわけではないし、むしろ彼は私に対し努めて友好的であろうとしている。

だが……全く、寸分も隙がない。

『聖騎士』として生きてきた私には、アルノードの所作は武人のそれだということがわかる。

銀級程度に後れを取るはずはない。

しかし、どうしてだろう。

彼と戦って勝つビジョンが、今の私には見えなかった。

アルノードはそっとハンカチをめくり、そして何やら小物入れのようなものを取り出した。

上に緑色の袋があり、その下に紫色の長い取っ手が付いている。

緑色をした魔物があんぐりと口を開けているようだった。

こんな奇っ怪な道具は、見たことも聞いたこともない。

ひょっとして私は、謀《たばか》られたのかもしれない。

「それはいったいなんなのだ？」

「とある魔物の素材で作った魔道具です、対象の魔力を感知してその場所を割り出すために使います」

「居場所を……割り出すだと？」

魔法技術による恩恵を受ける国家で、魔法に携わる貴族として生きてきた私には、一通りの魔道具の知識がある。

私自身が這《は》いずり回ってオウカを探していたことからもわかるだろうが、居なくなった人間を探し出せるような便利な魔道具などこの私でも持っていない。

そんなものがあるのなら、父上に土下座してでも貸してもらっていただろう。

魔道具は便利なものであっても、決してなんでもできる魔法の道具ではない。

だというのにどうしてだろうか、私には目の前の男が嘘《うそ》をついているようには思えなかった。もしそんなものを持っているのだとしたら、いったい彼は――。

「見つけました。南に百キロほど行った場所です。街はなかったはずなので……山賊の根城か何かだと思うのですが」

「本当、なのだろうな」

「ええ、信じがたい気持ちはわかりますが……」

「――いや、信じよう。どのみち他に手がかりもないのだ、行くだけ行ってみようじゃないか」

折角垂れてきた一本の糸をみすみす逃すことはない。

私は自分の直感に従い、彼を信じてみることにした。

この選択をしたことを神に感謝するようになるのは……もう少しだけ後になってからの話である。

二人で駆けながらやってくると、夕暮れ時よりも早く目的地にたどり着くことができた。

それにしてもアルノード……いや、アルノード殿の強化魔法はとんでもないな。

これほどの魔法の使い手で、そして聞いたこともないような魔道具まで持っている。

正体を聞かずとも、彼が並大抵の人間でないことくらいは察せてしまう。

恐らくその正体は私と同じ貴族だろう。

御家《おいえ》騒動で家を追われた元嫡男……というのは、少しばかり想像が飛躍しすぎか。

馬車より走った方が速いと言われた時は正気を疑ったが、たしかにその言葉に嘘はなかった。

そして今私たちの目の前には、本物の山賊たちの姿が見えている。

「本当にあるとは……すまないアルノード殿、私は貴殿のことを少しばかり疑っていた。気分もよくなかったことだろう」

「いえいえ、信頼がないのですからそれも当然のことです。それより何より、今はオウカ様の救出を」

「そうだな、その通りだ」

山賊の根城なのだろう洞穴の内部は、こちらからは見られない。

自然に隠されてこそいるものの、明らかに人の手が入っている。

恐らくは元あった物を、人力で新たに掘り進めたのだろう。

入り口には歩哨《ほしょう》が二人ほど立っており、それぞれ周囲を警戒している。

手には斧《おの》と剣を持ち、盗賊にしては上等そうな麻布の服を身につけている。

「でも妙ですね……」

「いったい何がだろうか、アルノード殿」

彼の力を目の当たりにし、正体にあたりがついたので、尊大な態度を取ることも控えている。

彼は首を傾げ、あごに人差し指を当てて叩《たた》いていた。

考えるときの癖なのだろうか。

「自分はここに来る道中、この辺りに居る山賊は狩り尽くしました。彼らはいったい……」

「アルノード殿は彼らの正体が山賊ではない、と考えているのだな」

「ええ、盗賊団を三つほど潰しましたが、どこの頭目もあんな上等な服は着ていませんでした。それに彼らは装備も上等ですし、武術の心得もありそうだ」

「なるほど、参考になるな」

私には盗賊の服の違いなどはわからないが、確かに彼らの立ち振る舞いは武人のそれだ。

アルノード殿の言うことに間違いはないように思える。

もし彼らが盗賊なら、今すぐにうちと身代金の交渉の一つも始めているはずだ。

だが、だとすれば……。

「となると、盗賊に扮《ふん》したどこぞの貴族の手の者だろうな。それならオウカの身は安全だろうから、まずは一安心といったところか」

「足の引っ張り合い、というやつでしょうか」

「フッ、その通り。どこの国にもある派閥争いというやつだ」

身内の恥をさらしているようで少しばかり恥ずかしいが、嘘は何一つ言っていない。

リンブル王家を中心にして国を纏《まと》めようとする派閥を王党派と言い、アルスノヴァ家はこの派閥を取り纏めている。

それに対するは、各種領地の発展を最重要視する地方分派だ。

現在のリンブルは、この二つとそれを静観する中立派を合わせた三つの派閥によって分かれている。

ちなみにそれぞれの旗印は、王党派が第一王子、地方分派が第一王女、中立派が第二王女である。

「それだと殺すのは問題になるでしょうか？」

「……いや、もし他貴族からの依頼だとすれば証拠が残らないよう気を配っているだろう。それが原因で政治問題になることもないだろうから、特に問題はないはずだ」

「なるほど。では数人だけ気絶させて、後は殺してしまいますね。生きたまま運ぶのは面倒なので、首だけ持って帰ればいいでしょう」

「ちょ、ちょっと待ってほしいアルノード殿。いくらあなたが強力な魔法使いとはいえ、想像の通りなら向こうにいるのも貴族の子飼いの実力者たちだ。まずはアルスノヴァ騎士団と合流して……」

「いえ、そんなに強い魔力持ちも気力持ちもいないので、大丈夫ですよ。むしろ魔力だけなら、あいつらの頭目よりオウカ様の方が多いです」

「……いったいいつの間に探知魔法まで？　というかアルノード殿は、いったいどれだけ多才なのだ……」

探知魔法を使える人間は決して多くない。

使うために必要なマジックインパルスの均一な放射の難易度は高い。

それほど精密な魔力コントロールができる人間の絶対数は少ないし、そんなことができるならもっと高威力の魔法や回復魔法を覚えようとするのが普通だ。

アルノード殿は、いったい……。

最初は一笑に付していたが、彼はもしやあの謎に包まれた『七師』、『怠惰』のアルノードの高弟か何かなのではないだろうか。

冷静になって考えているうち、気付けばアルノード殿は指をパチンと鳴らしていた。

彼の視線の先にいる二人の見張りが、そのまま意識を失って倒れてしまう。

あれは……『睡眠』の魔法スリープか。

自分よりも実力の劣る人間にしかかけられないはずだが……。

もう驚き疲れたよ。

けれどきっと……いや間違いなく、この後も何度も驚かされることになるのだろうな。

「眠らせました。オウカ様を助けに行きましょう」

「ああ……全てが終わったら、話を聞かせてくれ」

「もちろんです、私もそれを望んでいますので」

アルノード殿がなんのために手伝ってくれているのかはわからない。

しかし彼を引き入れることは、リンブルにとって有益なのは間違いない。

――いや、今はそんなことなんかどうだっていい。

待っていろ、オウカ。

今お姉ちゃんが、助けてやるからな！

【side　オウカ】

私──オウカ・フォン・アルスノヴァ＝ベッケンラートは昔から父に色々なことを教わってきた。

領民を家族のように慈しむこと。

領民を守ることもできない人間に、家族を守ることなどできるはずがない。

領地を富ませるために己を殺すのが、王国貴族としての宿命だということ。

宮廷での立ち回りや、望まぬ婚姻、暗闘に賄賂、そして密通。

清濁併《あわ》せ呑《の》み、善悪の区別もなく必要なことをやり続けられる人間が貴族として天寿を全うすることができる。

そしてどれほど辛《つら》い目に遭おうが、誰かを憎んではいけないということ。自分が不幸な目に遭ったとしても、この世界のどこかには私よりもずっと不幸な人間がいるのだからと。

けれど我が身に降りかかったこの不幸を思えば……この教えだけは守ることはできそうになかった。

私は今日も、自分の未熟さに歯噛《はが》みしながら不自由だらけの生活を送る。

どこかもわからない洞穴の中に、私は幽閉されている。

日の光を浴びていないせいか、どれほどの時間ここで過ごしたのかもわからない。

体内時計が狂ってしまっているのだろう。

幸いというかなんというか、三度の食事は出してもらっている。

今は十回目の食事を終えたところなので、洞穴生活は四日目ということになるのだろうか。

「姫様、ご機嫌はどうかね」

「もちろんサイアクよ。今すぐ出してくれないかしら？」

「がっはっは、そりゃ無理だ！　飯は食わせてるんだからそれで我慢しとけ！」

私は気付いたときには、この場所に囚《とら》われていた。

お姉様と楽しく街ブラをしていたはずなのに、気付けば意識を失っていて、目を覚ましたときにはこの殺風景な檻《おり》の中にいたのである。

私を捕らえた者が、今こうして話をしている眼帯の男だ。

その名前をゲイリーというらしい、皆からはお頭と呼ばれている。

彼の後ろには数人ほど、別の男たちが控えている。

みな黒いボディースーツのような服を着用しており、髪は短く刈り上げられている。

その漂ってくる雰囲気から察せるが、間違いなく裏の道に通ずる者たちだ。

多分薬か何かで眠らされたんだと思う。

こういう手合いは、そういった物に通じているだろうし。

「まだここを出ないの？」

「もう少ししてから、馬車を使って輸送する。だから今は待機だ」

乱暴な言葉遣いに、何一つへりくだっていないその態度。

私、というか貴族のことをなんとも思っていないのだろう。

正体はわからずとも、目の前の男の上にいる人間の目星はついている。

恐らくは第一王女派の誰かだろう。

描いている絵図もある程度は想像がつく。

次期当主である私をどこかに降嫁させてから、弟のティンバーに爵位を継承させる。

そしてうちがごたついている間に動くつもりなのだろう。

何をするかまでは、さすがにわからないが。

(お姉様は……今頃私のことを探しているのでしょうね)

少し目を離した隙にいなくなった私が悪いというのに、きっとサクラ姉様は全てを自分のせいだと思い自責の念に駆られているだろう。

今も胸を痛めている姉を思うと、情けない気持ちでいっぱいになる。

恐らくこの場所は、山賊の隠れ家か何かだったのだろう。

上手《うま》く隠蔽されている場所だろうから、見つけることも難しい。

移動の手はずを整えているということは、私をバレずに他領へ連れこむ方法も用意しているということ。

(もしかするともう、お姉様には……)

いたたまれない気持ちになり、ここ数日感じていなかった悲しみがこの身を襲う。

泣きたくなるのをグッとこらえ、歯を食いしばる。

スッと目じりを擦《こす》って上を向く。涙の雫《しずく》になる前に、瞳の潤いを指先で受け止めた。

貴族は人前で泣いてはならない。

これもまた、父から教わった教訓の一つだ。

「おお、おお、健気《けなげ》だねぇ！　どんだけ願っても麗しのお姉様は助けには来ないだろうけどよ！」

「お前に――お前にサクラ姉様の何がわかる！」

「ここは防護結界を張り、外界と隔絶してある。どれだけ気力探知が使えようがこの場所は見つからねぇさ。おまけにちょうど数日前に盗賊が完全に根絶やしにされたばかりのここに来る奴はいねぇ」

防護結界とは、結界魔法によって張られる物理・魔法障壁のことを指す。

魔法の熟練度によって結界の強度や効果は変わってくるのだが、一般的な捜索方法である気力探知を防げるクラスの魔道具ではあるらしい。

となれば間違いなく、デザント王国産。

もしかするとリンブルだけじゃなく、デザントとも関係があるというの……？

「この仕事が終わりゃあ……人さらいでもするか？　完全防音でなんでもやり放題とか、最高じゃねぇの！」

「ひゃっほう、さすがお頭！　俺たちとは頭の作りがちげぇや！」

猿のように盛っている男たちが私の方を下卑た視線で見つめてくる。

彼らを黙らせたのは、お頭のゲイリーだった。

とりあえず依頼を完遂するため、私に手を出すつもりはないらしい。

他の者たちもゲイリーの射すくめる視線で、顔を青くしてしまっている。

……なんにせよ、この場所にいる限り私を見つけてもらうのは不可能ってことね。

あとは移動の最中に、なんとしてでも狼煙《のろし》の一本でもあげるしか……。

自決するための毒は、既に奪われてしまっている。

けれど私は、そもそも死ぬつもりはない。

なんとしてでももう一度、お姉様と――


バツンッ！


「何の音だ!?」

「ゲイリー様、結界が――」

「なんだと!?」

いきなりの破裂音に面食らっていると、男たちが慌てている様子が見えている。

正体は不明だが、何者かが結界を破ったらしい。

もしかしてお姉様が――いや、それはないなと即座に否定する。

お姉様は『聖騎士』としてはまだ新人も新人。

それにあの人は細かな魔法より、ドカンと威力のある方を好むタイプだから。

でもそれなら、いったい誰が――。

「結界強度は六前後。『絶対結界ムテキマン』でも使われたら厄介だったが、この程度で助かったよ。『七師』の徒弟の作った試作品あたりだろうな」

「誰だっ!?」

ザッザッと、地面を踏みしめる音がする。

洞穴は陽光が入ってこない作りになっており、内部を照らしているのは弱々とした蠟燭《ろうそく》の光だけ。

目を凝らして見ていると……大きな影が一つ現れる。

誰何《すいか》に答えるように現れたのは、一人の男だった。

ローブを着ており、その内側には革鎧のようなものを着けていた。

一見するとなよっとしており、人当たりのよさそうな見た目をしている。

その手には剣が握られているが、まったく物騒な感じがしない。

まるで街中を散歩しているような気軽さでこちらへ近付いてくる。

だがこんな剣呑《けんのん》な場所でそのような雰囲気を維持できていること——それこそが、何よりの異常だった。

「俺はアルノード、流れの銀級冒険者だ」

「チッ、まともに答える気はねぇってか——やっちまえ!」

それは正しく——蹂躙《じゅうりん》だった。

まるでドラゴンがゴブリンの巣をつつくように、天高く駆けるペガサスがスライムを踏み潰すように、圧倒的な強者が弱者を容赦なく倒していく。

圧倒的な強さを持つ彼の剣閃《けんせん》は、私にはまったく見えない。

腕が飛び、首が胴体から離れ、臓物が腹からこぼれ出てくるのを見て、ようやく斬っていたということがわかる。

「なっ、なんだてめぇは!?」

先ほどまで私をイジめて楽しんでいたはずのゲイリーの立場は、今や逆転していた。

今は彼が、狩られる弱者になっている。

「身体強化《フィジカルブースト》、防御強化《ディフェンスブースト》、速度強化《スピードブースト》！」

ゲイリーが自分に何重もの魔法をかけていく。

その最中、やって来た男が襲いかかることはなかった。

どうしてかしら、まるで何かを待っているような――。

「助けに来たぞ、オウカ」

「お、おね――」

「しっ、静かに。あの人が敵の目を引き付けてくれているうちに」

いきなり目の前にお姉様の姿が現れる。

おかしい、先ほどまでいなかったはずなのに……。

よく見ればお姉様は、肩に何か紫色のマントをかけていた。

姿が見えなかったのは、恐らくはあれの効果だろう。

『隠蔽』か『幻影』の魔道具だと思うけど……まったく見えないなんてことがあるのかしら。

――きっと衝撃的すぎて、私が見過ごしてしまっただけね。

お姉様は何かを取り出し、私の入っている檻の鍵穴に入れた。

お菓子か何かのようだったが、それが入った瞬間にカチリと音が鳴り解錠される。

これは──『解錠』の魔道具!?

話に聞いたことはあるけど、どうしてお姉様がこれほど稀少《きしょう》なものを──。

──アルノードと名乗っていた彼の手引きだと考えるのが自然だ。

恐らくは結界を破ったのも、サクラお姉様を連れてきたのも、魔道具を貸し与えたのも、そして今こうやって私が逃げるまで注意を引いてくれているのも彼。

まさか本物の『七師』のアルノードのはずはないけれど……なんにせよ、あとでお礼を伝えなくちゃ。

「オウカ、かがんで」

「はいっ」

サクラお姉様のマントを、二人でかける。

一人用なので小さかったが、元が男性用だからか、くっつけば問題なく入ることができた。

すると紫色だったはずのマントが、スウッと周囲の景色に溶け込んでいく。

これは……『透明化』だ。

認識を誤魔化す『隠蔽』や偽りの景色を見せる『幻影』よりも、魔法の難度は高かったはず。

アルノード……本当に彼はいったい、何者なのかしら。

顔を上げお姉様を見ると、ジッと戦いの様子を見つめていた。

その横顔は、普段より少しだけ赤く見える。

ま、まさかお姉様――い、いけません！

ああもう、声を出したいけど出せないっ！

もどかしく思いながら、そろりそろりと三日もの時間閉じ込められてきた部屋から抜け出すことに成功する。

去り際にちらと見てみると、アルノードが最後の一人、ゲイリーの右腕を斬り飛ばしたところだった。

アルノードはちらっとこちらを見ていた。

どうやら『透明化』の魔道具も、彼には意味をなさないらしい。


盗賊討伐自体は手慣れたものなので、それほど困ることはない。

密閉空間なせいで高威力の魔法は使えないが、別に白兵戦でも余裕の相手だし。

前に盗賊たちのアジトを潰したときは、遠距離から魔法を撃ち込みまくって完封した。

バルクスを出てからの俺の戦い方は、良くも悪くも魔法を連打していただけだ。

これではいけない、魔法に頼ってばかりいては、いずれ魔法に溺れることになりかねない。

というわけで今回は、魔法を使わずに最後までやりきることをこの盗賊退治の縛りにした。

「畜生、化け物め……」

俺の目の前で、ゲイリーと呼ばれていた頭目の男が倒れる。

こいつ、実はかなりのやり手だった。

本当は気力も使わずにいきたかったが、無理だったたし。

魔法の重ねがけは結構コツがいる。

三重までいけるとなると、そこいらの野盗なんかでは相手にもならないだろう。

さすがに気力と魔力による同時強化まではできなかったようだが……。

生体エネルギーである魔力と気力は、陰と陽の関係にある。

両方を同時に使うことは、それこそ『七師』レベルでもない限りはできないからな。

俺ですらデメリットがデカすぎて、使う時はかなり気合を入れなくちゃいけないし。

「お前拷問とかしても、情報吐かなそうだよな」

「へっ、当たり前よ」

このゲイリー……気力や魔力を考慮すれば、恐らくサクラでも勝てないのではないだろうか。

『聖騎士』と呼ばれているリンブル王国最精鋭のサクラよりも強い賊。

その正体を探っておきたいところだが……俺、精神干渉系の魔法は苦手なんだよなぁ。

催眠とか洗脳とかの精神干渉はほとんどできない。

自分がかかってしまわないよう、耐性装備を作るのが限界だ。

セリアがいれば、一旦殺してから死霊術で情報を得ることもできるが……ないものねだりをしても仕方ない。

こいつを捕らえ、生かしておくのもまずいだろう。

三重強化ができるのなら、鉄格子程度なら壊して脱獄しかねない。

「じゃあな」

「へっ、クソがっ！」

俺は悪態をつく男にとどめを刺してから……死体を土に埋めてやることにした。

気力を使わざるを得ないくらい強かった戦士に対する、せめてもの礼儀というやつだ。

自己満足だけど、やらないよりはマシだ。

俺が捕まえておいた二人の賊から情報を引き出そうと試みたが、そもそもこいつらは大した情報を持っていなかった。

寝かした奴ら共々始末をつけ、洞穴から上がる。

すると遠くから何やら言い争うような声が聞こえてくる。

「アルノード殿の助力を得ることができれば、必ず我らの役に立つだろう。だからオウカ、そんなに拗《す》ねないでくれ」

「す、拗ねてなんか！」

「もう、大体オウカは――」

サクラとオウカ様の議題は俺のことらしい。

仲睦《むつ》まじい姉妹に喧嘩《けんか》をさせてしまって、申し訳ないというかなんというか。

さて、なんやかんや流れで次期侯爵であるオウカ様を助けてしまったわけだが。

よくよく考えると、ここからどうするかは考えてなかったな。

リンブルの情勢をあんまり深く知らないうちに手を出したのはマズかったかもしれない。

考えても仕方ないな、なるようになれだ。

どうしようもなくなったら、南の連邦か海を渡ったオケアノスにでも逃げ込むとしよう。

足音を殺すのを止《や》め歩くと、サクラの方がこちらに気付く。

オウカ様の方は俺を見てぎょっとしたような顔をしている。

自分の身体《からだ》を見下ろしてみれば……うん、斬り殺しまくったから全身返り血で真っ赤だな。

まだ年若い女性に見せるには少しばかり刺激が強すぎる。

「浄化《ピュリファイ》……すみません、お見苦しい物を」

浄化《ピュリファイ》は回復魔法の一種であり、呪いや状態異常、そして汚れまであらゆるものを祓《はら》い落とす。

垢《あか》やフケなども汚れとしてカウントされるため、この魔法を使うだけで身体を清潔に保つことができる。

そのため長期間の行軍となるとわりと必須だったりする。

使える人間も多くないので、俺は夜になると大隊の面々から引っ張りだこだった。

一瞬で汚れが消えるのを見て、オウカ様が目を見開いている。

まぁ貴族となると、浄化魔法が必要なこともないだろうからな。

手品を見ているような感覚なのかも――っと、いけない。

オウカ様が着ているドレスは数日に渡る拘束によって薄汚れており、その御髪《おぐし》にも陰りが見えている。

浄化《ピユリフアイ》をかけるなら、まず俺じゃなくて彼女にだろう。

「浄化《ピユリフアイ》――すみません、気付くのが遅れました」

浄化《ピユリフアイ》をかけると、一瞬だけビクッと身体が動く。

この魔法、かけられるとちょっとこそばゆいんだよな。

事前に注意すべきだったかもしれんとちょっとだけ後悔。

うっすらと靄《もや》がかかったように色がぼやけていたドレスが、すっきりとしたピンク色に変わる。

本来の輝きを取り戻したドレスは、色違いのレースを重ね、虹のような綺麗《きれい》な色合いを見せていた。

土埃《つちぼこり》で汚れていた肌も綺麗になり、真っ白な素肌が目に眩《まぶ》しい。

「……ありがとうございます、アルノード殿」

いえいえとそれに軽く返してから、サクラにも浄化《ピユリフアイ》をかけてやる。

俺ほどじゃないけど、彼女も走り通しだったせいで汚れてるからな。

もう一度確認するが、周囲に魔力や気力の反応はない。

洞穴の中に生き残りもいない。

急いで出てきたので、賊たちの持ち物は検分していない。

今は少しでも金が入り用だし、取ってくるべきだろうか。

でもオウカ様の時間を取らせたらまずいよな……後で個人的に取りに来よう。

「エクストラヒール。オウカ様、体調の方はいかがでしょうか。空腹なようなら軽食などもありますが」

「無詠唱で上級回復魔法を……ああいえ、食事は与えられていたので問題ありません。とりあえず無事を伝えたいので、一刻も早くガードナーへ戻りたいですね」

数日も監禁されていれば心身共に相当疲れているだろうが、そんな様子は微塵《みじん》も見せない。

まだ二十にもなっていないだろうに、しっかりと自分を律することができている。

リンブルの貴族はみんなこんな感じなんだろうか。

だとしたらデザントとは随分違うな……。

「急いで来たので、馬はありません。お手数をかけてすみませんが、一緒に歩いていただけると……」

「はい、ですがその前に改めてお礼を。あなたがいなければ、私の身がどうなっていたかわかりません」

ぺこりと頭を下げられ、俺の方が慌ててしまう。

貴族相手のやり取りというのは苦手だ。

自慢じゃないけど俺は、宮廷の社交界というやつにはほとんど縁がなかったから。

リンブルの上流階級のマナーはよくわからないので、下手なことはしたくない。

「もっと目下への話し方で大丈夫ですよ、自分は……ただの平民なので」

「助けてもらった御方にそんな礼儀にもとることはできません」

オウカ様は頑《かたく》なだった。

ここら辺、堅物な感じのするサクラとの血のつながりを感じる。

今俺が背負っているのは普通のリュックなので、中に大した物は入っていない。

下方向へ強力な送風をする『ふろーてぃんぐ☆ぼぉど！』でも持ってきていれば、紐《ひも》にくくりつけて運べたんだけどな。

オウカ様を連れて最速でガードナーへ戻るなら、俺が彼女をおんぶしていくのが一番速い。サクラにさせたら、さすがにへばるだろうしな。

とりあえず提案してみると、オウカ様は少しも悩まず「そうしてください」とだけおっしゃった。

平民が貴族に触れることは、場合によっては罪の対象になることがある。

一応俺が元貴族である証明だけはしておこう。

そうすればもしもの時に言い逃れもできるだろ。

「一応、俺の正体を明かしておきますね。まぁもう想像はついているでしょうが……俺はアルノード・フォン・エッケンシュタイン……かつてはデザントで宮廷魔導師をしていました」

「――『七師』のアルノード卿《きょう》ですか!?」

「まさか、本人だったとは……」

二人とも驚いていて、特にサクラなんかは今までの真面目だった顔が剝がれ年相応の女の子みたいな顔をしている。

『七師』のネームバリューは、どうやらリンブルでも有効なようだ。

話を聞くと、どうやら二人とも俺が『七師』アルノードの高弟か何かだと思っていたようだ。

高弟って……俺そんなにすごい人間じゃないぞ。

自慢じゃないけど引きこもりだったから、友達もいないし。

そんな人間に弟子なんか作れるわけがないだろ？

なんか俺に弟子入り志願してた物好きもいたけど……全員丁重にお引き取り願ったわ！

知らない人間にお世話されるとか、ぞっとするし！

俺の部屋の物とか、勝手に弄《いじ》られたりするの嫌なんだよ。エンヴィーなんかには汚いとかもっと整理しろとか言われるけど、俺からすると自分なりに整頓してるんだ。

誰かにとやかく言われるの嫌いなんだよ。……だから追放されたんだろうな。

「どうかしたか、アルノード殿？」

「いえ、自己嫌悪していただけです。失礼します、オウカ様」

「はい、それではよろしくお願いします。あとオウカで結構です、様付けをされるほど偉くありませんので。お姉様と同じように接してください」

「──わかったよ、オウカ。……これでいいか？」

「はいっ！」

俺は自分の頭の中にあった雑念を追い払うべく、全力ダッシュでガードナーへと向かった。

バリアを張り風を防いでいるので、背中におぶっているオウカにはほとんど衝撃はいっていない。

途中で声が聞こえなくなりそっと後ろを見ると、ぐっすりと眠られていた。

やっぱり気を張って、疲れていたんだろうな。

俺が走っている時の身体の揺れが、ゆりかごの役目でも果たしたんだろうか。

「あ、アルノード殿、もう少し……」

「しっ！」

俺は少し遅れてついてくるサクラに、背中で目をつむるオウカの姿を見せる。

彼女は一つ頷《うなず》き、そして小さく笑う。

ガードナーの街は、もうすぐそこまで近付いている。


リンブルの貴族に、『七師』のことを知らぬ者はいない。

――隣国デザントが侵略戦争により属州を屈服させ、領土を拡張することができているのは、簡単に言えば彼《か》の国の魔法戦闘力が他国より秀でているからだ。

その急先鋒《きゅうせんぽう》となるのが、デザント王国最強の七人の魔法使いである『七師』である。

ある程度の立場に居る騎士であれば、『七師』の基本的な特徴や戦闘スタイルは覚えさせられる。

もしもの時に彼らを相手に戦うのは、この国の武人たちなのだから。

『七師』の魔導師のほとんどは、何か一つの魔法に特化している。

例えば『暴食』のアリステラは山を均《なら》し地を割るような土魔法を使い、軍をまるごと壊滅させることができる。

『色欲』のガーベラは幻術を使い、師団単位の人間に偽りの幻影を見せ同士討ちをさせることができる。

だがその中に、一人だけ異質な存在がいた。

それが『怠惰』のアルノード。

いったいどんな人間でどんな魔法を使うのかもわからぬ、ほとんど謎のヴェールに包まれた人物だ。

だがリンブルの上層部は、アルノードのことを最も危険視していた。

「我が国は現在、トイトブルク大森林からやってくる凶悪なモンスターたちを抑えきれていない。東部のうちの三割ほどの地域が既に蹂躙され、人の住めない土地に変えられてしまっている」

リンブルが王位継承で揉《も》めていても内戦にならないのは、魔物の脅威が年々増し続けており、仲《なか》違《たが》いをしている余裕がないのもその一因だ。

魔物は年々凶悪になっており、現状王国軍のかなりの部分を大森林の防衛に回してなんとか魔物を押しとどめている。だというのに隣国デザントは……兵力の移動をほとんどしないまま、大森林からやってくる魔物たちを完全に抑え込んでいた。

領土の一片たりとて、魔物に踏ませてはいないのだ。

それをなした人物こそが――『怠惰』のアルノードなのである。

彼がいったいどんな手を使っているのかは、ほとんど明かされていない。

わかっているのは、彼が使っている兵が二等臣民と呼ばれる、二線級の者たちであること。

そしてその規模が六百人前後……大隊一つ程度でしかないことくらいだ。

デザントと大森林の境界線は長く、とてもではないが魔物との戦線を大隊一つで維持させることはできない。

アルノードは魔物をまるごと殺し尽くせるような大規模殲滅《せんめつ》魔法の使い手というのが、リンブルの人間の予想だった。

「彼だけは刺激してはならないと、私は父上に言い聞かせられていた。自分の力では守り切れぬと、いくつもの街をうち捨ててきた父の言葉は重い」

もしアルノードの気が変わり倒す魔物のうちの何割かをこちらに回されるだけで、リンブルの経済はもたなくなるだろう。

だから我々は、彼の者に対しては決して敵対的な態度を取ってはいけないのだ……と。

「それ……本当に俺のことを言ってると思うか？」

「無論だ。その力の一端を見せてもらい、貴殿こそがあのアルノードなのだと言われて、むしろ納得している自分がいる」

オウカが見つかったことはすぐに知らされ、ガードナーを治める代官がわざわざ来てくれた。

俺は彼女をおぶったままだったが、どうかそのままというサクラの言葉に頷き、領主館のベッドにそのままオウカを置いてきた。

そして今は応接室の一つを使い、サクラから説明を受けていたのだ。

他の誰でもない、俺という人間についてのリンブル王国民の認識について。

説明を聞き終えた俺は、思わず俯《うつむ》いていた。

そうでもしなければ、顔が真っ赤になっているのを隠しきれそうになかったからだ。

（な、なんだよ『怠惰』のアルノードって！　俺そんな二つ名、初めて聞いたんだけど！）

リンブルの人間の俺に対する評価がえげつなさすぎる件について。

そもそも俺に大規模殲滅魔法なんて使えない、そういうのはウルスムスとかアリステラの領分だ。

だから彼らの考えは、大分見当違いだ。

俺はどちらかといえば魔道具職人寄りの、理論畑の住民だぞ。

純粋な戦闘能力なら『七師』の中でも下から数えた方が早いだろうし。

第三十五辺境大隊のみんなの力を借りて、なんとか魔物の侵攻を食い止めていたっていうのに
……何故《なぜ》か国外での俺の評価が高すぎる。

そもそもリンブルに魔物を振るなんて考えたこともない。

そんな余裕もなかったし。

「だがアルノード殿は、どうしてリンブルに来ているのだ？　オウカを助けてくれたことから考えても、リンブルでのテロ活動とかではないのだろうが」

サクラはまったく俺を疑っていない様子で尋ねてくる。

その真っ直ぐな視線が痛い。

俺のことを色々誤解されていることも含めて、胃が痛くなってきそうだ。

「いや、俺……国外追放食らってさ。デザントにいられなくなったから、とりあえず安全そうなリンブルに来たんだ」

「こくがい……ついほう？」

まるでその言葉を初めて聞きでもしたかのように、ぽかんとした顔をされる。

たしかにさっきのリンブルの人たちの認識を聞いてからだと、そんな顔をされるのも納得だ。

俺は広域殲滅魔法を使う最強魔導師……ということになっているらしいからな。

「いったい何故そんなバカなことを……アルノード殿がいなければ、魔物を抑えられないだろうに」

「俺の後釜に『七師』になった男は、強力な火魔法の使い手なんだと。王国は層が厚いので、俺一人がいなくなっても問題はないのさ」

実際問題、デザントからすれば俺の存在は居ても居なくてもさほど変わらない。

魔法学院が五つもあるから、人材も育ちやすいし。

特待生制度で発掘される奴らも多いからな。

そう遠くないうち、俺レベルの奴は出てくるだろう。

……自分で言ってて悲しくなるがな。

まぁ色々と魔道具はまだ残っているし、バルクスの防衛自体はさほど難しくはないだろう。

魔物が嫌がる臭いを出すポプリの作り方も、大隊のみんなには教えたし。

あ、でもあいつら……全員後方勤務になったとか言ってたな。

『幻影』や『認識阻害』の魔道具なんかは定期メンテをしないとすぐ使えなくなるが……大丈夫だろうか。――いや、俺をクビにしたってことは問題ないんだろう。

みんな元気にしてるかな。

……いかん、なんだか少しノスタルジックな気分になってきた。

「デザントの層は厚いのだな、アルノード殿でさえ代わりが利くとは……」

どうやらサクラは相当なショックを受けているようだ。

たしかに魔物に寸土も領地を冒させていない俺が、自分で代わりなんぞいくらでもいると言ったら衝撃も受けるか。

リンブルの状況を見ている感じ、魔法技術がよそより数十年進んでいるというデザントの魔導師たちが言ってたことは、どうやら当たらずとも遠からずっぽい。

……間違いなく、このままだとリンブルはデザントに飲み込まれるよなぁ。

連邦との戦争が一段落して『七師』を三人とか派遣されたら、この国が勝つビジョンが見えない。

そしたら俺はまた、安住の地を探さなくちゃいけなくなるのか……。

「ま、まぁ仮にも『七師』だったから、そう簡単に戦力が埋まるわけではないと思うけどな。自画自賛してるみたいだが、俺の受け持ちの大隊のメンバーはみんな一騎当千の猛者揃《ぞろ》いだぞ。今一緒に行動してるエンヴィーもマリアベルも、単独で龍種を倒したドラゴンスレイヤーだし」

「ド、ドラゴンスレイヤー!?」

「そんなに驚くことじゃないと思うが……」

龍にはいくつかのランク分けがされている。

具体的に言うと、亜龍・下位龍・中位龍・上位龍・長命種の五つだな。

龍たちからすると仲間ではないらしい亜龍、ワイバーンなんかのギリドラゴンに入る下位龍、天龍のような強力なブレス攻撃を放つ中位龍、名前を持ち何百年という時を生きる上位龍、噂《うわさ》では不滅らしい長命種という感じだ。

龍種でも下の方のワイバーンとかだと、毒の尾と急降下噛《か》みつきくらいしか攻撃手段がないので、わりとあっさりと倒せたりする。

亜龍だろうが龍を倒せばドラゴンスレイヤーを名乗っていいので、この称号を名乗ること自体はそれほど難しくない。

下りてきた所に攻撃を当てられる奴らなら、割と問題なくいけるし。

亜龍や下位龍あたりなら、多分大隊のメンバーの戦闘員たちなら問題なく倒せるだろう。

トイトブルクにはほとんど生息していないから、見たことある奴の方が少ないだろうけど。

「ドラゴンを……倒せるのか？」

「上位龍になると、さすがに力を合わせないと厳しいけどな。大隊全員分の装備をゴリゴリに揃えればなんとかって感じだな」

「その口ぶりだと、中位なら単独でもいけるのか……。王国軍なら千人規模で討伐にあたる難敵だというのに……」

本当にヤバいのは中位以上の遠距離攻撃のできるブレス攻撃を持つ奴らだ。

まぁあいつら人間より頭いいらしいし結構分別もあるから、戦うことは滅多にないけどな。

人間が中位以上の、いわゆる純龍を倒すためには、あの手この手を使わなくちゃいけない。

一番楽なのは空を飛んだり駆けたりする魔道具を使うことだが、こういった物理現象をねじ曲げる魔道具は、尋常じゃない量の魔力を食らう。

空気を足場にして空を駆ける空歩も、使い続ければガス欠になるほどに気力の使用量は多い。

そのため中位以上の龍を倒せるのは百人隊長クラス……つまりエンヴィーやマリアベルたちくらいしかいない。

大隊で挑めば倒せるだろうが、間違いなく犠牲は出るだろう。

だからたまに出たときは、基本は俺が一人で倒していた。

「凄《すさ》まじいな……それほどの人材を手放せるとは」

「俺は得難い人材だと思っているが、上が欲しがる人間と有能な奴らは違うからな」

属州出身の兵は出世が途中で止まり、百人隊長以上の立場に立つことはできない。

どれだけ戦果を挙げたとしても、彼らの出した結果はこびへつらいばかりが上手い貴族が横から掠《かす》め取っていってしまうからだ。

デザントの上層部は歪《ゆが》んでいる。下手に余力がある分、上の人間が私腹を肥やしたり、派閥争いばかりしているのだ。

『七師』が他国にガンガン派遣されないのも、宮廷事情なんかの割合も結構高いと聞いている。

まぁ癖が強すぎてまともに統制が利かないから、むやみに動かすことができないというのが一番の理由らしいけどな。

サクラはリンブルを情けないと言っていたが、上の腐り具合ならデザントだって負けてはいない。

というかオウカやサクラを見ている限り、リンブルの方がずっとまともだと思う。

「ありがとう、アルノード殿。あなたが来てくれたのは正しく天佑《てんゆう》だった。少しばかり時間はかかるだろうが、いずれ正式な形で礼をさせてもらいたい」

「アルスノヴァ侯爵からの礼か……」

俺は元『七師』であり、リンブルからすれば喉から手が出るほど欲しい、先進的な魔法技術を持っている人間だ。

今後のことを考えれば、礼も相当なものとなるのは間違いない。

問題があるとしたら、謝礼を受け取ったことで、俺がアルスノヴァ侯爵の王党派だという印象がつくことだろうか。

以前サクラに説明された三つの派閥を思い出す。

王党派、地方分派、そして中立派……リンブルに根を下ろすのなら、どこかの派閥に属さなければいけなくなる。

その中で肩入れすべきは、間違いなく王党派……うん、考え直しても結論は変わらないな。

地方分派が勝利し、各領地貴族たちが好き勝手やるようになれば、まず間違いなくデザントの食い物にされて終わる。

デザントがそう簡単に戦争に踏み切れないよう、リンブルは王の下で挙国一致体制を築く必要があるだろう。

それができるのは、王党派だけのはずだ。

「ありがたく受けさせてもらおう。領都グラウツェンベルクへ行けばいいか？」

「そ……そうか、ありがとうアルノード殿！　うん、きっとそうしてくれると父上も喜んでくれるはずだ！」

サクラは俺がどういう意味を込めて言ったのかを理解し、弾《はじ》けるような笑顔を見せた。

キリッとした麗人のサクラも、笑うとめちゃくちゃかわいいな……いかんぞ、クールになるんだ、アルノード。

これからの俺の身の振り方は、そのままエンヴィーたち元大隊のメンバーたちに関わってくる。下手だけは打たないようにしなくちゃいけない。

「礼の内容は、ある程度こちらで指定できたりするか？」

「それはもちろんだ。次期当主であるオウカを賊から助けてもらったのだ、あまり無理さえ言わなければ大抵のことは叶《かな》えてもらえるはずだぞ」

「そうか、それなら俺が欲しいのは――」

俺はサクラからリンブルの話を聞いて、温めていた腹案を提示することにした。


「報告は以上になります、お父様」

「ふむ、なるほどな……」

アルスノヴァ侯爵領、領都グラウツェンベルク。

その東部、将来的に魔物の侵攻にさらされるであろうもっとも危険な地域に、その屋敷は建っていた。一際頑健な造りをしており、いざという時は領民を入れたシェルターとしても使えるその家屋は、リンブルで『東の盾』と親しまれているアルスノヴァ侯爵の住処《すみか》だ。

屋敷の執務室で、アルスノヴァ侯爵本人が自分の愛娘《まなむすめ》であるオウカから直接話を聞いていた。

いいことと悪いこと、そして善悪の判断のつかないことが一気に押し寄せてきている。

父であるアルスノヴァ侯爵は髭《ひげ》をなでつけながら、娘との久しぶりの会話すら楽しめない情勢を恨んだ。

「オウカが攫《さら》われたのは……恐らくはお前の予想通り第一王女の派閥だろう。あそこは最近活発に動き回っているからな。なりふり構わず蠢動《しゅんどう》していて、噂では他国と秘密裏に交流しているとも聞いている」

「デザントですか？　相互不可侵条約はあと二十年は有効なはずですが……」

「そんなもの、紙っぺらに過ぎん。地方分派が政権を取れば、国名に神聖とでもつけて新しい国に変えればいい。そうすればあいつらは新たな国として、何食わぬ顔でデザントが言うところの外交をするだろう」

悪いことというのは、オウカが攫われてしまったことである。

次期侯爵が誘拐されたことは、アルスノヴァ侯爵本人の失態となるだろう。

そのリカバリーをしている間に地方分派が一層活発になる光景が、容易に想像がつく。

救出することができたのが、せめてもの救いだ。

リンブル王国第一王女であるアイシアが領袖を務める地方分派は、ここ数年精力的に活動している。

地方分派とは、要は王国の掣肘《せいちゅう》を受けたくないかつての元豪族たちの寄り合いである。

彼らは隙あらば自軍の増強と、王国からの独立を考えている。

正確なことはわからないが、既にデザントの魔の手はどこかへ伸びているはずだった。

地方分派の人間は、明らかに計算の合わない大量の金銭をばらまいている。

恐らくはデザントからの裏金を受け取っているのだろう。

戦争をしないと言ってもそれは表向きの話。

リンブルに手を出すのを止めるほど、デザントという国はぬるくはない。

「しかしいきなり私を攫うとは……何かを焦っているのでしょうか。手段としては性急に過ぎる気がします」

「下っ端が功を焦った可能性も無論ある。だが恐らくは、こちらへの揺さぶりだろう。お前たち程度、なんとでもなるのだと伝えるためのな」

侯爵はまさか次期領主となるオウカが白昼堂々誘拐されるとまでは思っていなかった。

それほど切迫していない現状下で、そこまでのことをされるとは予想できなかったのだ。

サクラをつけていれば問題ないだろうという考えが甘かったのだろう。

（だが怪我《けが》の功名、まさかサクラが『七師』と知り合うことができるとは……いや、今は元『七師』か）

悪いことばかりなら侯爵としても胃が痛かったが……不幸中の幸いと言うべきか、一つのよい出会いもあった。

机の下の引き出しから資料を抜き出し、並べていく。

そこには隣国デザントで特記すべき重要人物たちの情報が書き込まれている。

左から三枚目、つまりは三番目に重要となる『怠惰』のアルノードは特A級――つまりリンブルが最も警戒しておかなければならない人物の一人である。

そんな人物が現在、リンブルへの所属を求めてくれている。

サクラたちと交流があったおかげで、アルスノヴァ侯爵の王党派へ与《くみ》しても構わないという内々の同意も受け取っている。

(ほとんど情報が出ていなかったが……まさかデザントから追放されていたとはな。本人からすれば不服だろうが、私たちからすれば福音だ)

オウカを助けてくれたアルノードが、特殊工作員という可能性は低い。

そもそもアルノードがトイトブルク大森林の魔物をリンブルに誘導すれば、それでアルスノヴァ侯爵領は完全に詰む。

そんな面倒な手はずを取る必要はないのだ。

恐らくはただ、善意から手助けをしてくれただけなのだろう。

この奇縁を逃してはならないと、アルスノヴァ侯爵は確信を抱いていた。

「大隊の面子《メンツ》はいつ頃こちらに来ると？」

「恐らく一両日中にはとのことです。そのうちの一人を連絡員として、他のメンバーをまるごと引き連れてくると言っていました」

現在、アルノードたちはガードナーで待機をしている状態である。

少し前に呼んだらしい仲間との合流を待って、侯爵のいるグラウツェンベルクへとやって来る手はずになっている。

ちなみにサクラは、本人たっての希望でアルノードたちと行動を共にしている。

――そう、喜ぶべきことにトイトブルク大森林の魔物の侵攻を防いでいたアルノード率いる大隊の面々も、続々と到着予定なのだという。

つまり上手くいけば、防衛を完璧に成功させていたアルノードの率いる大隊がまるごと使えるようになる可能性もあるということだ。

もしそれが可能ならば、既に魔物に落とされている東部辺境領の奪還も見えてくる。地方分派に押され気味な現状、王党派が持ち直すのに『領土の回復』はこれ以上ない宣伝文句になる。

そのためになら、どれだけ金や人員を割いてもおつりが来る。

手間と時間は惜しむべきではないだろう。

「だがその対価が、リンブル東部における活動許可と資金援助とは……控えめすぎではないか？」

できることなら侯爵はアルノードたちに東部奪還の手伝いをしてもらいたかった。

魔物の襲撃で荒廃してしまった領地を取り戻すだけの余力が、今の王党派にはない。

現状維持するのが精一杯な今、元『七師』の戦力は可能な限り有効活用したいところだった。

そのためどうにかして彼らを東部へ行かせようと思っていたのだが、その必要はなかった。

アルノードがオウカを救った対価に求めたことは三つである。

「一つ目と二つ目は問題ないだろう」

まず自分たちのパーティー『辺境サンゴ』を金級に引き上げること。

そして同時に冒険者クランを設立し、大隊の面々をこちらで活動させたいということ。

これは諸手《もろて》を挙げて歓迎すべきことで、むしろこちら側からお願いしたいほどだった。

二つ目は、立ち上げる冒険者クランへの保護。

聞けばアルノードが率いている大隊は、デザントの王国民ではなく、それより一等低い扱いを受けている属州民の集まりなのだという。

そのせいで彼女たちが一方的に損を被らないよう、侯爵家から一筆が欲しいらしい。

これもまったく問題はなかった。

そもそもリンブルには、デザントのような臣民階級制度がない。

貴族と平民、自由民、奴隷という四つの区分があるだけであり、クランメンバーはみな自由民扱いとなり、差別される理由はない。

それに侯爵にアルノードたちのことを粗略に使い捨てる気は毛頭ない。

「だが三つ目は対応が難しい。オウカ、お前ならどうする?」

そして最後は、東部における自由な活動許可。

これは少しばかり問題がある。

東部の魔物に侵略され、失陥した地域がどうなっているか、侯爵家はほとんど把握できていない。凶悪な魔物が棲《す》み着いているかもしれないし、魔物同士で争っていて、下手に手を出してやぶ蛇になる可能性だってある。

そのような状況でアルノード率いるクランが自由に動き回れば、まだ無事である中部～西部、あるいは他領へと魔物が流れかねない。

もしそうなれば責任問題がどうこうというレベルではなくなり、派閥云々《うんぬん》の前にアルスノヴァ家が取り潰しになってしまうだろう。

「アルノード殿が勝手に動くのが問題になるのなら、監視役をつければいいのではないですか？」

次期領主としての教育は上手くいっているようだ。

オウカの模範的な回答に、侯爵は小さく頷いた。

「その通り。アルスノヴァ騎士団の人員を派遣し、問題に対応と対策を行いながら進めていけばいい。副次的な産物も生まれるだろうしな」

アルノードたちは、元はデザントでトイトブルクの魔物たちを食い止めてきた、言わば対魔物戦のプロフェッショナルだ。

専門家に素人が口を出すべきではない。

だが貴族には、体面というものが必要だ。

彼らに気持ちよく活動をしてもらいながらこちらの顔を立たせるには、こちらから騎士団員を派遣するのが良策だ。

騎士団のうちのエリートである『聖騎士』ならば、何が政治的な問題・失点になるのかを理解した上でアドバイスができるため、向こうも気兼ねなく動ける。

そして騎士団が上に立っているというポーズを取れば、外からちょっかいを出されることもない。

「副次的……？」

オウカもそこまでは考えついていたようだが、侯爵はより先の視点を持っている。

アルノード率いる大隊のメンバーには女性も多いらしい。

そして『聖騎士』はほとんどが男性だ。

魔物による命の危険が常につきまとう極限の状況下では、異性同士が惹《ひ》かれ合い、愛や恋に発展する可能性がグッと上がる。

彼らのうちの数人でもカップルになってくれれば、そのメンバーは間違いなくリンブルに根を下ろしてくれるだろう。

それよりも、アルノード本人と誰かがくっついてくれれば……。

「……」

「お、お父様？」

とそこまで想像したところで、侯爵は気付いてしまった。

アルノードとくっつけるのならば、最適なのはサクラかオウカだろう。

『七師』として他国の貴族だったアルノードを亡命貴族として扱えば、侯爵の娘を娶《めと》らせることはなんらおかしなことではない。

むしろくっつけてしまえば、今後侯爵領は先進的な魔法技術とアルノードたちの戦力で潤ってくれるのは間違いない。

けれど侯爵は――かなりの親馬鹿だった。

小さな頃の「わたし、おとうさんとけっこんする！」という言葉を今でも信じているほどの。

本当ならサクラにもオウカにも、結婚などしてほしくない。

色々なことを考えすぎた結果、侯爵の頭はパンクした。

「ぐ、グググッ――ダメだ、娘はやらんぞ！」

「お、お父様っ!?」

突然の異変に慌てるオウカだが、侯爵はただ親馬鹿があふれ出ただけである。

結果として話がまとまることはなく、この日は解散ということになった。

果たしてアルノードが来る前に、侯爵は答えを出すことができるのだろうか。

その答えは、神のみぞ知るところである。


オウカを助けてから一週間ほどの間、俺たちは適度にオーガを間引いたりしてガードナーで過ごしていた。

本当はオウカの護衛をするはずのサクラは何故か俺たちと行動を共にしてくれており、リンブルの常識なんかを色々と仕入れることができた。

リンブルとデザントでは公用語も微妙に違うので、そのあたりの勉強なんかも教えてもらえたし。

俺がオウカを助け、サクラが行動を共にすることに、エンヴィーたちは最初は難色を示していた。

けどきちんと説明をしたら、むしろ喜んでくれた。

大隊の面々とまた一緒に戦いの日々に戻れるというのが、ポイント高いらしい。

「アルノード様、ナイスです！」

「これでまた……戦いの日々に戻れる」

どうやら二人とも、オーガとの生ぬるい戦闘をすることに既に嫌気が差し始めていたらしい。

タイミング的にもよかったのかもしれない。

俺はどちらかといえば、みんなに慎《つつ》ましやかに生きていてほしかったが……結局は当人たちの自由だしな。

結局はみんながやりたいことをやって、最後に俺が責任だけ取るいつもの形に落ち着いたな。

でもオウカもわざわざ『聖騎士』であり、自分の姉でもあるサクラを俺につけてくれるなんて
……それだけ侯爵も俺のことを大事に思ってくれているってことか。

サクラの方もわざわざ追放された俺と行動を共にするだなんて嫌だろうに、そんな素振りも見せずにちゃんと一緒に居てくれる。

やっぱりリンブルはいい国だな、デザントよりずっと居心地もいい。

そして出発のための準備や冒険者ランクを金にあげる手続きなんかに追われているうちに、とうとう新たなメンバーがやってきた。

大隊を抜けてきた新たな四人が、ガードナーに到着したのである。

「た、隊長――会いたかったですっ！！！」

「おおっと……おいおいエルル、まだ二週間も経《た》ってないぞ」

熱烈なハグを受け止めると、ふわりと甘い香水の匂いが鼻腔《びこう》をくすぐる。

俺より頭一つ分ほど低いところに、綺麗なブロンズの長髪がある。

そっと手櫛《てぐし》で髪を梳《す》くと、嬉《うれ》しそうに一段抱きしめる力を強められる。

彼女――エルルはこれをすると喜んでくれる。

最初の頃は少し気恥ずかしかったが、今ではもう慣れた。

部下のメンタル面のケアをするのも、上司の仕事だからな。

抱きついたのが恥ずかしかったのか、離れるとエルルは顔を真っ赤にしていた。

頭を撫《な》でて笑ってやると、彼女は更に頬を染めながらぶんぶんと首を縦に振り出す。

……意味はよくわからないけれど、これからもよろしくな。

「隊長ー、お久しぶりですー」

「セリアもよく来てくれたな」

エルルはエンヴィーたちと同じ偽装を施した『ドラゴンメイル』を着込んでいるが、セリアの装備は彼女の特性に合ったものが誂《あつら》えられている。

着用しているのは真っ黒なローブで、今は被《かぶ》ってはいないが、フードですっぽりと顔が隠せるようになっている。髪はショートで、前髪を伸ばしているので目が全く見えない。

「暗いところが落ち着くんですー……暗くないなら、自分で暗くすればいいんですー」とは彼女の談。

持っているのも髑髏《どくろ》の嵌《は》め込まれた杖《つえ》で、頭蓋骨に相当する部分からはいくつもの触手が飛び出している。ちなみに飾りではなくて、本気で戦うときは触手がセリアの腕に突き刺さり、彼女の血を吸って力を発揮する仕組みになっている。

いや、たしかに大人しめとは言ったが……セリアは俺も含めたメンバーの中で一番の広域殲滅型だ。

侯爵に失陥した土地の攻略戦を認めてもらったからいいものの、少し前までの状態なら完全に要らない子だっただろうに。

彼女は死霊術士であり、死者や使い魔を使役することができる。

更には使役するアンデッドたちから教えを受けたことで、呪いや即死系の魔法も使いこなせるようになっていたりもする。

時代が時代なら魔女狩りで殺されかねないような、かつて禁呪とされていたヤバ目の魔法も使えるので、戦力としてはかなり頼りになる。

死霊術や禁呪は使うために結構なコストがかかるので、威力を上げると最終的に勘定が合わなくなるのが玉《たま》に瑕《きず》だが、それでもありがたい戦力増強要員だ。

「ラブラブチュッチュですね隊長、一杯行っとくネ?」

「お前、また呑んでるだろ。軍務中の飲酒は……いや、軍人じゃないならいいのか?」

緑色の目をした黙っていれば美人な彼女はライライ。

かなりの酒乱であり、酒を飲めば飲むほど気力が増加し、戦闘能力が上がっていくというめちゃくちゃな体質のやつだ。

彼女が着けているのも『ドラゴンメイル』なのだが、機動力を重視してパーツごとに着脱可能な造りになっている。どちらかといえば部分鎧に近いだろう。

こいつが来たのは、間違いなく俺の所なら飲酒を咎《とが》められないからだろう。

体質上戦うときは飲酒しなければ全力の出せない彼女は、大隊の頃の戦闘能力は下から数えた方が早かった。

規律上、非常時以外は酒を飲むのを禁止してたからな。

でも冒険者になり無制限な飲酒が解禁されれば、こいつの強さはトップ5には入る。

ベロベロになると寝てしまうので加減が難しいのだが、まぁなんとかしていくしかない。

「元第三十五辺境大隊魔道具部門小隊長シュウ、現着致しました！」

「よく来てくれたな。だが俺もお前も既に軍から抜けて、冒険者になっている。もうちょっとフランクな感じで大丈夫だぞ」

「了解しました！」

最後の一人、シュウは新たなメンバーの中では唯一の男性メンバーだ。

キリッとした顔をした、生真面目君である。

肌は浅黒いが、身体は細く長くひょろひょろだ。魔道具で全身をガチガチに固めているのでそこそこ戦えるが、あくまでも自衛できる程度の力しかない。

彼は数少ない大隊の後方担当の人間で、魔道具の修繕や改良を担当してもらっていた。

「お前がいなくて大隊は回ってるのか？」

「アルノード様がいない時点で回りませんよ。そもそも僕ら全員閑職に飛ばされたみたいなもんですし。ですから魔物避《よ》けなんかも中身入れ替えてません、ボイコットですボイコット」

どうやら俺がいない数日のうちに、大隊のみんなの境遇は大分変わってしまったらしい。

あんまり怒らないシュウにここまで言わせるとは……いったいどんな奴が上についたんだろうか。

新しい『七師』の求める人材と大隊のみんなが、噛み合わなかったってことなんだろう。

だったらその受け皿になってやらないとな。

「一応みんなに改めて事情を説明しておくとだな……」

俺はようやく落ち着いた四人に、俺たちの置かれている状況の説明をする。

事前にある程度話はしてあったので、特に驚かれたりもしない。

新天地で不安とかないのかと聞いてみたが、

「今までとやってること変わりませんしー」

「お酒飲めるならなんでもいいヨ！」

「隊長にどこまでもついていきます！」

「ちゃんと能力が活《い》かせる場所があれば、僕はそれでいいです」

一応、みんな自分たちなりに考えているらしい。

ライライとかは思考放棄して飲酒しているだけのような気もするが……それもまた彼女の人生だ、否定はすまい。

「ライライ、お前は俺たちと別行動で、大隊のみんなをこっちに呼んできてくれ」

エルルは仲間思いで、セリアは戦っている姿を見られれば下手をすれば討伐されかねない。

そしてシュウは非戦闘員ときている。

消去法だが、頼めるのはライライしかいないのだ。

みんながこっちにくるまでに……二ヶ月くらいはかかるだろうか。

どうせならその前に、最低限街の一つくらいは奪還しておきたいな。

そして報酬として、大隊が暮らせるような街の一画なんかをもらえたら最高だ。

魔物の素材なんか収納箱に死ぬほど入ってるので、金の心配はしなくていい。

侯爵の後ろ盾を遠慮なく使えるなら、死蔵してた素材群が火を噴くぜ！

「えー、また戻んの面倒――」

「報酬として、侯爵邸のワインセラーから好きなだけ持っていっていいぞ」

「喜んで行かせていただくヨ！」

即答だった。

ライライをちゃんと働かせるために、オウカに事前に話をしておいて助かったな。

酷《ひど》い評価だが、こいつは酒さえあげとけば大抵のことはやってくれるからな。

……こんなのが軍隊で出世できるはずないよな。

やっぱり第三十五辺境大隊の奴らって、俺まで含めてみんな社会不適合者なのでは……？

「話は終わったのか？」

「ああ、こいつらも一癖ある奴らだが戦闘力は保証するぞ。それ以外は何一つ保証はできない」

「ふふっ、わかっている。アルノード殿しか手綱は握れないということだろう？」

挨拶をと一緒に来てくれていたサクラが笑い、口元に手を当てる。

行動を共にするようになってから、なんだかサクラの様子がおかしい。

最初の頃より雰囲気がずいぶんやわらかくなり、前みたいな毅然《きぜん》とした女騎士感が薄れている。

助けたことで実力を見せてからというもの、俺のことをめちゃくちゃ持ち上げてくれているし。

何かの罠《わな》かと疑いそうになるほどだ。

「た、隊長っ！　だれですかこの女は！」

「貴殿は……エルル隊員だな。リンブル王国第一騎士団序列第四位、『聖騎士』のサクラ・フォン・アルスノヴァ＝シグナリエだ」

「――隊長？……妙なことはしてませんよね？」

なんだか凄《すご》みのある笑みを浮かべるエルルに思わずたじろぐ。

笑っていたかと思うとすぐに真顔になり、俺のことを見上げてくる。

いきなりどうしたっていうんだ。

何故か目のハイライトが消えているのが、妙に怖いんだが……？

「妙なことってなんだ？」

「――ふふっ、よかったです！　隊長はみーんなの隊長ですもんね！」

急な変調が嘘だったかのように、一瞬で元の笑顔に戻る。

ふぅ、助かったな。

理由は分からないが、なぜか命の危機を感じたぞ。

「……ねぇ、エルルちょっと離れてるうちに大分こじらせちゃってない？」

「――しょうがない。私たちみんな、初めてだし」

後ろの方でエンヴィーたちが何か囁《ささや》き合っているが、よく聞き取れない。

エルルの様子を見たシュウは、疲れたと言いたそうに背を曲げた。

よく見ると、頬が少しこけているように見える。

「隊長、僕に彼女たちの引率は無理です。しばらくの間、引きこもっててもいいですか？」

「……とりあえずお前用に馬車を一台用意しよう。移動中は一人で何かに没頭してもらって構わない、なんなら素材も融通する」

「本当ですか!?　それなら以前から気になってた『通信』の魔道具の開発のためにマジックレアメタルと魔核をですね……」

シュウには苦労をかけた。

こいつ一人でこの面子をまとめるのはしんどかっただろう。

俺みたいに、いざという時に拳で言い聞かせたりもできないからな。

長期休暇はまだ無理だが、少なくとも移動の間くらいはゆっくりと休んでもらえたらと思う。

「あっはっは、酒だ酒だぁ！　まだまだ酒宴は始まったばかりネ！」

「ううっ、明るい、明るいよぉ……」

陽気にビールを飲んでいるライライと、溶けたなめくじみたいに地面に倒れているセリア。

新たな面子は、エンヴィーとマリアベルよりキャラもアクも大分強い。

俺とこいつらだけで、領地の奪還はできるのだろうか。

戦闘能力だけ見れば、問題はないんだけどなぁ。

考えるだけで気が滅入《めい》ってきたぞ……。


新たなメンバーを引き連れて、俺たちは領都グラウツェンベルクへと向かう。

とりあえずシュウには好きなように魔道具造りをさせてやることにして、残る面子で具体的な話を詰めていくことにした。

既にライライは侯爵邸からもらってきた大量のワインを浴びるように飲みながら、国境へと向かっている。……あいつ一人に任せて、本当に大丈夫だっただろうか。

顔を真っ赤にしながら陽気に笑う彼女を見た時、少し不安に思ったのはここだけの秘密だ。

「とりあえず、活動拠点だけでも決めておこう。本当はいくつか見繕ってたんだけど……東部行きが決まったから、候補地は大分絞られるだろうな」

「とりあえずどっかを奪還して、そこに住めばいいんじゃないですか？　あーあ、カークが居れば掘っ建て小屋くらいは作ってくれただろうになぁ。またしばらくはテント生活かぁ」

エンヴィーは行くのが嫌そうな口ぶりをしているが、その表情から嬉しさが隠しきれていなかった。相変わらずこいつは、嘘をつくのが下手だ。

お前、野宿でもなんの問題もないくらい安眠できるだろ。

騙《だま》されんぞ、俺は。

「でも、あっという間。時の流れは、早い」

「たしかにな、大して何もしてないのに気付けばクランができてるし」

マリアベルは腰を左右に動かし、喜びを表現していた。

こいつもエンヴィー同様、以前のような戦いの日々に戻るのが楽しくて仕方ないようだ。

御者はアルスノヴァ家の使用人にやってもらっているので、今の彼女は通常運転である。

エルルたち第二陣が来るまでに、既に俺たちの冒険者ランクは金へと昇格している。

それに伴い、冒険者クランの立ち上げの認可も出ていた。

まだパーティー名すら決めていなかったので少し焦ったが、とりあえずクラン名は俺発案の『辺境サンゴ』に決定済み。

ちなみにこのクラン名、エンヴィーたちにはめちゃくちゃ不評だった……解せぬ。

「まぁなんにせよ、これで俺たちはこれから金級クラン『辺境サンゴ』としてやっていくわけだ」

クランの構成員全員が金級としての各種恩恵を受けられるので、リンブル国内での行動には大分融通が利くようになった。

……まぁその分何かあったら、責任が全部俺に降り掛かってくるわけだけど。

「ホームはもう決めてるんですか？」

「いや、まだだな。そんなに急いでなかったから、まずはガードナーで家を借りようとしてたくらいだし」

クランを作ったらまずやらなければいけないのは、活動拠点を定めておくことだ。

あらかじめホームを決めておくことには、沢山のメリットがある。

その地域を治める貴族にバックについてもらえたりとか、美味《うま》い仕事を回してもらえたりとかもあるし……。

それに俺たちに依頼をしたい人間にとっての目印としても使えるからな。

いざという時の窓口があるってだけで、依頼のハードルはぐっと下がる。

「ガードナーって、さっきまで居た所ですよね。たしかにのどかで良い場所でした……あそこに作っちゃってもよかったんじゃないですか？」

「まぁ、別にそれでもいいんだが……」

エルルは俺と同じくらいには頭が回る。

なのでこういった作戦会議に、彼女がいるだけでずいぶんと楽になる。

エルルは格別戦闘能力が高いわけではないが、戦友との友情に篤《あつ》く、俺のことを強く慕ってくれてもいる。戦闘以外の政治的な要素を求められる局面だと、彼女に分隊を任せるのが一番上手くいくんだよな。

もし今後二正面作戦を取ることになった場合、俺と別行動のチームの隊長には間違いなく彼女を任命することになると思う。

「一応不動産なんかも見てはいたんだ。郊外だからか、家賃とかも案外安かった」

「いいじゃないですか、郊外のクランハウス！　みんなで楽しく過ごせそうです！」

デザントにも近いし、当初はホームはガードナーにするつもりだった。

だがまぁ、あの時はこんなに早く貴族と知己になれると思ってなかったからな。

でも意外だな、エルルならアルスノヴァ侯爵の後ろ盾を得るため、活動拠点は領都にしようと言うと思ってたんだが……。

「活動拠点は、やはりグラウツェンベルクにした方がいいのではないか？　その方が父上と今後の話をするのに都合もいい」

「……サクラさん、今私と隊長は今後のクランのための大切な話をしているんです。邪魔をしないでくれませんか？」

「今後の私たちのよりよい関係の構築のために、むしろ私も積極的に参加すべきだと考えているのだが。アルノード殿もそれを理解しているからこそ、私がここにいるのでは？」

エルルとサクラが、互いに厳しい視線を向け合う。

バチバチと、見えない火花がぶつかり合っているようだった。

この二人……まだ会ってからそれほど経ってないのに、どうしてこんなに喧嘩《けんか》腰《ごし》なんだ。

エルルは終始笑顔なのだが、細くなった目の奥はまったく笑っていない。

完全なる拒絶の笑みだ。

対するサクラはいつも通り胸を張っているが、俺と話すときよりもどこか居丈高だ。

その態度は、出会ったばかりの頃の彼女を彷彿《ほうふつ》とさせる。

「個人的にあの街ののんびりとした雰囲気は好きなので、いずれ暇ができたらあそこにクランハウスの一つでも建てられたらと思う。別荘みたいな感じにして、たまに遊びに来たりできたらと思うぞ」

「別荘ですか……いいですね！　避暑地か何かにして、遊びに行きましょ！」

「ああ、でもまずは領地の奪還に専念しなくちゃな。とりあえず他の大隊のみんながちゃんと生きていけるための場所を作っておかないと」

「もちろんです、一緒に頑張りましょうね、隊長！」

「あ、ああ……」

さっきまでの表情はどこへやら、エルルはいつものひまわりの笑みを浮かべながらブンブンと手を振る。

なんにせよ、機嫌がよくなってくれたならよかった。

「サクラ、エルルは俺の腹心だ。できれば仲良くしてくれると嬉しい」

「す、すまない……どうも彼女と話していると、心が落ち着かなくてな」

やはり二人は犬猿の仲なのだろうか。

だとすると今後、二人を一緒に行動させることは避けた方がいいかもしれないな。

「隊長、夜はまだですか……ううっ、陽光が私の身体を焼きますぅ」

「まだ真っ昼間だぞ。とりあえず寝て時間でも過ごしておけ」

グズってふにゃふにゃになっているセリアを膝の上に乗せてやると、彼女はすぐに寝息を立て始めた。

セリアの睡眠を邪魔しないようにと、二人も言い争いを止めてくれた。

ふぅ、これでようやく一息つける。

さて、侯爵と上手く話がつくといいんだが……。


領都グラウツェンベルクに入ると、俺たちの馬車はノーチェックで中へと通される。

サクラはここでは有名人らしく、彼女を見た平民たちはぶんぶんと手を振っていた。

どうやらアルスノヴァ侯爵は善政を敷いているようだ。

民たちに貴族たちに対する不満もなさそうに見える。

さて、領都に入ってからしばらく観察をしていたわけだが……とにかく物価が高いな。

パンも肉も野菜も、ガードナーよりもずっと割高だ。

グラウツェンベルクは風光明媚《ふうこうめいび》な土地だ。

のどかな田園風景と水車は絵画になるくらいに素敵だし、民たちもさほど高くない税でほどほどに豊かな暮らしをしている街だと聞いている。

ただ今の彼らは、どこか汲々《きゅうきゅう》としているように見えた。

往来の人通りも少なく、本来の住民たちの代わりに冒険者たちが闊歩《かっぽ》している様子が見受けられる。

こうなっている一番の原因は……やはり魔物による被害だろう。

現在、領都グラウツェンベルクより東方にある侯爵領のうちの一部は、魔物により蹂躙され人の住めぬ土地となってしまっている。

リンブル全体として見た場合も同様で、魔物の侵略を完全には防ぎきれず、王国は結構な土地を失ってしまっているらしい。

俺のおかげでデザントがノーダメージだった分、あっちは余力がある。

対しリンブルは、魔物を押さえつけることに精一杯で余所《よそ》へ戦力を回す余裕がない。

そのせいで最近では、デザントとの交渉で強気に出られがちとも聞く。

現状を打破するためには、強力な戦闘能力を持つ集団はいくらいても足りないはず。

それが仮想敵国で、少し前まで防衛を完遂していた俺たち『辺境サンゴ』だというのなら、それこそ喉から手が出るほど欲しいはずだ。

これは本来なら、自分たちの戦力を高く売りつけるチャンスだ。

野心がある奴なら、奪還した土地を譲り受けて世襲貴族でも狙いに行くんだろうが……俺にあまりその気はない。

貴族とか、正直もうお腹いっぱいだ。

できることなら、二度となりたくない。

それに……真面目に仕事をしていただけとはいえ、今の領都の人間の顔が全体的に暗いのは、俺にも遠因がある。

俺が手を抜いてデザント側も疲弊してれば、交易の条件なんかはもっとマシになっただろうし。

いや、俺が気に病むべきじゃないとわかっちゃいるんだが……ままならんもんだよな。

まぁ、今後リンブルには『辺境サンゴ』ともどもお世話になるつもりだ。

俺たちもリンブルも、今まで散々ひどい目に遭ってきた。

だからこそ、奪われたものを奪い返してやろうじゃないか。

そのための力が、意志が……今の俺たちにはある。

衛兵たちの案内に従い、俺たちはすぐにアルスノヴァ侯爵の屋敷へと案内されることになった。

まず驚いたのは、屋敷の造りの頑丈さだ。

貴族は基本的には、煌《きら》びやかだったり華やかな物を好む傾向があるがこの家はその逆。

全体的に灰色と茶色で、石壁も高く、櫓《やぐら》のような物まで建てられている。

がっちり頑丈なレンガ造りで、いざというときに魔法を放てるよう狭い窓がいくつも取り付けられている。しかもよく見ると『頑健』が付与されており、屋敷自体が一種の魔道具になっていることがわかる。

まず間違いなく、こういった場所には常設されている『マジックバリア』の魔道具は用意されていることだろう。

俺はあまり建築には詳しくないが……おそらくこの家の設計思想は、いざというときに立てこもれるような家だ。

籠城戦でも想定しているのかもしれない。

屋敷自体も大きいし……ふむふむ、地下に人もいるな、地下施設もあると。

だとすると結構な人数を収容できるな。

文字通りの最後の砦《とりで》としても使える、ということか。

案内はスムーズで、俺たちは軽いボディチェックだけ受けるとすぐに屋敷の中に入ることができた。

中へ入ると侯爵がお呼びとのことなので、サクラと一緒に向かうことにする。

とりあえず『辺境サンゴ』のみんなには、応接室でくつろいでもらうことにした。

遠慮というものを知らない奴らばかりなので、みな思い思いに過ごすはずだ。

サクラと二人で屋敷を歩いていく。

ここは彼女の生家なので、色々なことを教えてもらえる。かけてある絵画や置かれている花瓶なんかの説明を受けると、サクラの文化人としての一面が見えた。

一緒に居るとその騎士然とした態度からつい忘れそうになるが、彼女はめちゃくちゃいいところの出のお嬢様なんだよな。

「こうして二人で話をするのは、ずいぶんと久しぶりな気がするな」

「たしかに、オウカが攫われて以来じゃないか？　基本的には俺の近くにクランメンバーの誰かが居たからな」

「アルノード殿は慕われているものな」

順路を行っているかはわからないが、なんとなく遠回りに向かっているような気もする。

多分、サクラも久方ぶりの実家への帰省で浮き立っているんだと思う。

雑談をしながら歩いていくと、アルスノヴァ侯爵の執務室らしき場所が見えてきた。

部屋のドアの前に老執事が立っており、サクラを見るとぺこりと頭を下げた。

歩いていったサクラは、二三言葉を交わすと戻ってきて不満そうな顔をする。

「どうやら面会中らしい。申し訳ないが、もう少しだけ待っていてほしいとのことだ」

「そうか、まぁ侯爵も忙しい中で時間を作ってくれたんだ。全然気にしてないから大丈夫だぞ」

特にすることもなかったので、散歩を続けることにした。

ただ、話し合いを始める前に歩き疲れちゃ本末転倒だよな。

……お、庭園が見えてきた。

あそこで時間でも潰すことにしようか。

庭園の中は緑豊かで、木々は動物の形に刈り揃えられていた。

刈り込んで何かの形を維持するのは、結構な手間がかかる。

どうやら侯爵家の庭師は、相当な腕をお持ちのようだ。

脇には小さな噴水があり、その近くにあったベンチに腰を下ろす。

今のサクラは公務から外れているからか、鎧ではなく私服のドレスを着ている。

フォーマルな場でもないので、意匠もシンプルだ。

「事前に話は通しておいたはずだというのに、いったい誰が来ているのだろう？　侯爵が空けている予定に面会を差し込むとは、少しばかり礼儀がなっていないな」

「まぁ今の俺はただの平民の冒険者だしな。優先順位も高くない」

「何を言っているのだ！　アルノード殿がいなければオウカは攫われてしまっていたではないか。そして今だって、その力を私たちに貸そうとしてくれている！　今の侯爵家に……いや、リンブル王国にアルノード殿以上に重要な人物などいないとも！」

それは……たしかにそうかもしれない。

元『七師』であり、トイトブルク大森林からの魔物の侵攻を抑えてきた功績があるからな。

侯爵も俺のことを重要視していると示すために、サクラをずっと側《そば》においていてくれるわけだし。

「……それは違うぞ、アルノード殿。私が自分から直訴して父上にお願いしたのだ。アルノード殿の側にいさせてほしいと」

「そ、それはどういう……？」

思わず勘違いしそうになる気持ちをグッと堪《こら》える。

こんなことは学生の頃から何度もあった。

女の子の言うおはようは、おはようという意味なのだ。

女の子の言う一口ちょうだいは、本当にただ一口食べたいだけなのだ。

それと同じでサクラだって、大して考えずに言っているだけに違いない。

「オウカを助けてくれたこと。そしてあのままでは父から見限られていたかもしれない私を、救ってくれたこと。本当に、感謝しかない。私がこうして今も立っていることができるのは、アルノード殿のおかげなのだ……」

実家に帰ってきた安心感からだろうか。

サクラはぽつぽつと、自分の身の上話をしてくれた。

彼女がオウカを攫われたまま、救出することができなければ、その『聖騎士』としての一生は終わってしまっていた。

更にもしそうなっていれば、自分だけではなく、母の生活も厳しいものになっていたらしい。

サクラの母は、オウカの母とは違い侯爵家の側室に当たる。

そのためか彼女のアルスノヴァ家での立場は、それほど強くはないのだという。

だが彼女が俺――つまりは元『七師』であるアルノードと渡りをつけることができたことで、現在ではその評価は急上昇。

王家でもサクラの名が出たらしいから、王からの覚えもめでたいらしい。

サクラが俺のおかげだと言っているのも、あながち間違いではないみたいだ。

なるほど……俺がクランのみんなとどうするかわちゃわちゃしているうちに、サクラの方は色々あったんだな。

なるようになるだろとあまり深く考えていなかった自分が恥ずかしい。

彼女はそれだけの覚悟を持って、俺と接してくれていたというのに……。

謝意、ではないが。

何かサクラに今の気持ちを示せるようなものはないだろうか。

彼女を物で釣る彼氏みたいだが……俺、女の子の機嫌を取る方法なんて知らないからな。

何かしてほしいこととか欲しいものはないか、と聞くとサクラは明らかに狼狽《ろうばい》していた。

そんなことを言われるとは思っていなかったらしく、彼女にしては珍しくあたふたとしている。

そして何かを言おうとしては言い淀《よど》み、言いかけては言葉を引っ込める。

俺の予想では、武具。今のリンブルでは手に入らないようないくつもの効果の付与されたマジックウェポンが欲しいと見た。

だが買うとしたらあまりにも高価なので、おいそれと言い出せないに違いない。

躊躇《ためら》っている彼女が覚悟を決めるのを、ジッと待つ。

後ろの方からは、水が打ち付け合うバシャバシャという音が聞こえてきた。

「あ、あのっ！」

「おう、なんでも言ってくれ」

「アルノード殿のこと……呼び捨てで呼んでも、いいだろうか？」

「……へ？」

「あ、あとできれば話し方ももっとフランクに……」

え、そんなんでいいの？

俺のバカみたいな受け答えに、サクラは「それがいいんだ」とだけ言って笑う。

彼女の笑みに見とれているうちに、先ほどの執事がやって来た。

どうやら会談の準備が整ったらしい。


「お初にお目にかかります、アルスノヴァ侯爵。私はアルノード……貴族姓は剝奪されたので、今の私はただのアルノードです」

「アルペジア・フォン・アルスノヴァ＝ベッケンラートだ。アルノード殿と呼んでも構わないかね？」

「ええ、お好きなように呼んでください」

アルスノヴァ侯爵は、ソファーに腰掛けながらこちらに視線をよこしている。

立派な体格をしているので、座高は彼の方が高い。

知性の宿った瞳とキリッとした眉には、どこかサクラとオウカの面影がある。

「アルノード殿が我が領へやってきてくれたことに感謝を」

「恐悦至極にございます」

「世辞は要らぬだろう、具体的な話を進めさせてもらいたい」

「はい、おおよそのことはサクラから聞き及んでいます」

「む、サクラも任務ご苦労だったな。戻ってオウカと話してきなさい」

「ああ、それじゃあまた後でな……アルノード」

サクラは手を振りながら、部屋を出ていった。

後には俺と侯爵だけが残る。

……いや、正確にはもう一人か。

侯爵は少し怪訝《けげん》そうな顔をして、俺の方を睨《にら》んでくる。

「どうやらサクラとはずいぶん仲良くやっているようだな」

「ええ、彼女は接していいて気持ちの良い人間です。今後とも仲良くありたいと思っていますよ」

「そうか……」

侯爵はなんとも言えない顔をしてから、すぐに実務的な話に移ってくれた。

俺のことをサクラについた悪い虫、とでも思っているのかもしれない。

その心配は完全に杞憂《きゆう》だと思うぞ。

「早速だが本題に移ろう。私は君が言っていた条件三つを……全て飲ませてもらうことにした。ただしいくつかの条件は出させてもらう」

「当然のことですね、どうぞ」

侯爵の発言内容は、事前にエルルと想定していたものと大きく変わりはなかった。

現状、アルスノヴァ侯爵家の戦力だけでは魔物相手に反攻作戦に出ることができない。

自領にこれ以上の被害が出ないように食い止めることで精一杯であり、同じ王党派の寄子たちにまで救いの手を差し伸べることができていないのだ。

俺たち『辺境サンゴ』が、魔物を倒しきって平和を取り戻すことは、可能か不可能かの二択で言えば、可能だ。

だがそれらを全て俺らの手でやってしまうことは、実は大変よろしくない。

冒険者の力だけで問題を解決したとなれば、アルスノヴァ侯爵家は王党派領袖として面子が立たなくなる。

騎士団でできないことを、外からやってきた武力集団が解決してしまえば、いったいなんのための騎士団なのだという不満が間違いなく出てくるからだ。

声が大きくなれば、統治に支障が出てしまう可能性がある。

地方分派や中立派につけ込まれる失点にもなりかねない。

それに俺たち『辺境サンゴ』が強力な武装組織と目をつけられるのもできれば避けたい。

メンバーに危険が及んでほしくはないし、畏怖の対象にされるのも喜ばしくないからな。

両者の思惑をすりあわせるため、まずは侯爵が『辺境サンゴ』に対して指名依頼を発注する形を取る。

その依頼内容は、現在防衛作戦を展開中の、そして近日中に失陥すると見込まれているいくつかの村々への救援だ。

俺たちはアルスノヴァ侯爵騎士団と共に作戦行動を行うことで、彼らを隠れ蓑《みの》にする。助けるのはあくまでもアルスノヴァ家の軍勢であり、俺たちはそのサポート……という体裁を取るのだ。

これでアルスノヴァ家は、自軍で王党派を守れてハッピー。

寄子たちも助けてもらえてハッピー。

そして俺たちも、安住の地とたしかな後ろ盾を得てハッピー。

三者共に得をする、グレートな取引の完成というわけだ。

「君たちが向こうで厳しい状況にあったことは、オウカやサクラから聞いている。なので『辺境サンゴ』の指名依頼が終わった後の継続的な依頼について、あくまで自由意志という形を取ろうと思う」

「それはありがたいですね、長期の依頼となると、受けたくない奴らもいると思うので」

「それと、現地での衣食住のサポートはしっかりとさせてもらう。入り用の物があればなんでも言ってほしい。家が欲しいというのなら、今すぐ出張も可能な大工たちを用意する」

「至れり尽くせりですね」

だがこの一見するとみんなが得をする取引、実は色々な思惑が交差している。

侯爵がどんな思いで、俺たちを取り込もうとしているのかも予測済みだ。

恐らくは侯爵領の人間たちと俺たち『辺境サンゴ』の関係を密接にして、魔法技術や人材を持っていくつもりなんだろう。

もしかすると彼の頭の中では、反攻作戦が終了した後に、防衛任務を行う者たちを俺たちから国軍へ徐々に移行させる段取りすらできあがっているかもしれない。

二世代分くらい進んだ魔法技術を持っているのが、いつでも去ることのできる俺たち冒険者側だけ。

そんな状況は、為政者側からするとさっさと変えておきたいだろうからな。

けれど実際のところ——俺はこの侯爵の思惑に完全に乗る気でいる。

だって俺の思惑なんて……ぶっちゃけ元第三十五辺境大隊のみんなが幸せに暮らしてほしいってことくらいだし。先進的なデザントの魔法技術や戦闘技術を持っている『辺境サンゴ』の皆は、きっと大切にされる。

戦えなくなった奴らがいても、教官とか職人とかになればいくらでも生計は立てられると思うし。

俺という元『七師』が上にいるのだから、そうそう強引な手段を取る輩《やから》もいないだろう。

ハニートラップによる構成員の引き抜きなんかには気を付けなくちゃいけないが、実はそれもさほど気にしていない。

わざわざ俺の機嫌を損ねるようなことなんぞしなくても、年若い男女が同じ場所で暮らしていればば……カップルや夫婦なんぞ自然にできるだろうし。

あれ、でもおかしいな……俺もこの年で、結構な女性に囲まれて暮らしてるはずなのに、一向に誰かとくっつく気配がないぞ？

「今日明日でどうこうという場所はないから、しばらくの間は領都をごゆるりと堪能されるといい」

「ああいえ、一日休んだらすぐに出ますよ。ぶっちゃけ……みんな溜《た》まってるんです」

「……溜まってる？　いったい、何がだ？」

話がまとまったので、立ち上がる。

ズボンの裾を伸ばしてから、ゆっくりと歩き出した。

まぁ、俺は基本的には侯爵の思惑に乗るつもりではあるんだが……それで俺たちを扱いやすい駒とでも思われるのはよろしくない。

使い捨てにされたり、評価されなかったりするのは、もうデザントでこりごりなんでね。

なので、少しかましておくことにした。

俺は魔力と気力を一気に放出させる。

やってることは、マジックインパルスの応用だ。

魔力と気力の衝撃波を、純粋な質量を持つようになる寸前の出力で放出し、プレッシャーという形で表に出す。

するとなんか少し身体が重たくなるような威圧感が出るのだ。

ただ魔力と気力を出してるだけなので魔法でもなんでもないんだが……これをやるのは、結構疲れる。

出力を間違えると、普通に衝撃波が飛んで攻撃になっちゃうし。

でも人間相手には、このやり方が一番効く。

人ってのは威圧感とか圧迫感とかに尻込みしやすい生き物だからな。

「いえ……ドラゴンスレイヤーの彼女たちからすると、もう普通の魔物じゃ満足できないらしくて。さっさとトイトブルクの魔物と戦いたいって、せっつかれてるんですよ、俺」

「ド、ドラゴンスレイヤーだとっ!?」

無礼だよなとは思いながらも、振り返らずにひらひらと手を振る。

そして去り際に一言、

「あと、天井裏にいる彼はもう少し鍛えてあげた方がいいですよ。バルクスだったら、一日も持たずに死んでます」

とだけ言って、俺はその場を後にした。

【side　アルペジア・フォン・アルスノヴァ＝ベッケンラート】

「――行った、か……」

ふうぅぅと、口から自分の魂が抜け出てしまいそうなほど大きいため息を吐く。

スッと顔を下げると、緊張が解けたせいか自分の身体が震えていることに気付いた。

無意識のうちに、自分の手が首を撫でている。

首と胴体がくっついているかどうか、自分でも確信が持てていないのだ。

あれが、アルノード・フォン・エッケンシュタイン――元『七師』である『怠惰』のアルノード。

「もうよいぞ、アレスト」

「……いやはや、老体の身にあれは応《こた》えますな」

音もなく天井の羽目板が外され、スッと一人の人物が落ちてくる。

そして音もなく着地し、何事もないかのような顔で己の髭を撫でた。

彼はアレスト――私と旧友の、先代筆頭情報武官である。

情報武官とは、簡単に言えば諜報《ちょうほう》を担う武官のことだ。

それを取り纏めてくれていたアレストは、侯爵家の裏の仕事を引き受けてくれていた人物である。

私もこいつも、暴露すれば人生を終わらせることができるようなお互いの秘密を、山ほど抱え合っている。

そんな状況でも長年一緒に居るのだから、正しく腐れ縁と言うやつだ。

「私が最後に軍を率いて行ったのはもう十年以上も前、戦場の勘は鈍ったとはいえ……あれが尋常のものでないことはわかったぞ。あの肌を突き刺す針のような鋭い感覚は普通ではない」

「私も老いたのかもしれませんな。あそこまで言われては、立つ瀬がありません」

「そう言うな、あれが特別なだけだ。そなたがいるおかげで、私は枕を高くして寝ることができるのだから」

既に家督を譲ったとはいえ、アレストは私が抱える人材の中でも上位五人には入るほどの戦闘能力を持った男だ。

だというのにアルノードは、歯牙にもかけない様子だった。

広大な領地を治め、先進的な魔導技術により属州を押さえつけているデザント王国。

数多《あまた》いる魔導師の中で最上位である『七師』の座に君臨していたその実力は、伊達《だて》ではない。

彼との対面を果たし、私は事前に行っていた対『七師』の想定が如何《いか》に無意味なものであったのかを悟った。

あれは只人《ただびと》ではまともにやり合うことのできない、理不尽の権化だ。

まともに言葉が通じ意思疎通ができていることそのものが、異常だと思えてきてしまうほどの。

「魔道具も反応しておりませんでした。あやつは何一つ、嘘は言っていないかと……」

「『怠惰』のアルノードであれば魔道具や魔法をすり抜ける手段も持っているはず。お互いの手札から見れば、我々が圧倒的に不利だな……」

アレストの手には、緑色の円盤が握られている。

この『看破』の機能のついた魔道具『真実の眼《め》』は、相手の嘘の気配に反応し発光する。

何か情報が得られればと思い使ってみたが……アルノードの言葉にはまったく反応しなかった。

やはり魔法や魔道具を使って彼とまともに張り合おうなどと考えてはいけないな。

下手なことをすれば、こちら側が見切られてしまう可能性もある。

我々は虎の尾を踏むわけにはいかないのだ。

「だがあれだけの男が、我々王党派についてくれることの意味は大きい」

「ですな。今の我々は賭けに出なければいけません。アルノード殿には、ベットするだけの価値がある」

我ら王党派の貴族たちの領地のほとんどは、王国東部にある。

つまりは昨今の魔物の侵入を受け、経済的にかなりの打撃を受けているということだ。

そのため最近では、党派としてのまとまりすら欠け始めている。

我々王党派もまた、決して一枚岩ではない。

党派の中にもいくつもの派閥があり、地方分派が嗅がせている鼻薬に興味津々な者も多い。

彼らを従えながら、党派として団結して事にあたる。

そして最終的には、王の下で国が一丸となった新生リンブル王国がデザント包囲網の一角を担う。

リンブルが生きていく道はこれしかないと、私は確信している。

だがそんな無理難題を実行するためには、それを可能にできるだけの『何か』が必要だった。

日々悪化する状況の中、私はその『何か』を探し続けていた。

娘のサクラがしでかしたミスから、偶然にも一つの出会いが生まれた。

そしてそれが、可能性を紡いでくれた。

「サクラもオウカも、彼は厚意には厚意で返す人間だと断言していた。私が誠意を持って接している限り、その牙が我らを食い破ることはない……はずだ」

「――まぁ、それしかないでしょうな。彼らが毒牙にかからぬよう、私も動きます」

「助かる。今回の一件はリンブルの存亡に関わる大仕事になるだろう。お互いこれを最後の仕事と思って頑張ろうじゃないか」

「後のことは息子に任せて、余生は静かに暮らすつもりだったんですが……仕方ありますまい」

アレストは頭が切れる。

結局彼は退出するまで、一言も『辺境サンゴ』の切り崩し工作や裏切りの誘発については口にしなかった。

彼も……そして私も言わずとも理解しているのだ。

アルノードへ不利益を与えることの愚を。

今後とも彼らと上手く付き合っていくためには、ある程度は身を削らなければいけないだろう。

そう直感したからこその、先の援助の申し出だ。

今の侯爵領にできることであれば、どんなことでもやってみせよう。

それが我々の、明るい未来に繋《つな》がるのなら。

だが……。

「サクラの嫁入りだけは、なんとか阻止できないだろうか……」

「侯爵様は相変わらず、娘御のことになると途端に知能が下がりますな。これさえなければ完璧だというのに……」


無事に話し合いを終えることができて、まずは一安心だ。

明日からまた気持ちを切り替えるためにも、今日泊まる宿を急いで探さなくちゃいけない。

みなを引き連れて出ていこうとした俺を、焦った様子で駆けてきた執事さんが引き止めてくれた。

なんと豪気なことに、侯爵は俺たち全員に屋敷の部屋を宛《あて》がってくれるらしい。

太っ腹だよな、平民を家に入れるなんて普通の貴族はプライドが邪魔してできないぞ。

とりあえず部屋で各自休憩を取ってから、再度集合しダイニングルームへと向かう。

侯爵がお抱えのコックを使って会食を開いてくれるというので、それに参加させてもらうのだ。

「なんだか悪いですよね。まだ何もしてないのにこんないい所に泊まれるなんて。なんだか罰が当たりそうな気がします」

「明日から死ぬ気で働くんだ、今日くらいはしっかり休ませてもらおう。エルルもゆっくり休むようにな」

「はいっ！　あと、あの、隊長、よければこの後模擬戦でも……」

「真面目な奴だなぁ……明日の朝にしないか？」

「ふ、ふつつか者ですがよろしくお願いします！」

「結婚の挨拶じゃないんだから」

「け、結婚!?」

何やら気張りすぎて思考が明後日《あさって》の方向に行っているエルルの頭を軽く撫でてから、くるりと後ろを振り返る。

そこにはエルルと違い、慎みというものを知らない奴らが好き勝手に騒ぐ地獄絵図があった。

「ご飯、どんなの出るんだろうね！」

「この屋敷の食材、全て食べ尽くす」

「いやぁ、やっぱり室内って落ち着きますよねぇ。この蠟燭、消したいな……」

「飯なんか食っても便になるだけですよ。ああ、早く部屋で研究してたい……」

「お前ら……自由か」

俺は『七師』の頃からこういう接待には慣れているが、当たり前だがエンヴィーたちはそうではない。

彼女たちはデザントでは二等臣民の扱いを受けており、給料も正規の王国民兵士の半分程度。

貴族の屋敷に来るのも当たり前だが初めてで、礼儀作法なんてものを誰かから学んでもいない。

侯爵の希望なので連れては来たが……こいつらが会食とか、大丈夫だろうか。

正直ちょっと……いやかなり不安だ。

さすがに野営の時みたく肉にかぶりついたりはしないと思いたいが。

「あ、隊長。私たちは一旦分かれますのでー」

「楽しみにしててくださいね！」

歩いていると、途中でエンヴィーたちがどこかへ行ってしまう。

残ったのは俺と、明らかにめんどくさそうな表情を隠そうともしないシュウだけだ。

いったい何を、楽しみにしろというんだろう。

……ま、いいか。

ダイニングに入ると、オウカとサクラの姿があった。

二人とも正装をして、仕立てのいいドレスを身に纏っている。

なんでもいいって言われたから普通に魔導師のローブで来てしまった。

俺もエルルたちのこと、笑えないな……。

メイドさんに案内されるがまま、上座の方に席を取った。

気付けばシュウは下座の端っこの方に勝手に座っていた。

いやまぁ、マナーとしては間違ってはいないんだが……。

オウカたちの気を損ねないか気になったので、とりあえず近付いていく。

どうやら会食に意識を取られているので、シュウのことは気にしていないみたいだ。

「久しぶりだな、オウカ。元気にしてたか？」

「はい、アルノード殿もお変わりないようで」

「一応挨拶しようと探したんだがな。誰かと居たみたいだったので止めといた」

「え？――ああはい、そうですね……」

オウカは歯切れの悪い返事をして、そのまま黙ってしまった。

いったいどうしたというんだろう。

話をしてた相手というのが、俺に言えないような……ははぁん、なるほど。

さては、逢《あ》い引《び》きか何かをしてたんだな。

今のやり取りで理解できてしまう自分の洞察力の鋭さが怖い。

「サクラもドレス似合ってるな」

「そ、そうか……ありがとう」

サクラは名前にちなんでいるのか、薄い桜色のドレスを身につけている。

花弁のような模様が散らしてあって、裾も花びらのようになっている。

かなり女の子っぽい格好だ……普段とのギャップがあって、なんかいいな。

「むぅ」

「ぶーぶー」

とりあえずドレスを褒めたりしながら会話を弾ませていると、突然脇腹をつねられる。

頬を膨らませてオークのような声を出しているのは、エルルとエンヴィーだ。

「おいお前ら、こういう場で――」

思わず苦言を呈そうとした俺の言葉は続かなかった。

というのも……彼女たちが今まで見たことのないような、フリフリとした服に身を包んでいたからだ。

ドレスだ、しかも仕立てもかなりしっかりしている。

……さっき楽しみにって言ってたのは、これのことだったのか。

「どうですか、隊長？」

「サクラさんが貸してくれると言うので、お言葉に甘えまして」

たしかによく見れば、彼女たちのドレスはサイズが少し大きめだった。

けれど、そんなことは些末《さまつ》なことだ。

こうやってちゃんとした服を着ている彼女たちを見ると、その……やっぱり女の子なんだなって思うよな。

あれ、もしかして俺って、ちゃんとした服を着てる彼女たちの姿を見るの初めてか……？

「似合ってるぞ」というなんの気も利いていない台詞《せりふ》を口にしても、エンヴィーたちは機嫌を損ねずに笑ってくれた。

女の子を褒めるのには慣れてないからな……なんか小物とか褒めるのがいいんだっけか？

けどサクラも、よく彼女たちに服を貸してくれたよな。

デザントだったら……って、この考え方、いい加減やめにしないとな。

俺たちは少なくとも、しばらくの間リンブルで暮らしていく。

だからデザントだったらどうとか、考えても意味なんかない。

そもそも追放されたんだから、義理立てする必要もないし。

「おお、既に揃っていたか。何、今回は形式張った会ではない。作法などは気にせず、好きなように食べてくれ」

女性比率の高さと、エンヴィーたちのいつもと違う雰囲気にどぎまぎしていると、侯爵が奥方を連れて入ってきてくれる。

そしてそのまま、カジュアルな会食が始まった。

なお、ここでのみんなのテーブルマナーについては……ノーコメントとさせてもらおう。

恐らく今後会食に出向くのは、俺だけになるだろうとだけ言っておこうかな。

だからあとのことは、その……察してくれ。

デカい風呂や、普段ではあまり食べないようなスイーツに舌鼓を打って、ぐっすりと眠って鋭気を養うことができた。

そしてその翌日、エルルとの模擬戦で軽く汗を流してから、グラウツェンベルクの通用門を抜けようとした時のことである。

突然、後ろの方から俺を呼ぶ声が聞こえてきた。

「アルノード卿！」

「……は？」

俺のことをアルノード卿と呼ぶ貴族は、多分片手で数えられるほどしかいない。

そもそもアルノードって名前と俺の顔を結び付けられる人自体、かなり少ないからな。

宮廷魔導師として働き出してからは、ずっとバルクスにこもりっきりだった。

毎日働き詰めだったから、他の貴族と交流する暇なんかなかったのだ。

「お久しぶりです、私ベルナデ・フォン・バスターシールドでございます」

「ああ……久しいな、ベルナデ卿」

振り返った俺の前に居たのは、小太りのおっさんだった。

フォンが付いてるから貴族なのはわかるんだが……俺のことを知ってるってことは、デザントの貴族だよな？

アルスノヴァ侯爵ですら、俺の顔は知らなかったらしいし。

とりあえず話を合わせてみたが……どうしよう、まったく覚えていないぞ。

「アルノード卿もご機嫌麗しゅう、お会いできて光栄です」

「は、はぁ……ありがとうございます」

にこにこ笑ってはいるが、目の奥は笑っていない。

デザントでよく見てきた、食えないタイプの貴族だ。

後ろを見ると、ベルナデが乗ってきたであろう馬車には、貴族がこれみよがしに付けることの多い紋章が押されていない。

よく見れば車輪なんか完全に木製だし、結構ボロいな。

貴族がボロ馬車に乗るってことは俺みたいにまったく見栄《みえ》を気にしないか……あるいは人にバレたくないような何かをしている時だ。

……なんにしても、あんまり愉快な話にはならなそうだ。

とりあえず、気は許さない方がいいだろうな。

「実はアルスノヴァ侯爵の嫡子であるオウカ殿と面会した際、アルノード卿のことを聞いたのですが、上手くはぐらかされてしまいまして。もうここにはいないのかと思い絶望していたところ、街を出ていこうとするアルノード卿を見つけたので、急ぎ声をかけさせていただきました」

……なるほど、こいつは俺を探して色々嗅ぎ回ってたってことだな。

にしてもそうか、昨日オウカが妙に元気がなかったのは……こいつにつきまとわれてたせいか。

折角久しぶりに話せる機会だったのに、それを潰されたのはちょっとムカつくな。

だがそもそもこいつは、どうして俺のことを探してたんだろうか。

……少し考えてみよう。

まず俺をデザントに連れ戻しにきた——うん、最初に出たけど、これが正解な気がするな。

俺を国外追放にした紋章官は、第二王子ガラリオの紐付《ひもつ》きだった。

そしてそれを止めなかった俺の上司であるバルクスの師団長や将軍たちも基本的にガラリオ派で固められていた。

そのせいで放り出された俺を……第一王子バルドあたりが拾いに来たってところか？

俺の戦闘能力は『七師』の中では大して高くはないが、腐っても『七師』だったわけだし、バルクスを長年守ってきた功績もある。

大隊の面子が徐々に抜けてるのにも、そろそろ気付かれてるだろうしな。

まぁなんなら、現在進行形でライライがまるごと引き抜きに向かってるわけだが。

もし大隊が全部抜けたら、その穴を埋めるのは結構キツいだろう。

言っちゃあアレだが、デザントの魔導師は攻撃偏重過ぎる。

『七師』は広域殲滅はできても領土の防衛なんかは苦手なのが多いから、今になってキツいことに気付いたってところか。

「俺のことをお探しになっているのは、バルド王太子殿下でしょうか？」

「話が早くて助かりますね。いえ、ガラリオ殿下にございます」

「……なるほど」

「ガラリオ殿下はアルノード卿を国外追放にしてしまったことを、心から悔いております！　先の発言を撤回し、アルノード卿にはもう一度デザントの『七師』として――」

太っちょの朗々とした、芝居じみた言葉は聞き流しながら全力で頭を回す。

バルドじゃなく、俺を追放した張本人であるガラリオ派の人間が？

……この動き方は、多分本人と考えていいだろうな。

あまりにも短絡的で、俺のことを考えてなさすぎる。

もし俺を本気で動かす気なら、プルエラ様の名前でも使えばいい。

あの奸智《かんち》に長《た》けた国王なら、それくらいのことは平気でやってくるはずだ。

……だがだとすればガラリオは、いったいなんのために？

言っちゃああれだが、選民意識が高いガラリオは俺や大隊のみんなのことを嫌っていた。

それが急にこの変わりよう……デザントで何かがあったと考えるべきか。

政情の変化だろうか。

俺以外の『七師』に問題でもあったのか？

わからないな……情報が歯抜けすぎて判断がつかん。

ただ情勢はわからなくとも、俺が何をすればいいかくらいはわかる。

「ですのでアルノード卿、もう一度デザントの宮廷魔導師として――」

「お断りさせていただく」

俺は……もうデザントに戻る気はない。

あんだけ扱《こ》き使ってきておいて、いなくなって困ったから戻ってこいというのはいくらなんでも都合が良すぎる。それにキツい状況でも俺を信じ、そして何の確約もないのに俺についてきたエンヴィーたちを裏切るようなことはできない。

もし俺の待遇が良くなったとしても、デザントにいる限り彼女たちは二等臣民のままだ。

出世の道も絶たれ、危険な仕事を続けても怪我をした時の保障すらない……そんな生活に、戻らせたくはない。

更に言えば……リンブルに来てから得たものだってたくさんある。

のどかで田舎っぽいけど、基本的に気のいい人の多いリンブルのお国柄。

オウカの救出から始まったサクラとの出会い、侯爵との顔繋ぎや援助の申し出。

彼女たちは、俺たちのことを必要としてくれ、そのために手間を惜しまないでいてくれる。

そのおかげか、『辺境サンゴ』のみんなも前よりずっと活き活きとした顔をするようになった。

戦いが何より好きとはいえ、人は魔物と戦うだけでは生きてはいけない。

その生きていく上で必要な『何か』が、きっと今の生活にあるのだ。

俺たちが相対することになる危険は、デザントに居た頃と変わらない。

けど、それ以外の全てが違うのだ。

俺たちはもう、いいように扱われるだけの駒じゃない。

自分たちの手で幸せを摑《つか》める、冒険者になったんだ。

「こ、後悔することになるぞ！　リンブルなぞに肩入れしても意味はない！　どうせここは遅かれ早かれ、デザントに飲み込まれることになる！　アルノード卿はそんな勘定ができぬほどのバカではないはずだろう!?」

ベルナデは逆上しながら、早口でまくし立ててくる。

おいおい、リンブルに来ている貴族であるお前がそれを言うのか。

……そんなことは言われずとも分かっているとも。

リンブルより進んだ魔法技術、才ある人間を引き上げることのできる教育システム、俺個人で戦っても勝てない最強の宮廷魔導師である『七師』。

デザントにはいくつもの手札があり、国は富んでいる。

たしかにリンブルは現状、デザントのご機嫌伺いをしなくてはならない状態だ。

だがそれは俺が……俺たちが、リンブルで幸せに暮らすことを諦める理由にはならないんだよ！

「全てわかった上で、それでも俺はここに残る。俺も可能な限り、抗《あらが》ってみるさ。ガラリオ殿下には申し訳ないと伝えておいてくれ」

「――あなたがここまで考えなしだとは思っていなかった！　失礼させていただくっ！」

肩を怒らせながら、ベルナデは馬車へと戻っていった。

彼が去ってからしばらくすると、少し離れて様子を見守っていたみんなが近付いてくる。

その中には、浮かない顔をしたサクラの姿もある。

恐らく、ベルナデとの会話の内容が気になっているんだろう。

そんなに心配しなくても大丈夫さ。

俺の腹はもう、決まっているから。

第三章 ✝ 腕を振るうタイミング

今回、馬車は用意していない。

ぶっちゃけ全力ダッシュした方が早いからな……その分疲れはするけれど。

強化魔法を使うにしろ、気力で身体を強化するにせよ、馬車で行くよりずっと速度が出る。

シュウやセリアはスタミナがないので、誰かがおぶる形にはなるだろうけど。

「さて、侯爵に加勢すると決めたからには、時は一刻一秒を争うことになる。俺たちが頑張れば、その分だけ王党派の被害が減る。まぁとにかく、急いで魔物をやっつけろってことだな」

「あはは、そういうことなら余裕余裕！」

「戦いは、任せて」

基本的に、こいつらに難しい話はしない。

戦いに関してならいくらでも頭脳を振り絞ろうとするんだけど、それ以外のことは全部俺任せにしやがるからな。

……もしかして、俺が全部やっているのも教育的にはよくないんだろうか。

なんだか子供をしつける親御さんの苦労が少しわかった気がするぞ。

「とりあえず、優先度の高い最前線には俺とセリアが行って敵を蹴散らす。エルル率いる本隊には、防衛ライン付近で、侯爵の指示に従って転戦してもらうぞ」

「はいっ！　私たちの持ち場が終わったらすぐにそちらへ向かいます！　魔道具の設置なんかにはシュウが必要でしょうし」

今回、クランとしては二つに分かれて行動をすることにした。

エルル率いる本隊には、一般的な冒険者として各地での防衛戦に参加してもらう。

エンヴィーもマリアベルも元百人隊長なので、人を使うことには慣れている。

彼女たちは見た目もいいし、おまけに強い。

戦乙女たちの獅子《しし》奮迅《ふんじん》ぶりを見て、奮い立たない男などいない。

状況が劣勢だろうが、挽回《ばんかい》して男を見せようとしてくれるはずだ。

彼女たちが各地を回っている間に、俺とセリア二人だけの別働隊は、一直線に敵地の最奥へと向かう。この中で多数の魔物相手の戦力を効率的に削れるのは、俺とセリアだからな。

それにセリアの力をリンブルの人たちに見せるのは、まだ時期尚早だろうし……。

なのでとにかく、俺たち二人は周りが魔物しかいない奥地まで向かうことを優先させてもらう。

そこから先は、バルクスでやってきたのと同じやり方でいくつもりだ。

「僕はついていかなくていいんですか？」

「ヤバい敵がいたら死ぬかもしれんし、俺たちがある程度間引いて安全を確保したら呼ぶ。セリアの使い魔を飛ばすから、それを合図にこっちに来てくれ」

「了解です」

シュウが必要なのは、そもそも魔物避《よ》けや魔道具の整備ができるのが俺とこいつだけだからである。

魔物が寄りつかなくなるポプリや『幻影』や『認識阻害』を持つ魔道具を大盤振る舞いして、魔物の侵攻経路を限定させる。そしてそこにセリアが出せる全自動迎撃式の悪魔やアンデッドたちを置いておき、事前に相手戦力を削っておくのだ。

そこから漏れ出てきたり、そもそも想定経路から外れてくるようなイレギュラーを相手していく。

これがセリアと組んだときの、バルクスでのやり方だった。

俺たちが無理せずになんとかならないかと改良を重ねた結果、こういう手法になったのだ。

トイトブルクの魔物とバカ正直にやっていてはこちらが持たない。

魔物は湧くように出てくるので、やらなくていいところでは適度に手を抜かないと、そもそも処理が追いつかないのだ。

今なんか大隊のメンバーもほとんど揃《そろ》っていないので、いくらデザントより隣接している地域が狭いとはいえ、普通のやり方だと守り切れない。

エルルもエンヴィーもマリアベルも、あとここにはいないライライなんかも、戦い方としては個人戦闘型に入る。強力な魔物と戦う分には彼女たちの方が有利なのだが、逆に大量の雑魚を一掃するのには向いていない。

一体一体トドメを刺さなくちゃいけないからな。

雑魚を蹴散らすのは、セリアのような広域殲滅《せんめつ》型の仕事である。

まぁ何事も、得手不得手ということだ。セリアはゴリゴリの死霊術士でスタミナも皆無だから、事前準備無しで模擬戦でもしようものなら、現在の『辺境サンゴ』では最弱だし。

一応俺も広域殲滅はできるが、あまりコスパが良くはない。

なので今回はセリアのサポートをメインにして動く予定。

トイトブルク大森林の魔物たちとの戦いでは、いざという時の不測の事態というのが本当に起こりやすい。

本気を出さなくちゃいけないような事態には、なってほしくはないところだな。

ちなみに俺はタイプとしては万能型で、シュウは後方支援型だ。

この分類は、大隊を百人隊規模で効率よく運用するために俺が作ったものだ。

どんな戦い方かをざっくり理解するだけで、戦力配置がかなり楽になるんだよな。

今後クランとしてやっていく時にも、きっと重宝すると思う。

「あ、ああああ明るいぃ……太陽ぉ……」

セリアは真っ黒なフードを目深に被《かぶ》り、完全に顔を隠したまま四《よ》つん這《ば》いになっていた。

ブルブルと震えながら、か細い声を上げている。

セリアは正体がヴァンパイアなんじゃないかと疑うほどに陽光を嫌う。

暇さえあればすぐ影とかに入ろうとするし、基本的に屋内大好きな超インドア派だし。

俺はセリアを肩に担ぎ、そのまま『辺境サンゴ』のみんなに頷《うなず》いた。

みな言わずともわかっているので、黙って頷きを返してくれる。

実は、今回の作戦では俺が一人で突貫しセリアはエルルたちに同行させるという手もあった。

それを選ばなかったのは、セリアの使う魔法が限りなく黒に近いグレーなものだからである。

素材に血をふりかけてアンデッドを召喚したり、新鮮な死体を使って悪魔を召喚したり……初見の人は間違いなく彼女に良い印象を抱かない。

元々俺がこいつを大隊にスカウトしたのも、その戦闘スタイルのせいで他の隊でイジめられ、便所掃除をやらされてたのを見かねてってていう理由だったしな。

実は便所掃除が暗くて汚いから楽しかったと後から聞かされた時は、ちょっと引いたなぁ……。

「サクラも、来るのは俺たちの合図が来てからにしてくれ。それまではエルルたちと一緒に行動してくれると助かる」

「ああ、わかっている。今の私が行っても、アルノード殿のお荷物になるだけだからな」

サクラは何故《なぜ》か俺と同行すると言って聞かなかったが、説得の末彼女にはエルルたちと一緒に村や街の防衛に出てもらうことになった。余所者《よそもの》だけだと不信感を持たれるだろうから、見目麗しく家柄もいい彼女に民心を慰撫《いぶ》してもらうのである。

でもわざわざ危険な最前線に出向こうとするなんて……いくらなんでも自己犠牲が過ぎる。

いや、向上心が高すぎるのかもしれないいな。

けれど実は、サクラの存在って大事なんだよな。

俺たちと侯爵の関係が良好であることを示す状況証拠になるわけだし。

だからこそ、俺は心配なのだ。今後を考えるとサクラを失うことは許されないが、彼女がトイトブルクの魔物と戦うのはまだ早い。

いくらなんでも危険すぎるし、もし彼女が隊員だったとしたら俺は許可を絶対に出さないだろう。

でも、サクラって変なところで頑《かたく》なだからな。

さっきから妙に暗い顔をしているのも、俺がデザントの貴族と話をしていたからだろうし……

俺ってそんなに、信用ないのだろうか。

「ち、違うっ、そうではないのだ！　ただ……もし何かあればアルノード殿はどこかへ行ってしまうかもしれない。さっきそう、思ってしまったから……」

どうやら思っていた言葉がそのまま口をついて出ていたらしい。

慌てた様子のサクラを見ると、少し軽率だったかという気がしてくる。

彼女からしたら、リンブルの貴族と俺がどんな話をしていたのか、色々と想像してしまってもおかしくはない。

俺は少し頭を悩ませ、なんとなく背負っているリュックに触れた。

……あ、そうだ。

どうせなら今、渡しておこう。

落ち込んでいる気分が少しは良くなってくれるかもしれないし。

俺は中から新たな『収納袋』を取り出し、不思議そうな顔をしているサクラに渡す。

「これは……？」

「とりあえずサクラに使えそうな装備をいくつか見繕っておいた。出世払いでいいから、戦うときはこれを身につけておいてくれ」

「あ、ありがとう……」

なんだか奥さんの機嫌を取るためにプレゼントをする旦那の気分だ。

……俺ももう少し、女心を勉強するべきだろうか。

物を上げたり適当に褒めたり、ダメ男みたいなことばかりしている気がする。

サクラはキュッと『収納袋』を握りしめて、顔をうつむける。

その耳は、ほんのりと赤く染まっていた。

「ジー……」

思っていたよりずっと女の子らしい反応に、むしろ俺の方が戸惑ってしまう。

「じとー……」

「む……」

エルル、エンヴィー、マリアベルの百人隊長三人娘が、何か言いたそうな顔をしながら俺のことを見つめてくる。

……なんだよ、お前らが使ってる『ドラゴンメイル』の方が、今あげたやつよりよっぽど上等だぞ。

そんなことわかってるだろうに、なぜそんなに物欲しそうな顔をする。

「アルノード殿、その――」

「――じゃ、じゃあな！　みんな、またあとで！」

俺は三対の視線に耐えきれなくなり、全力疾走でこの場を後にすることにした。

か、格好悪ぃな、俺……。

多分こういうところが、モテない原因なんだろうな……。


久方ぶりに全力を出して走ると、バルクスでの日々を思い出し妙な気分になる。

懐かしいというか、なんというか……上手《うま》く言葉にできないな。

また魔物狩りの日々に逆戻りかと思わなくもない。

だが不思議と、嫌ではなかった。

昔と比べると、今は状況が大きく変わっている。

たしかに爵位も貴族姓もなくなり、『七師』の称号は奪われた。

今の俺は、ただの冒険者クランのリーダーに過ぎない。

けれど大隊のみんなは変わらず俺についてきてくれていて。

リンブルの人たちは、俺たちのことをきちんと評価してくれている。

俺が孤児院出身だとか、エンヴィーたちが二等臣民だとか、そういったことは関係無しに。

期待に応えなくちゃいけないな。

サクラやオウカ、そしてアルスノヴァ侯爵。

彼らにきちんと、俺たちには利用価値があることを認めさせなくちゃいけない。

今後のことを考えれば、これは絶対に必要なことだ。

「少し飛ばすぞ、舌噛《か》むなよ」

「ええ、もう今でもこみ上げてくるものがあるのに――あばばばばばっ!?」

更に速度を上げる。

マジックバリアを展開しながら、気力操作で身体機能を向上させる。

以前と比べると、魔法を発動するまでにかかる時間がコンマ一秒は長い。

気力が全身に行き渡るまでにかかる時間も、わずかに長くなっている。

俺自身、追放されてからも自己鍛錬は欠かさなかったつもりだが……やはり、毎日睡眠時間を削ってまで魔物と戦っていたあの頃と比べると、腕が鈍っているな。

トイトブルクにたどり着くまでに、少しでも勘を取り戻しておかないと。

気力操作と魔力操作、この二つの技術の練度は継戦時間にかなり直結してくる。

せめて俺単体で、半日はぶっ続けで戦えるくらいにはしておきたいところだ。

森へ近付くにつれて、徐々に魔物が強力になっていく。

けれどまだまだ、魔物は雑魚ばかり。

どれも討伐難易度は銀級と言ったところだろう。

背中にセリアを抱えて相手をするのに、ちょうどいいくらいの強さだ。

前に死にかけてたエルルをおぶって戦っていた時のことを思い出しながら、俺は『サーチ&デストロイ君三号』で魔物を見つけては屠《ほふ》っていく。

そして戦いの勘を取り戻しながら、明らかに魔物が強くなり始めたあたりで一度小休止を取ることにした。

既に最前線より大分前に来ており、先ほどからちらほらと廃墟《はいきょ》が見えるようになってきている。

魔力量からもわかるが、奥地にいる敵は俺たちが普段バルクスで戦っていたやつらとそれほど遜色のない強さがある。

そろそろ、ある程度ちゃんとやらないと怪我《けが》をしかねない。

けれど、人の目がないっていうのはいいな。

周囲に人影がないおかげで、俺もセリアも気兼ねなく本気が出せる。

「そろそろ魔物の密集地帯に入る、一旦下ろすぞ」

「う、うぷっ、きぼぢわるい……」

背中から下ろしてやると、セリアは顔を真っ青にして今にも戻してしまいそうだった。

興が乗ってきたので久しぶりに全力で戦っていたのだが、後ろに乗っているセリアからするとかなり乗り心地が悪かったようだ。

なるべく魔力を節約しようと、結界魔法は使わなかったからな。

簡易的な結界魔法であるマジックバリアには、衝撃を分散するような効果はない。

もう少し乗り手のことも考えてやるべきだったかもしれない。

背中をさすってしばらくすると、落ち着いてくれた。

「すうっ……それにしても瘴気《しょうき》が濃いですねぇ。まだ太陽は明るいですけどぉ、これなら私も頑張れそうですよ」

「たしかに、かなり淀《よど》んでいるな」

魔力は空気中に漂っており、世界に影響を与え続けている。

一定空間の中に滞留する魔力の質の指標として使われるのが、純度と呼ばれるバロメーターだ。

純度が高ければ高いだけ、人間にとって都合がよくなると考えてくれればいい。

純度の高い魔力は魔法発動の補助的な役割を果たすし、逆に純度の低い淀んだ魔力は人間の魔力を吸い取り魔法の発動を阻害する。

ただこれはあくまでも人間視点の物の見方で、魔物の場合はこれが反対になる。

魔物は純度が低ければ低いほど、魔力攻撃の威力や発動効率が上がるのだ。

そしてその逆もまた然《しか》りで、純度が高いと本来の力を発揮できなくなる。この純度が低く、言わば俺たちに都合の悪い魔力が多いことを、瘴気が満ちているなどと言い表すことが多い。

セリアの場合、死霊術でアンデッドや使い魔を使役する関係上、瘴気が濃ければ濃いほど、そのフィールドは彼女にとって有利となる。

あと瘴気が濃い空間は薄暗くなるため、インドアが極まっているセリアは瘴気を浴びると元気になるという不思議体質を持っている。

……やっぱりセリアって、実は魔物だったりする？

「あとで浄化《ピユリフアイ》かけないとな」

「ええっ、ダメですよぅ！　ここは重要指定空間にして、浄化《ピユリフアイ》の使用を禁止すべきかと！」

ちなみに浄化《ピユリフアイ》の魔法をかければ、魔力の純度を強引に上げることもできる。

セリアの言うことは無視しながら、魔道具で魔物の位置を探っていく。

魔物が大量にいる空間は、浄化《ピュリファイ》を定期的にかけないと魔力の純度がどんどん下がっていく。

俺たちが浄化《ピュリファイ》で純度を上げることができるように、魔物はそこにいるだけで純度を下げることができるのだ。

俺はこれを、陣取りゲームのようなものと認識している。

人間と魔物は、互いの生存領域を奪い合って、常に戦いを続けているというわけだ。

セリアは……例えるならこちらに寝返った、敵陣営の駒といったところだろうか。

人間側なのに、瘴気を利用できるわけだからな。

「とりあえずこの先に、強力な魔物の反応が二つある。両方潰してから昼飯にしよう」

「りょーかいですぅ」

反応の下に向かうまでに、まずは準備をしなくてはならない。

死霊術士は前もって戦うための準備を整えておかなければ、本領を発揮できないからな。

なので倒す時は、向こうが準備を終えるより早くとにかく一撃を入れるのが大事になってくる。

「えっとぉ、とりあえずは五人くらいでぇ、使用魔力は半分くらいにしといた方がいいからぁ……」

周囲を警戒しながら、セリアが襲われないよう細心の注意を払う。

目をつむりながらぶつぶつと言っている彼女は、完全に無防備な状態だ。

一見すると今日のおやつが何かと悩む女の子にしか見えないが、彼女は今使役する魔物の選定を行っている最中だ。

セリアの扱う死霊術というのは、基本的には死者や霊を操る魔法である。

アンデッド――つまりはスケルトンやゾンビのような不死者たちを、彼女はある程度自由に動かすことができる。

専門分野ではないのでざっくりとしたことしかわからないのだが、彼女は死霊術の腕は相当に高い。少なくとも俺は、セリアより腕のいい死霊術士とは出会ったことがないからな。

更に言えば彼女は単に死霊を操るだけではない……いや正確に言えば、途中からそうではなくなった。

バルクスで最高級素材を湯水のごとく使い続けたり、強力なアンデッドたちに触れる経験が増加したことで、セリアは普通の死霊術士では使役が不可能な高位のアンデッドたちを従えることができるようになった。

そういったアンデッドの中でもより不死性の高い存在の中には、生前の記憶を持っている奴《やつ》らがいる。

ハイ・リッチやハイ・スペクターのようなミスリル級魔物たちの中には、死の運命から逃れるために自らをアンデッド化させた者も多いからな。

そしてセリアはそんな死霊術の生き字引である彼らから、直接魔法を習うことができる。

彼女に適性があったのは、どういうわけか歴史から抹消されてきた禁呪ばかりだった。

そのせいで、セリアはあまり人前で力を使うことができない。

禁呪を覚えていることがバレたら、異端審問で即座に火《ひ》炙《あぶ》りだからな。

だからセリアは色々な魔法が使えるが、あくまでも死霊術士として通している。

そして今後も、それこそ彼女の力を使わなければ解決できないような事態でも起こらない限りはこれを続けるつもりだ。

ちなみに、セリアが今では普通に行っている悪魔契約も普通の人間にはできない。

俺は便利で使っているのを見慣れているからもうなんとも思わないけど、あれもアンデッドに聞いて習得した禁呪の一つなんだよな。使い魔の技術として名残こそ残っているが、本来の悪魔契約は人間の魂を何十と捧《ささ》げて行う邪法だ。

セリアはそれを、魔物の素材に自分の血を馴染《なじ》ませることで、リスク無しで行使することができる……らしい。そのへんの詳しいことは死霊術の適性がない俺にはわからないから、聞きかじりの知識なんだけどな。

「えいっ、えいっ、えーいっ！」

セリアは背負っていた『収納袋』から、無造作に素材を取り出しては地面に放り投げる。

ドラゴンゾンビの各種素材とハイ・リッチの冥核、それにあれは……エルダートレントの黒化香木か。

大盤振る舞いだな、あいつもそれだけやる気ってことだ。

死霊術の基本手段は交渉であり、死霊術士はアンデッドとテレパシーで意思疎通を行い、調伏させるか対等な話し合いを行うことで関係を結ぶ。

しかしセリアの場合、彼女はただお願いをするだけでアンデッドたちを使役することができる。

更に言えば魔法の改良もしており、供物や自分の血を捧げてアンデッドを強化させることや、一度使役したアンデッドたちをストックして任意に呼び出すこともできる。

どうしてそんなことができるのかは、本人にもわかっていないらしい。

「私の人徳ですよぉ」とは本人の談だが、俺はその言葉をまったく信じていない。

ただ彼女はアンデッドを使役することに関してはプロなのだが、死体をアンデッド化させる才能はまったくない。

セリアの専門分野は、わかりやすく言えば在野のアンデッドのスカウト。

彼女には強力な死体から、強力なアンデッドを作るような芸当はできないのだ。

一応分類的な話をすると死霊術には意志のない人形を生み出して使役するクリエイション系と、意志ある亡骸《なきがら》たちを現世に蘇《よみがえ》らせたり、使役したりするネクロマンス系の二つがある。

前者の対価は己の魔力だけだが、後者はそれ以外にも素材や自分の血、生《い》け贄《にえ》のような実際の物を使う傾向がある。

俺は一応、クリエイション系ならばそこそこ使える。

死霊術は不得手だが、こっちはフレッシュゴーレムやキメラを作る魔法生物学の分野に大分寄っているからな。

そしてセリアが得意なのは後者だ。

というかこいつは、クリエイション系はてんで使えない。

多分才能を、ネクロマンス系に全振りしているせいだろう。

ただ彼女は死者のアンデッド化もできないので、ネクロマンス系の更に一部分に特化しているというのが正しいかもしれないな。

うちの大隊の面子《メンツ》には、こういうデザントの基準では落第になるような奴らが多い。

というか、そういう奴らが話を聞きつけて集まってきたというのが正しいかもしれない。

おかげで隊長の俺は、本当にキツかった。

見つかっちゃいけない物とか、しちゃいけないこととか、正規の軍隊としてやっていくには縛りがあまりにも多すぎてな……。

過去のキツい思い出を頭の隅に追いやり、話を戻そう。

ネクロマンス系の死霊術は、使う度に自分の血や生け贄、供物なんかの実際の物品を使用する。

なので結構、素材の消費が激しい。

そして使う物がないと、死霊術士としてのセリアの力は極端に低下する。

そのため癖がありすぎてまともに使えない素材なんかのほとんどは、セリアに回している。

なんでかはわからないけど、ネクロマンス系の死霊術は使う素材も、変な奴の方が効果が高くなったりするんだよな……。

なので『辺境サンゴ』で俺に次いで魔物の素材を多く持ってるのは彼女だ。

……あ、そうだ。

セリアは素材を大量に使うし、あとで『いっぱいハイール君二号』を渡すことにしよう。

ふふ、いい名前だろう『いっぱいハイール君』。

あの『収納袋』を入れられる『収納袋』のことだぞ。

これ以上の名付けはないだろう。

きっとこの名は後世に語り継がれるに違いない。

俺が一人悦に入っていると、セリアの周囲に濃密な瘴気の渦が形成されていく。

彼女は丸く曲がっていた猫背を、ぐぐっと伸ばす。

そして自分の指を思い切り噛み、無造作に転がっている素材へと血を垂らした。

「我、奈落へ供物を捧ぐ。汝《なんじ》、盟約に従い冥界より来たれ」

地面に置かれた素材が発光し、風が吹き荒れる。

光の色は、おどろおどろしい紫色。

セリアの血がついた部分だけは、黒く発光している。

一種のマーキングのようなものなのかもしれないな。

前髪が上がり、隠れていた目が露《あら》わになる。

その瞳は深紅。最初の頃はうっすらとしたピンク色だったはずなのに、死霊術を使う度に色が濃くなっていく、今では血のような赤へと変わっていた。

優秀な魔導師は、魔力との親和性が高くなるにつれ、身体的な特徴が後天的に変化することがある。

セリアの瞳が赤く変色したのは、間違いなく彼女が一廉《ひとかど》の死霊術士であることの証明だ。

光が収まると、素材はスッと地面へと吸い込まれていった。

そしてすぐに、地響きがやってくる。

揺れはどんどん強くなっていき、次は地面が隆起し始める。

そしてボコボコと棺桶《かんおけ》が飛び出してきた。

数は合わせて五つ。

棺桶の縁には金の意匠が凝らされていて、真ん中にある一際豪華な棺桶には十字架が刻印されている。

地面から半ばほど飛び出たそれらは、すぐにガタガタと揺れ出す。

よく聞けば、内側から棺桶を叩《たた》く音が聞こえてくる。

まるで一刻も早く部屋を出たい囚人が、待ちきれずに檻《おり》を殴りつけているかのようだ。

そして、徐々に徐々に蓋がズレていく。

蝶番《ちょうつがい》がギシギシと軋《きし》み、中に居るアンデッドたちがゆっくりと姿を現す。

その中に居たのは、骨の身体《からだ》を持つアンデッド――スケルトン。

だが無論、ただのスケルトンたちではない。

セリアが今回出したのは――

「『葬送の五騎士』か……やっぱりな」

セリアはアンデッドを幾つかの分類にわけてストックし、まとめて使役することが多い。

なんでもその方が効率が良くなるかららしい。

そのため彼女が召喚するアンデッドは、基本的に同系統の魔物の集団であることがほとんどだ。

今回出てきた五体は、いずれもスケルトン。

彼女が『葬送の五騎士』と呼んでいる、近接戦闘に特化したアンデッドたちだ。

左右を固めている四体のスケルトンは、甲冑《かっちゅう》を着込んでいる。

骨の色は緑色で、眼窩《がんか》は怪しく紫に光っている。

種族名は、スケルトンナイト・オーダー。

討伐難易度はミスリルの中でもかなり高く、一般的なミスリル級冒険者なら瞬殺だろう。

……改めて考えると、冒険者ランクって結構ガバガバだよな。

討伐難易度オリハルコン級が国家的な危機の場合にしか適用されない関係上、ミスリル級の魔物の強さのバラツキが大きすぎる。

今後活動するにあたって、何かもう少し別の基準があった方が被害が軽減できるかもしれない。

「ガガッ！」

緑色の骨をしたスケルトンたちが手に持っているのは黒い長剣で、着ている甲冑は妙に甘ったるい匂いを放っている。

これらは全て、さっきセリアが死霊術の行使のために使った素材を元にしてできている。

通常、出てくるスケルトンたちは粗末な武器を持って現れることがほとんどだ。

そしてある程度死霊術を修めた人物なら、あらかじめ渡した武具を使わせることができるようになる。

けれどセリアは更にその上を行く。

彼女は召喚し使役するアンデッドを、捧げた供物によって強化することができる。

本来供物は、アンデッドの召喚・維持のために支払うコストである。

なのに彼女はそのコストを抑え、素材をアンデッド自体を強化するパーツとして使うことができるのだ。

その詳しい仕組みは、説明されても俺には理解できなかった。

彼女の本域では、『七師』であっても分が悪いのだ。

俺もまだまだ、勉強中の身だ。

「ゴルネザさん、どうもぉ」

「カカカッ」

「いえいえ、そんなことありませんってばぁ」

セリアはアンデッドたちと会話を交わすことができるので、何やら談笑を始めていた。

俺は死霊術はてんでさっぱりなので、どんな会話をしているかはまったくわからない。

「……」

セリアと四体のスケルトンたちが談笑（?）をしている中、少し離れたところに五体目のスケルトンがいる。

四体のスケルトンは、まるでその一体を守るような布陣になっている。

そのスケルトンのサイズは小さく、他の四体と比べると三分の二ほどの大きさしかない。

骨の色は紫で、腰には紫色の刀を携えている。

けれど持っている魔力は、こいつが頭一つ抜けている。

背格好は一番小さいが、こいつが残りの四体をまとめるこの『葬送の五騎士』の団長なのだ。種族名は――――なんと不明。

未《いま》だこの一体しか目撃例がないため、俺とセリアが名付けられる新種の魔物だ。

けれどセリアはこいつを魔物名ではなく本来の名前で呼びたいらしく、名付けに難色を示されてしまった。

なので学究の徒としては誠に遺憾ながら、デザントに報告はしていない。

「ガルネリアさんもありがとうございます」

「……」

『葬送の五騎士』の団長であるガルネリアは、一つ頷くとそのまま腕を組んだ。

俺はこいつが喋《しゃべ》っているのを、一度も見たことがない。

きっと生前もめちゃくちゃ無口だったんだろう。

セリアの聞くところによると、彼らは遠い昔に滅んだとある小国の『騎士団長』たちなのだという。なんでも城壁が壊れ王が殺されても、最後の最後まで敵国に抗《あらが》い続けた者たちだとか……。

トイトブルク大森林に魔物が溢《あふ》れ出す前にあった国らしいから、多分千年とかでは利かないくらい昔に生きていたやつらなんだろうな。

「というわけで隊長、『葬送の五騎士』を呼び出しました！」

「よくやったぞ。杖《つえ》無しで召喚できるようになるなんて、セリアも成長したな」

「えへへ……」

セリアが手に持っている、触手付き髑髏《どくろ》の乗った杖の魔道具は、その名を『無道ノ零《ライフオンスクラッチ》』という。

これは彼女が自分だけでは発動できない各種魔法の補助を、その血肉を対価として行ってくれる魔道具だ。

彼女の肉体は極めて貧弱なので、杖の補助を数回も受ければ貧血で倒れてしまう。

なので実は、かなりの諸刃《もろは》の剣《つるぎ》だったりする。

剣じゃなくて杖だけど。

俺が前に見たときは、『葬送の五騎士』は杖の補助がなくては呼び出せていなかったはずだ。少し見ないうちに、セリアも成長したんだな……。

セリアの使う死霊術で呼び出されるアンデッドたちの装備は、使った供物を素材にして強化される。

リッチの冥核を使うのは、これを触媒として使っているから……らしい。

通常素材そのままを触媒として使うと効率が悪くなるんだが、そんな一般的な常識は死霊術には通用しない。

というのも俺が自作した魔道具用の触媒を渡してやらせてみたんだが、何故か素材をそのまま使った方が強くなったのだ。

触媒自体は、俺が手を加えたもののほうが優秀だったはずなんだけどな……。

やはり死霊術は、まだまだ謎の多い分野だ。

今回は彼らの甲冑にはエルダートレントの腐蝕《ふしょく》香木が、そして脛《すね》当《あ》てや肘当てにはドラゴンゾンビの皮革が、持っている得物にはドラゴンゾンビの毒牙が使用されている。

セリアが使った素材は、今まで彼女に渡してきた物の中では最上に近い。

装備は次に召喚したときにはリセットされてしまうので、彼らは貴重な戦力としてあまり消耗させないようにしないとな。

でも何も、魔力を半分も使わなくてもいいだろうに。

もっと節約しないと、絶対後でつらくなるぞ。

……けどまぁ、久しぶりに死霊術が使えて張り切っちゃったんだろうな。

多分俺が追放を食らってから、セリアがまともに力を使う機会は一気に減っただろうから。

ったくこいつは……使う魔法はどんどんエグくなってはいくが、その性根は何年も前から変わらない。

誰かに認めてもらうために無理をするところとか……本当に昔のままだ。

あんまり根を詰めすぎないように、俺くらいはしっかりと褒めてやらなくちゃな。

「よし、行くか」

「はいぃ、でもちょっとだけ休憩を……」

「言わんこっちゃない……五分だけだぞ」

「だから好きです、隊長ぉ」

少し休憩してから、ゆっくりと進み出す。

先頭を行くのは俺と四体のスケルトンだ。

俺は魔法の発動準備を整えていて、彼らは近くにいる魔物たちを適当に間引いてくれている。

そして俺たちの少し後ろから、セリアが後をついてくる。

ガルネリアは彼女の護衛として側《そば》に侍《はべ》り、周囲を警戒してくれていた。

五体の中だと、ガルネリアだけなんか動作が洗練されてるんだよな。

もしかしたら生前は、わりといいところの貴族か何かだったのかもしれない。

「ガガガッ！」

「ギギッ！」

「どうどう、よくわからんがそんなに怒らないでくれ」

残る四人の名前はえーっと……ド忘れした。

セリアが使うアンデッドは種類が多すぎて、全部覚えきれないんだよな。

今ではもう、印象に残っているやつしか覚えてない。

最初の頃は俺も頑張って覚えてたけど、暗記したと思ったら新しいのが大量に追加されて諦めたんだよな……。

俺が彼らのパーソナルな部分を覚えていないせいか、彼らの俺への評価は非常に低い。

別に剣を向けられたりするわけじゃないし、命令すればちゃんと聞くんだが、一緒に行動していると妙につっかかってくることが多いのだ。

なので基本的に連携を取ったりはしない。

あいつらはあいつらで、俺は俺で勝手に動く場合がほとんどだな。

『サーチ&デストロイ君三号』で明らかになっている、他よりも数段強力な個体の反応は合わせて二つ。

うち一つは大量の配下を抱えているやつで、もう一つは周囲に他の魔物がまったくいないやつだ。

前者はオークキングみたいな強力な個体が部下となる下位の魔物たちを従えているパターン。

そして後者が、龍種のように個体が強力すぎて、周囲から魔物の影がいなくなったパターンだな。

俺たちの目的は、これ以上リンブルに被害が及ばないような敵戦力の殲滅。

なのでまず最初に優先すべきは、大量の反応がある方だ。

配下を引き連れた魔物が街に流れ込めば、とんでもない被害が出かねないからな。

俺とセリアが組むと、大量の個体を持つタイプの敵と非常に相性がいい。

大隊の中ではこいつと一緒に戦うのが、一番コスパ良く魔物を屠れる。

無理して広域殲滅魔法を使う必要もないしな。

広域殲滅魔法はたしかに強力だが、色々と手間も多い。

邪魔されたりして発動が失敗すれば、魔法が霧散して大量の魔力が無駄になる。

事前のタメも結構必要だし、おまけにバカみたいに魔力も食う。

魔物をトレインして大量に引き寄せてから使わないと、魔力消費の採算が合わないのだ。

適当にブレイドブラストファイアボールみたいな上級範囲魔法を連発して敵を潰した方が、消費はよっぽど抑えられる。

魔物の軍勢《スタンピード》でも来たり、戦争をするんならまた話は変わるが……普通に強力な魔物と戦う上だとあんまり必要じゃないんだよな。

おっと、そろそろ魔法の準備が整うな。

いつでも発動できる状態にしておかなければ。

さて、いったい何系の魔物がいるんだろうか。

「おっと、これは……」

「いい匂い、ですねぇ」

俺たちの視界を埋め尽くすように並んでいるのは、アンデッドの群れだった。

ゾンビ系とスケルトン系がほとんどだが……種類が多いな。

ここら辺で死んだ魔物を片っ端からアンデッド化させているからか、種類的なまとまりは皆無だ。

ただ群れを統率する魔物が、ある程度力量のあるアンデッドなのは間違いない。

セリアの戦力アップのチャンスだな。

「二系統いるのが気になるな。群れの主は変異種か何かかもしれない」

「それならちょっとぉ、張り切らなきゃですねぇ」

アンデッドは通常、同種のアンデッドしか作ることができない。

例えばリッチはスケルトン種なので、死体をスケルトンに変えることはできる。

ハイ・ゾンビはゾンビ種なので、死体をゾンビに変えることができる。

けれどリッチはゾンビを作れないし、ハイ・ゾンビもスケルトンは作れない。

二系統の魔物が共生しており、強力な反応は一つだけ。

もしかすると敵は、本来とは異なる特殊な力を持った魔物――変異種かもしれない。

「クリエイション系の魔法が使えるゾンビだったりするんだろうか」

「本当にそうなら、世紀の大発見ですねぇ」

ハイ・スケルトンにクリエイション系の魔法でスケルトン魔物を作らせ続け、無限骸骨集団を作ることはできない。

アンデッドは先の分類で言うところの、ネクロマンス系しか使うことができないからだ。

それなら墓地にでも行ってスケルトンを起こし続ければいいと思うかもしれないが、これも不可能だ。

セリアとアンデッドたちは、彼女が上下関係を作り使役する過程で、個別に契約を結ぶ。

そしてそれは、契約したアンデッドたちが死体を新たなアンデッドへ変えた場合も同じ。

するとどうなるかというと、セリアは全てのアンデッドたちと間接的な契約を結ぶことになってしまう。

イメージとしては、彼女を頂点としたピラミッドを想像してくれるとわかりやすいと思う。

契約には魔力消費だけではなく、脳の容量の使用や肉体的な負荷も伴う。

つまりあまりに配下を増やしすぎればセリアの肉体は限界を迎え……彼女は死ぬ。

実際セリアはそれで、前に一回死にかけたことがある。

俺がたまたま入手していた不死鳥素材を使って作った『不死鳥の尾羽』がなければ、彼女は全身から血を噴き出して死んでいただろう。

死霊術はまだまだ謎の多い分野で、デザントでも研究はまったくと言っていいほど進んでいない。

クリエイション系の魔法は理論上、アンデッドにも使えるはずなんだが……どれほど高位のアンデッドであっても不可能なんだよな。

「どうかしましたかぁ？」

「……いや、少し昔のことを思い出していただけだ」

「そうですかぁ。でも無制限に増えるタイプのゾンビだと厄介ですしぃ、早めに気付けて良かったですねぇ」

ゾンビ系の魔物は牙を経由してゾンビ細胞を相手に流し込み、噛みついた相手をゾンビ化させることができる。

これは死体にも有効であるため、とある特定の条件下であればゾンビは爆発的に増加する。生き物も死骸もあらゆるものをゾンビ化させながら行われる去年の魔物の軍勢《スタンピード》は、正に悪夢だった。

何度もあった魔物の軍勢《スタンピード》の中で、アルティメット・ゾンビが率いていた屍者《ししや》の軍勢が一番キツかったからな……。

ちなみにそのアルティメット・ゾンビは、今ではセリアの持つ見せられない鬼札のうちの一体だ。

こいつは周囲の死者を噛まずにゾンビ化させる凶悪な能力を持っているため、未だ一度も使ったことはないらしい。

もしやろうものなら、セリアの容量を即座にオーバーしてぶっ倒れるだろうから、当然だな。

このゾンビ一体でも、結構な容量を使っているらしいし。

でも今思うと、セリアはどうしてあんな使い道のない爆弾を抱えているんだろうか。

デザントと戦争になった時に、デザントリアのど真ん中に契約破棄したアルティメット・ゾンビを投げ入れるような使い方しか、俺には思いつかないが。

「それじゃあ隊長、お願いします」

のほほんとした顔をしているセリアの頭を撫《な》でてやりながら、俺はずっと発動待機中にしていた魔法を唱える。

俺とセリアが組めば、大量の敵を簡単にすりつぶせる。

その理由は——

「『超過発動《オーヴァーチュア》』クリエイション・スケルトン！」

二人で力を合わせれば、大量のスケルトンを動かすことができるからである。

『超過駆動』とは『七師』としては全てが足りていなかった俺が、より強力な魔法を使えるようになるために編み出した技法の一つである。

これは既存の魔法に大量の魔力と僅かな気力を流し込み、本来よりははるかに強力なものに変えて放つ技法だ。

魔法というのは、一つの容《い》れ物《もの》のようなものだ。

今回は一つのリュックとして考えてみてほしい。

『超過駆動』は、そのリュックを気力という力でできる限り拡《ひろ》げ、開いた空間にめいっぱい魔力を流し込むようなものである。

リュックが破れるほどに拡げすぎてもいけないし、リュックから漏れ出すほどに魔力を注いでもいけない。

そもそも気力と魔力は陰と陽であり、反発し合う。

攻撃魔法を使いながら気力で身体を強化するのにすら、かなりのコツがいる。

魔法で身体強化《フィジカルブースト》をしながら気力で同時に身体強化《フィジカルブースト》をすることができる人間となると、この世界にも十人といないだろう。

それより更に繊細な気力と魔力のコントロールを行いながら、術式を壊すことなく『超過駆動』を発動させることができる人間はほぼいない。

そもそもこの技術自体発表してからそれほど時間も経《た》っていないし、使えるのはまだ俺くらいだと思う。

さて、そんな風にめいっぱいの魔力を注ぎ込んだクリエイション・スケルトンがどうなるかというと……。

今俺たちの前には、相対しているゾンビ集団に優《まさ》るとも劣らないほど大量なスケルトンの姿がある。

生み出したばかりなので、得物の一つもない素手で、防具も何一つつけてはいない。

俺がクリエイション・スケルトンによって生み出した数は二千。

一度の魔法で生み出せる数は、これが限界だ。

通常の出力で放った場合に出せる量は百前後なので、出力は大体二十倍といったところだな。

「いつもの通りですかぁ？」

「ああ、逐次戦力を足していこう」

クリエイション・スケルトンで生み出された骨たちには自我はなく、ただ俺が指定した通りに動くだけの木偶《でく》である。

知能も最低限で、五歳児程度しかない。

ただ魔法で造り出したスケルトンの場合、セリアがやっているようにいちいち契約を結ぶ必要はない。

クリエイション・スケルトンは命令に従うスケルトンを造る、という魔法だからだ。そのため二千体を同時に動かしても、脳がオーバーヒートして死にかけるようなことにはならない。

まぁその分、本当に簡単な指示しかできないのだが。

敵を倒せとか前に進めといったざっくりした命令しか出せないので、二千体を俺の思うとおりに動かすことなぞできない。

だがここにセリアがいれば話は変わる。

彼女が召喚した『葬送の五騎士』が居れば――。

「ゴルネザさんたちには一人五百体ずつお貸ししますのでぇ、よろしくお願いします」

「ガガッ！」

俺はスケルトンの大軍に、一つの命令を出す。

その内容は『上位種に従え』。

魔物には、自分と同系統で、かつ上位種の魔物には服従する習性がある。

ゴブリンはゴブリンリーダーに従うし、オークはオークキングに言われるがままに動く。

魔物の生得的な習性というやつだ。

セリアが召喚したスケルトンたちはスケルトンナイト・オーダー、当たり前だがスケルトンの上位種だ。なのでこいつらは契約を使わずとも、上位種であるというただ一点だけでスケルトンを自在に動かすことができる。

つまりこいつらは俺が生み出したスケルトンたちを、自分の手足のように使えるってわけだ。

「ガガッ！」

「「「ガッ！」」」

『葬送の五騎士』の面々は、皆かつては騎士団を率いていた立場の人間だ。

彼らは集団戦を行うことに慣れており、それこそ連隊規模のスケルトンを手足のように操ることができる。

「あと、はいこれ」

「ありがとう……ございますぅっ!?」

俺が手渡した『いっぱいハイール君二号』を開き、彼女は言葉を失った。

『収納袋』の中に『収納袋』が入っているのを見て、セリアは彼女にしては珍しく目を見開いて驚いている。

「え、これ……つまりはそういうことですか？」

「ああ、前から言ってた『収納袋』を入れるための『収納袋』、ようやく完成したんだよ」

セリアはパクパクと口を開いて、俺と袋を交互に見ていた。

ふふふ……ちゃんとしたリアクションがあって、俺はとても嬉《うれ》しい。

力を隠さないと決めたので、俺はサクラに装備一式を渡すときにこれみよがしに『いっぱいハイール君』をお披露目した。

けれどみんなからの反応は、びっくりするくらい薄かった。

『収納袋』から『収納袋』を取り出したっていうのに、『辺境サンゴ』のみんなは何故かそんなことはどうでもいいとばかりに俺のことをにらんでいたからな……。

「ほら、急がんと敵に気付かれるぞ」

「――はっ、そうですね。この魔道具についてはまた後で！　ゴルネザさん、イベリアさん、シュプリームさんにテアさん、これを使ってくださーい！」

セリアは我に返り、取り出した二つの『収納袋』をひっくり返した。

中からは、大量の剣が地面にぶちまけられていく。

各団長の指示に従い、スケルトンたちは武器を拾い上げ、前進を開始した。

鍛冶担当だったダックが半泣きで作ったその鉄剣の数、実に五千。

つまり俺とセリアが組めば、強力なアンデッドに率いられたスケルトンの軍団を、即席で生み出すことができる。

『超過駆動』を使えば通常よりはるかに高い魔力効率で魔法を使うことができるため、魔力切れの心配もない。

その分神経を遣うので、精神的な疲労は溜《た》まるけどな。

セリアの命令に従った『葬送の五騎士』率いるスケルトン軍が接敵する様子を見つめながら、俺は黙々とクリエイション・スケルトンを『超過駆動』で発動させ、二百体ずつスケルトンを生み出しては戦線へ投入していく。

こんな泥臭い戦い方、他の『七師』の奴らなら鼻で笑うことだろう。

俺は『七師』の中では誰よりも魔法の才能がなかった。

だからこそ戦い方だけは、誰よりも工夫を凝らしてきたつもりだ。

魔法の才能というものは、先天的な部分によるところが大きい。

俺の四元素に関する魔法の才能は、他の『七師』と比べるとどうしても劣っていた。

また俺には、ガーベラのような何かに一点突破した四元素魔法以外の魔法——系統外魔法の才能もない。

だから俺は、なんでもできる万能であることを求めた。

一点突破で勝てないのなら、総合点で勝てばいい。

そう考え、実戦し、突き詰めていった結果が、どんな魔法も常人の数十倍の規模で使えるようになる『超過駆動』だ。

魔道具作りの功績を認められていただけだった俺は、『超過駆動』を編み出したことで極めて高い応用力を手に入れることができた。

けれど……俺にできたのは、あくまでもそこまでだった。

だが、そこで気付いたのだ。

俺は一人ではないということに。

他の『七師』の奴らのように、何もかもを一人でやる必要などない。

自分が足りない部分は、仲間に補ってもらえばいい。

第三十五辺境大隊のみんなはかなり尖《とが》った奴らばかりだが、その尖りを活《い》かせる場所を与えることさえできれば、輝く粒ぞろいの奴らばかり。

そして応用力に秀でた俺であれば、彼女たちに然るべき魔道具や場所を用意することは十分に可能。

俺の戦闘能力は、『七師』の中では下から数えた方が早い、というかぶっちゃけ最下位だろう。

けれど部下と――『辺境サンゴ』のみんなと一緒に戦えば、きっと誰にだって勝てる。

俺がバルクスで得た、一番大切なもの。

きっとそれは――俺を信じて付いてきてくれる、仲間たちに違いない。

「ごぉー、ふぁいっ、うぃんっ！」

セリアはフレーフレーとスケルトン軍団を応援していた。

彼女の戦闘は『葬送の五騎士』が代わりにやってくれるので、召喚を終えたらもう何もすることはない。

だがそれだと決まりが悪いのか、必死に声をあげていた。

あとは戦いの結果が出るまで、見届けていればいいだろうに……。

セリアの小さな背中を見つめながら、俺は笑う。

そして彼女の頭を、ガシガシと撫でた。

「わっぷ!?」

「ゆっくり休んでおけ、まだ先は長いぞ」

俺はそう言って、再び二百体のスケルトンを召喚する。

お前が活躍できる舞台は、俺が整えてやるさ。

なんてったって俺は――『怠惰』のアルノードだからな。

『葬送の五騎士』率いるスケルトン軍団が、敵のゾンビとスケルトンの入り交じった集団とぶつかり合う。

さながらアンデッド同士の縄張り争いのようで、見ていてちょっとわくわくする。

「ガガッ!」

先頭に立って陣頭指揮を執っているのは、ゴルネザと呼ばれていたスケルトンナイト・オーダーだ。

ゴルネザが使う武器は、ドラゴンゾンビの毒牙でできた直刀だ。

パワータイプなのか、スケルトンの全長よりもデカく斬馬刀ぐらいのデカさがある。

ドラゴンゾンビの牙は触れるだけで即座に意識を失うような猛毒を出す。

そしてそれを使用したあの剣もまた、ドラゴンゾンビがしていたのと同様、使用の際に魔力を流すことで毒を分泌させることができる。

だが今回は相手も不死性の高いゾンビなので、毒は使わないようだ。

「カッ！」

ゴルネザが剣を振り下ろせば、ゾンビが頭から股下まで断ち切られる。

骨だけの身体とは思えないほどにパワフルに、周囲のゾンビを薙《な》ぎ払っていく。

正に鎧袖一触《がいしゅういっしょく》、ゾンビたちは為《な》す術《すべ》もなく全身から腐った血肉を噴き出していく。

ゾンビの弱点は生前と変わらない。

人間のゾンビも犬のゾンビも、基本的には頭を潰せば終わる。

だが逆に言えば、頭を潰すまでは終わらない。

今もゴルネザに上半身だけにされたゾンビが、ズリズリと這《は》って動こうとしている。

「ガッ！」

ゴルネザの号令を受け、スケルトンたちはまともに動けなくなったゾンビたちにトドメを刺していく。

どうやら彼は、自分が最前線で戦い続けることを好むタイプのようだ。

生前は猛将として通っていたんだろうな。

ゴルネザが吶喊《とっかん》し、彼が空けた穴にスケルトンたちを差し込む。

そして作った隙間をドンドンと拡げていき、目に付いた相手を片っ端から真っ二つにしていく。

続いてゴルネザより姿勢が良くシュッとして見える、イベリアと呼ばれていたスケルトンナイト・オーダーだ。

名前と骨格的に、恐らく生前は女性だったのだろう。骨の色も、気持ちエメラルドっぽい気がする。持っているのはレイピアで、着けている鎧《よろい》も何故か少し色が明るい。

一律で死霊術を使っても個人差が出るというのは、なかなか興味深い。

彼女が率いる騎士団が戦うのは、同種であるスケルトンだった。

数は大体同数くらい、どちらも五百前後だな。

俺が造り出したまっさらなスケルトンより、怨念によって蘇ったものの方が個体としての強さは上だ。

戦力的にはこちらがやや不利、といったところだろうか。

「……」

イベリアは相手のスケルトンたちの間にスッと割って入り、音もなく通り過ぎていく。

彼女はゴルネザのように、ガタガタと歯を打ち合わせたりはしない。

彼女が剣を掲げれば、パリンと敵のスケルトンの核が割れる。

早いな……魔力による身体強化《フィジカルブースト》までのつなぎがまったく見えなかった。

魔物も人間と同様、生体エネルギーである魔力と気力を両方とも己の力として使うことができる。

ただしこの場合、アンデッドは例外だ。

彼らは物理攻撃に強く、状態異常攻撃などが効きにくい代わりに、気力を使うことができない。

そのためアンデッドたちが扱えるのは魔力だけなのだ。

もっとも魔物が使うのは魔法ではなく、より純粋な魔力の使用による事象改変だ。

そのため今のイベリアのように、特に魔法名を叫んだり詠唱を加えずとも使える。

その分個体差が大きく、効果も魔法ほどは高くないんだけど……ミスリル級の中でも上から数えた方が強い魔物が使うと、魔力使用の際、流れに淀みがないせいで、発動されるまで気付かないということが多々ある。

「ギ……」

イベリアの指示に従い、スケルトンの軍団が敵へと向かっていく。

強さとしてはあちらが上でも、こちらには現場で命令を下すことのできる彼女がいる。

彼女が命令をしたのか、こちらのスケルトンたちは敵のスケルトンたちの核《コア》を集中的に狙っていた。

スケルトンは骨だけの魔物であり、ただ倒すだけでは骨を組み直して再び立ち上がってくる。

彼らの弱点は、その胸骨の奥に光っている赤い球――核《コア》だ。

そこは彼らにとっての心臓のような物なので、核《コア》を壊せばスケルトンは一撃で沈む。

弱点が丸見えっていうのは、生き物としては致命的だよな。

セリアが供物で胸部装甲を重点的に強化しているのも、その弱点を補うためだし。

「「「ガガガッ！」」」

イベリア率いるスケルトン軍団は着実に相手にトドメをさしていく。

どうやら二人一組で行動をさせているようで、至る所で戦うペアの姿が見受けられた。

対し相手はバラバラに突撃し、闇雲に攻撃をしかけているだけ。

いくら個体としての戦闘能力が高くとも、これでは勝てるはずがない。

敵が固まり危なそうな場所には、イベリアが率先して割って入って打開する。

彼女は戦いを終える度に、周囲を鼓舞するためか剣を高く天に掲げる。

だが俺の作ったスケルトンは本当に命令通り動くだけの人形だ。

何も反応がなく、イベリアもどこか不服そうな顔をしている。

残るシュプリームは守勢に秀で、少ない味方で相手の攻撃を防いでいた。

テアは遊軍の将として、急襲を行っては適宜離脱するような戦い方を好むようだ。

スケルトンの戦闘能力は高くないのでゾンビと戦うとバカスカ死んでいくが、俺がいくらでも補充できるので問題はない。

俺は『葬送の五騎士』と精神的な繋《つな》がりを持つセリアの言葉を頼りに、戦力を逐次送り出していく。

「なんだか本物の戦争みたいだな」

「ゴルネザさんたちにとっては、久しぶりにやってこられた戦場ですからぁ。嬉しくて舞い上がっちゃってるのが私にもわかりますぅ」

俺はセリアがスケルトン軍団を使う魔物同士のぶつかり合いは見たことがあるが、実際の戦争というものに参加したことはない。

『七師』になった頃には新たな属州が増え、国内の安定を優先させていたからな。

もしあのまま働き続けていたら、俺も連邦あたりに出征させられていたかもしれない。

「『超過駆動』クリエイション・スケルトン」

俺は再度五百体のスケルトンを生み出し、『前進せよ』と『上位種に従え』、そして『緑色のスケルトンに従え』という三つの命令をかけて送り出す。

少し考えて、今は命令の内容を一つ足している。

スケルトンは鳥頭なので、これが限界だ。

付け足した理由は、もし相手方がスケルトンだった場合、命令に従って俺たちを襲う……なんていうパターンがあるかもしれないからだ。命令の仕方にも気を付けなくちゃいけないと少ししてから気付いた。

スケルトン同士の戦いっていうのは今まで経験がなかったから、これは今後の教訓としておかなくちゃな。

戦いが続き、敵の数も徐々に減ってきた。

減る度にスケルトンを追加投入できる俺たちとは違い、向こうはあくまでも死体からアンデッドを生み出しているだけだ。

補充はこちらよりずいぶんと利きにくいはず。

どうやらそろそろ弾《たま》が尽きてきたのか、ちらほらと俺たちのスケルトン軍団が占有する面積が増えてきた。

……さて、そろそろ俺も動くか。

「出るぞ、ついてこい」

「はいっ！」

俺はトイトブルク大森林で戦うとき、常にコストパフォーマンス、つまりは費用対効果を意識し続けていた。

こちらの人的リソースが限られており、そもそもバルクスのような辺鄙《へんぴ》な田舎にやってくる変わり者はいないため、そうそう補充もできない。

それなのに強敵を倒したと思ったらそれより更に強い敵が現れるという理不尽が割とよくある。

俺の――俺たちのやり方は、必ず魔力と人的被害を天秤《てんびん》に掛けて行う。

今回クリエイション・スケルトンだけを使って味方の援護をしないのも、スケルトンを造るのが一番コスパがいいからだ。

俺が上級火魔法であるブレイドブラストファイアボールを使うと、魔力を約一％使う。

それで倒せる敵の数は、密集具合にもよるが大体一回ごとに三十体前後。

対し『超過駆動』をかけたクリエイションスケルトンを同じ程度の魔力を使用して発動させると、大体三百体前後のスケルトンになる。

『葬送の五騎士』に彼らを使わせれば、同数とまではいかずとも二百くらいのスケルトンは持っていってくれる。

効率で言えば、約七倍も違う。

俺は魔物と戦う際には、こんな風にいかに消費を抑えられるかだけを考える。

撤退するときにも余力を残しておかなくちゃいけないからな。

大隊の行軍より移動速度が速い魔物はごまんといるし。

だから俺が今こうして自分から出張るというのも、その原理原則から外れていない。

つまりは魔道具で反応のある強力な個体が——スケルトン軍団だと相手にならなそうってことだ。

『葬送の五騎士』率いる軍団が攻勢に出たことで、テアの遊軍が手すきになった。

俺たちは彼の軍団を使い、魔力反応のある所へ近付いていく。

ある程度の距離まで来てから、遠見の魔法であるクレボヤンスを使う。

そこで見えたのは——地面に倒れ伏し動かなくなっている、真っ黒な首無し騎士だった。

「あれは……デュラハンだな。セリア、詳しい説明を」

「えっとぉ、デュラハンは首無し騎士でぇ、それでぇ……結構強いです」

「……お前に説明してもらおうとした俺が間違ってたよ」

デュラハンは、レイスやスペクターなどと同じ霊系に分類されるアンデッドだ。

その見た目の特徴は、簡単に言えば兜《かぶと》のない、中身が空の甲冑である。

通常なら強さはミスリル級下位だが……そもそもデュラハンの攻撃手段は基本的には近接戦闘。

死霊術を使うという話は聞いたことがない。

それにもし配下がいたとしても、それは霊系統の魔物に限られるはずだ。

向こうは視界がないため、この距離だとまだ気付かれてはいない。

つまりあいつは、ゾンビやスケルトンたちと意識を共有できていない。

ネクロマンス系の死霊術に造詣が深いのなら、低位のアンデッドであっても最低限の情報取得はできるはず。

契約が介在せずやり取りができないということは……とそこまで考えたところで、デュラハンの肉体である鎧が、普通と違うことに気付く。

無念を抱えたまま死んだ騎士が死後まで残る怨念を持つことで生まれるのがデュラハンだ。肉体が腐り、解け落ちても消えることのない恨《うら》み辛《つら》みこそが彼らの原動力。

そのためデュラハンが新たに手に入れた肉体である鎧は、生前使われていたボロボロの物であることがほとんどだ。

だが魔法で見えているデュラハンの鎧は、そうではなかった。

むしろ新品のように綺麗《きれい》で、キラキラとしたコーティングまでされている。

「あれは……鎧がマジックウェポンだな、それに……呪われてもいる」

魔道具は術者が使える魔法を道具に付与することで生まれる。

魔道具造りなら一通りこなしてきた俺だが、未だ手をつけていない分野がある。

それが——付与魔術によって呪いや死者の怨念などをつけた魔道具だ。

基本的にマイナス補正をかけるこれらの魔道具はカースドアイテム、武具であればカースドウェポンなどと呼ばれることが多い。

どれもこれもピーキーな性能をしており、持っただけで呪われたりするようなものも多い。ただその分、これらの呪われた道具たちには、通常の魔道具では付けられないような効果が付くことがある。

このカースドウェポンの面白いところは、怨念や人の悪意にあてられ続ければ、誰かに作られずともひとりでに生まれることがあるところだ。

大半はただ精神が壊れたり武器に取り憑《つ》かれたりするだけの産廃ができるので、それほどいい物ができるのはごく稀《まれ》のことなんだけどさ。

だがあのデュラハンが着ている鎧は、もしかしたら当たりかもしれない。

間違いなくあれが、あいつが率いているゾンビとスケルトンを作った原因だろうからな。

「さしずめ『アンデッド化』のカースドウェポンといったところか？　効果はクリエイション系に近いんだろうが、屍《しかばね》からゾンビ生成が可能という時点でネクロマンス系も入っていると。使用者とアンデッドがまったく意思疎通ができないという点ではやはりピーキーだな」

だが周囲の死体をことごとくゾンビ化させるアルティメット・ゾンビと比べればまだ使い勝手は良さそうだ。

ゾンビになっていない死体も転がっていたし、無制限にアンデッド化させる類のものではなさそうだからな。

カースドウェポンとして使ってみて、使用感を確かめながら先へ進んでみるか。

「セリアはデュラハン従えたいか？　カースドウェポンのせいでまともに動かなそうな感じもするが」

「それならいらないので、鎧だけくださぁい」

スケルトンとゾンビの群れを蹴散らしながら、デュラハンの下まで向かっていく。

自分たちを生み出した主へと近付いても、彼らの行動ルーチンに変更はない。

これでもし、クリエイション系のカースドウェポンだとしたら、俺ってもしかしてお役御免になるんだろうか。

そんなバカなことを考えていると、デュラハンの下へたどり着く。

デュラハンの弱点もまた、スケルトンと同じく核《コア》である。

ただし鎧の中は空洞で、核《コア》は身体のどこかにぷかぷかと浮いている。

どうやらカースドウェポンに大分精神を侵食されてるみたいだな、これほど近付いても反応が無いとは。

だがさすがに向こうもこちらに気付く。

デュラハンはすっくと立ち上がり、こちらへ向かって剣を正眼に構える。

「ガルネリア、セリアを守れ。セリアは何かあったら俺に言うように」

向こうが使っているのはミスリルの剣だ。

俺も『収納袋』からオリハルコンの直剣を取り出し、構える。

相手よりいい得物を使うことを、俺はまったく躊躇《ちゅうちょ》しない。

「――っ！」

「シッ！」

気力によって身体強化《フィジカルブースト》を施して前に出る。

対する黒いデュラハンは、俺の動きをしっかりと読み切って空に剣を置いた。

中々いい勘をしている。

だから勝敗を分けるのは、得物の差だ。

俺はオリハルコン製の剣で、相手の剣を半ばほどから断ち切った。

そのまま柄《つか》で籠手《こて》を打ち、剣を取り落とさせる。

蹴りを入れて吹っ飛ばし、地面から立ち上がる前に用意していた術式を発動させる。

「『超過駆動』アースバインド」

本来の何十倍にも強化された土魔法であるアースバインドが、蛇のようにぐるぐるとデュラハンの身体に巻き付いていく。

そして拘束から逃れようとするデュラハンに近づき、ぽっかりと空いている鎧の中を確認する。

核《コア》は……右足首の辺りか。

『収納袋』から取り出したミスリルの投げナイフを投擲《とうてき》する。

パリンとあっけなく、デュラハンの核《コア》は割れた。

そのままデュラハンは動きを止める。

『サーチ&デストロイ君三号』を見ると、既に魔力反応はない。

だから残っている鎧は、もうただのカースドウェポンのはずだ。

「浄化《ピュリファイ》をかけて呪い弱めとくか？」

「いえ、それをやると効果も弱くなっちゃうかもしれませんのでぇ。まずは私が一人でやります」

呪いを制御できるかどうかのやり方は、死霊術におけるアンデッドとのやり取りに近いものがあるらしい。

本職の言うことには従っておこうと、俺は下がってセリアを見守ることにした。

入れ替わるように彼女は鎧に近付き、そっと触れる。

隣では、ガルネリアが剣を持ち直立している。

彼は空っぽな眼窩で、セリアのことをジッと見つめていた。

「あのぅ、どうもぉ……」

「――いえいえ、そうではなくぅ」

「またまたご謙遜をぉ」

セリアはぶつぶつと独り言を言いながら、へらへらと笑い出した。

おかしくなったのかと思う人もいるかもしれないが、安心してほしい。

これは彼女の平常運転だ。

カースドウェポンの中には、多くの場合怨念が籠もっている。

優れた死霊術士である彼女は、その怨念と対話をすることができるのだ。

俺なんかは魔力をぶつけるか浄化《ピュリファイ》をかける力業で呪いを制御するが、彼女の場合はまず対話から始める。

そのおかげで、彼女にはカースドウェポンの怨念そのものを強めることもできる。

彼女が手に持っている『無道ノ零《ライフオンスクラッチ》』も、元は特に変哲もない、使っていると亡霊の声が聞こえてくるくらいのカースドウェポンだった。

だが彼女が対話を重ね自分や魔物の血を振りかけたりしているうちに、気付けば今のような魔道具になっていたのだ。

こんな風に、カースドウェポンは呪いや怨念を強めることで進化することがある。

だからカースドウェポンこそが最強の武器だと主張する奴らも一定数いる。

ちなみに俺はそいつらとは逆の意見だ。

武器は誰が使っても同じくらいの戦力になる物の方が、絶対にいい。

一点物の武器って、誰かに代用させるのが難しいからな……。

大隊の中には鞭《むち》使いや鉄爪使いがいたんだが、あいつらが戦線離脱して武器を誰かに渡せるという状態になっても、それを使いこなせる奴らがいなかったのだ。

俺は武器にとって一番大切なのは、汎用性だと思っている。

「終わりましたぁ、ふぅ疲れたぁ……」

「とりあえず使ってみるか。俺がもう一体を片付けてくるから、その間に残敵掃討しといてくれ」

「了解でーす」

もう一体の魔物の方は、俺一人で相手をしよう。

デュラハンとの戦いがあっさりしすぎていたせいで、どうにも消化不良だからな。

……俺ももしかして、バトルマニアに足を突っ込んでいるんだろうか。

エンヴィーたちの考えが移ったのかな……。

そういえばあいつらの方は、無事にやっていけてるだろうか。

エルルとサクラの仲が悪いのが、少し気になるが……二人とも頭は良いし、そこらへんの分別はつけるだろう。

俺は俺の仕事を、きっちりとこなしますかね。

【side　サクラ】

私はアルノードが手を振りながら去るのを、ジッと見つめている。

強く握った腕の中には、彼が渡してくれたリュックがすっぽりと収まっている。

父上以外の殿方からプレゼントをもらったの、初めてだった。

ぼうっとしながら、彼の背中が遠く見えなくなるまで追いかけ続ける。

麦の粒のように小さくなり、見えなくなるまで……。

緊張と恥ずかしさから、彼のことを未だ殿付けで呼んだことに今更ながらに気付き、ちょっぴり後悔する。

次会った時は必ず、アルノードと呼ばせてもらおう。

「さて、それじゃあ私たちも出ましょうか」

パンッとその場の空気を仕切り直すかのように、エルルが手を叩く。

そうだな、たしかにこのまま何もしないでいては時間がもったいない。

着替えはまた後ですればいいだろう。

皆で馬車に乗り込み、話し合いを始める。

本当ならアルノードたちのように強化魔法なり気力による身体強化《フィジカルブースト》なりで強引に走った方が早いのだが、私たちには事前に打ち合わせなければならないことがたくさんある。

各地との連絡や根回しのような諸々《もろもろ》の手続きで、彼女たちと話し合う時間がほとんど取れていなかったからな。

「行き先はもう決めてありますよね？」

「ああ、まずはドナシアへ向かう」

「ドナシアというと、二番目にこっちに近い街ですね。一番目のファストじゃないのはどうしてですか？」

話し合いをするのは、シュウ、エルル、そして私の三人だ。

エンヴィーとマリアベルは、ポリポリと焼き菓子を食べている。

む、彼女たちが食べているクッキー……妙に美味《おい》しそうだな、お腹《なか》が減ってきた。

あとで一枚もらえないだろうか。

「簡単に言えば、ドナシアの方が危険な状況だからだ。それと――まだまだ余力があるファストは冒険者の受け入れにあまり肯定的でなくてな」

「なるほど、激戦地に行ってどさくさ紛れになんとかしろってことですね」

「簡潔に言えばそうなるな」

私たちはアルノードが『七師』であり、彼が率いる『辺境サンゴ』にトイトブルク大森林からの魔物の侵攻を抑えることができる力があることを知っている。

だが傍《はた》から見れば、彼らはただの金級冒険者クランに過ぎない。

冒険者は治安を悪化させる戦闘力のあるゴロツキくらいに思っている貴族も未だ多いため、彼らの受け入れをしてくれる街の数はそこまで多くないのだ。

『七師』であるアルノードがいない以上、『辺境サンゴ』の面々を信じろというのは難しい。

本当ならアルノードと一緒に行き、領地貴族たちを納得させたかったのだが……他でもないアルノード自身がこれを拒否したため行っていない。

その理由は、いつトイトブルク大森林からミスリル級上位の魔物が飛び出してくるかわからないからというものだ。

自分がまず最初に行かなければいけないと、彼は頑なだった。

サクラたちは運がいいと、彼は言った。

彼が担当していたバルクスでは、大規模な街の一つや二つは落とせる規模の魔物が現れることは月一程度の頻度であったのだという。

彼は自分でトイトブルク大森林の魔物の生息範囲を見て、警戒網を張り、対策をすることを最優先にさせると強く主張していた。

そうしなければリンブルが終わる可能性があると言われれば、私は頷かざるを得ない。

「今のところは小康状態なのだが……アルノードはそれが問題だと思っているらしい」

「へ、何当たり前のこと言ってるの？」

私の疑問に答えたのは、先ほどまで焼き菓子を頬張っていたエンヴィーだった。

現在トイトブルク大森林から湧き出してきた魔物たちの進軍は、止まっている。

斥候がもたらした情報によると、彼らは私たちが放棄した街のあった地域で、縄張り争いを始めているらしい。自らの縄張りに入ってきた魔物たちと戦うことに忙しいらしく、今はこちらに注意を向けていないのだ。

だから私は貴族に声かけをする時間くらいはあるし、その方が今後のことがスムーズに進むと考えているのだが……。

「こっちに来る魔物が少なすぎるって隊長は考えたんじゃない？　森を抜けてこないってことは、魔の森の中で個体数が減り続けるような激戦が続いてるってこと。魔物同士の戦いを続けて強くなった魔物たちが大挙して押し寄せてくれれば、リンブルの防衛力じゃ対処しきれない」

「だからいざとなればなんとでもできるセリアと一緒に行ったんだよ。近接戦闘しかできない私たちだと、どうしても相性差があるから」

「……なるほど、大森林の中でも生存競争が行われているというわけか」

私は揺れる馬車の中で、彼女たちからトイトブルク大森林の話を聞き続けた。

にしても彼女たちも、とんでもない戦いを続けてきたのだな……。

馬車に乗り話し合いを細部まで詰めたら、近くの村へと乗り捨て走ることにした。

走ること一つ取っても、彼女たちと私ではまるでレベルが違う。

村から村へと走るので、今の私は精一杯。

けれどエンヴィーたちは、交替でシュウを背負いながらも平気な顔をして走り続けている。

息も切れる様子がないし、いったいどれだけ普段から走っているのだろう。

使っているのは同じ気力だというのに……走ること一つとっても、差を見せつけられた気分だった。

途中で限界を迎えてからは、シュウに強化魔法を掛けてもらい走ることにした。

当たり前だが、私が気力を使って走っていたときよりもずっと速度が出た。

くっ……だが負けないぞ！

彼女たち『辺境サンゴ』は、激闘を繰り返すうちに今のような強さを手に入れたのだという。

であれば私にそれができない道理もない！

「うおおおおおおっ！」

汗が溜まり、目に入る。

息は切れ、足は鉄のように重くなっている。

けれど止まることだけはしなかった。

幸い周囲の魔物は、エンヴィーたちが見つけ次第間引いてくれている。

おかげで私は、ただ走ることに集中できる。

「サクラって案外……熱血系なんだね」

「私も……もっと頑張らなくちゃいけませんね。このまま彼女に並ばれては、アルノード様の私への評価が……」

前の方で何かを話しているが、まったく聞いている余裕などなかった。

私はここまでしたことはないと自信を持って言えるほどに、前に向かって進み続けた。

「……というわけで、本日付でこちらに滞在させてもらう『聖騎士』のサクラ・フォン・アルスノヴァ＝シグナリエだ。こちらは侯爵家子飼いの冒険者クランの『辺境サンゴ』、私は彼女たちと共同で周辺の魔物の掃討に当たらせてもらう」

「アルスノヴァ侯爵から直々の援軍とは……王党派貴族の一員として、これに勝る名誉はありませぬ」

「ありがとうキグナス子爵。派遣された者が騎士団でないことが不安かもしれぬが、安心して欲しい。貴殿の期待には間違いなく応えられるはずだ」

「はぁ……？」

不思議そうな顔をするキグナス子爵に笑みを返し、彼の屋敷を後にする。

街の外へと出れば、そこには準備運動を終え臨戦態勢を整えた『辺境サンゴ』の面々の姿があった。

「街同士の距離が比較的離れているので、ここでは好きなだけ暴れてもらって構わない。そして事前の話し合いの通りに、討伐した魔物の素材の権利は『辺境サンゴ』に帰属する。ただし適宜、そのうちの一部を税の形で徴集させてもらう。そして集めた税は全額街の復興に充てるものとする」

事前の取り決めなので、誰からも不満は上がらない。

というかそもそも、エンヴィーたちには魔物の素材をどうこうする気すらないようだった。

彼女たちからすると、魔物素材は戦う武具を作るためのものという認識なのだろう。

聞けば彼女たちは、デザントでは戦働きに見合わずに搾取されていたらしい。アルノードも下手に目をつけられたくなかったからこそ、素材を市場に流したりはしなかったようだ。

実は彼からは、秘密裏にバルクス由来の素材を卸させてほしいという話も来ている。

無論父上は、この話に乗るつもりだ。

強力な魔物の素材は、それこそ信じられぬほど高値で売れる。

それを使ってアルノードが手製で魔道具を作ろうものなら、貴族家の家宝になるくらいのお宝に早変わりだ。

彼女たちが身につけている防具の一つでも売れれば、それだけで一生遊んで暮らせるくらいの金になるだろう。

無論、彼女たちにそのつもりはないのだろうが。

今後アルノードの運営するクラン資金や人材は潤沢になる。

なので少なくともお金の問題は、あまり考える必要はない。

彼女たちもほとんどアルノード任せにしているようだし、好きなようにやらせるのが一番だろう。

「じゃあね、シュウ。サクラを襲って既成事実作っちゃってもいいんだから」

「生殖器を使った快楽は、人間を堕落させる。端的に言って研究の邪魔にしかならないよ。君たちこそ、僕が作業している間に魔物を近寄らせないようにしてくれよ」

「うるさい……シュウ、お母さんみたい」

「あっはっは、確かにそう！　うるさい継母《ままはは》って感じかも！」

エンヴィーたちは軽くじゃれ合ってから、めいめいに散っていった。

ちなみに今回はシュウ殿と私が居残りだ。

少しばかりやることがあるのでな。

エンヴィーたちの手には索敵の魔道具が握られている。

なんでもシュウがガードナーに来る道中に作った、アルノードの『サーチ&デストロイ君』の機能を簡略化させ、量産化に成功させた魔道具らしい。

機能も単純で、魔物の数と居る方角を教えてくれることのみ。

彼女たちは気力察知で大体の強さがわかるため、それだけでも十分らしい。

私も気力察知なら、そこそこ自信がある。

頼んだらあとで一つ、売ってもらえたりしないだろうか……？

ちなみに魔道具の名は『索敵球』……正直、少しばかり安直すぎると思う。

私は個人的にはアルノードの、ヘンテコな名付けの方が好きだ。

「それじゃあやりましょう。土木ギルドとは話ついてるんですよね？」

「ああ、『辺境サンゴ』のやり方というのを見せてもらおうじゃないか」

「やり方もクソもないですよ、ただもったいない手抜き仕事をするだけなんで。これ終わったら自由にしてていいってことなんで、ちゃっちゃと済ませます」

私たちは土木ギルドの案内に従い、要塞へとやってきている。

要塞の様子は無惨なものだった。

元は魔物の襲撃に備え、四方に土壁が築かれて、その奥には波と呼ばれる落とし穴と堀の中間のようなスペースがあった。

けれど今や堀には大量の魔物の死骸がうずたかく積まれており、下の方の死体は腐り始めている。

土壁は既に何カ所か破られていて、修繕の跡が見られる。

ドナシアの街の中に、既に住民はほとんどいない。

キグナス子爵自らが頭を下げ、余所《よそ》の領地へ移らせているからだ。

街の中に居るのは防衛のために詰めている兵士たちばかりだ。

リンブル国軍と領主軍、そして私たち王党派の援軍が大体同じくらいの割合で駐屯している。

いつ魔物の襲撃があるかわからないからか、彼らの瞳はギラついていた。

昔父に言われた、戦場に長く居ると鬼に取り憑かれてしまうという物語を思い出した。

なんとしてでも現状を好転させなければならない。

私は父のコネと『聖騎士』であることを盾に強引に交渉を行い、土木ギルドの職人たちを徴集した。

彼らは職人気質《かたぎ》で、死ぬまでドナシアと運命を共にすると言って聞かない者たちだ。実際に会ってみると冒険者のような格好をしている者もいたので、実際に戦ってもいるのだと思う。

私が事前にアルノードに言われたことは二つ。

まず一つ目は、とにかく土を集めること。

そして二つ目は、土が固まらないように定期的にほぐしておくこと。

おかげで今のドナシアの一画には、まるでどこかを地盤ごと掘り返したのではないかというほど大量の土がある。固まっていないそれらの土は、土木ギルドの男たちが手を抜かずに仕事をしていたことの証明だった。

「おい、本当にこれでよかったのか？　仕事っつっても、ただ土を集めただけなんだが」

「ああいえ、問題ないです。僕が今からやることに文句さえつけなければ、それでいいので」

「おいお前、そんな言い方――」

「どうどう、すまないリンギール殿、彼も悪気があってやっているわけではないのだ」

私はわざとやっているのではないかと疑うほどに無神経なシュウを見つめるが、彼はこちらの方をちらりと見ようともしない。

シュウはギルドの棟梁《とうりょう》である男にぞんざいな言葉を返す前からずっと、ドナシアの男たちが築いた土の壁に触れている。

そして掬《すく》った土をペロリとなめて、頷いた。

「離れてください、危ないんで」

彼は周囲の人間の反応を気にすることなく、着ているコートを何やらがさがさと動かし始めた。

そしてコートのボタンを取り、バッとこうもりのように拡げた。

その中には――数え切れないほどたくさんの袋がある。

小さな物から、コートの大きさ目一杯の物まで。

右ポケットのあたりに、一番大きな、それこそコートの裏側の半分ほどを占めている袋が入っていた。

シュウが取り出したのは、そのうちの小さな一個だった。

彼は土の山を登っていき、その中腹のあたりまで歩いていく。

たったそれだけのことで、わずかに息が上がっていた。

「ふう……」

額の汗を拭ってから、シュウは持っている袋の口を下に向ける。

その中からは、ドロドロとした銀色の液体が流れていく。

明らかに体積以上の容量だ、恐らくあれも『収納袋』だろう。

「おい、あいつなんてもったいないことを……」

「あいつ、ミスリルを――」

彼が土の山に掛けているのは、誰かが言った通り本物のミスリルだった。

うっすらと虹色の光を放っている銀色の金属は、ミスリル以外にはない。

彼はドロドロに溶けているミスリルを、どんどんと投下していく。

あれは……『遅延』か何かをつけた収納袋に、溶解したミスリルを入れているのか？

なんという贅沢《ぜいたく》な使い方だ。

二つ目の袋、三つ目の袋、そして四つ目の袋……。

合わせて七つの袋を、場所をずらしてはひっくり返していく。

ミスリルを撒《ま》き終えると、その上に何かを乗っけた。

ここからだと、角度の関係上それが何かは見えない。

シュウはその七つの点の中心部に立ち、先ほど見た一番大きな袋に手をかける。

彼がそこから取り出したのは――金色の腕だった。

「精密腕《ウォルドウ》」

その腕の大きさは、人間より二回りは大きい。

オーガの腕より太く、サイクロプスの腕よりは細い。

樹齢二百年の樹木の幹くらいの太さと言った方がわかりやすいだろうか。

長さは、シュウの下半身と同じくらい。

彼自身の腕と比べると、かなり長いな。

精密腕《ウォルドウ》と呼ばれていた物を、シュウは自分の――背中にくっつけた。

カチリと音が鳴り、腕がシュウの背中で固定される。

「神経素子接続……完了」

金色の腕が、グーパーと握りを作る。

シュウはそのままブンブンと、まるで自分の身体の一部のように腕を動かし始めた。

義手の技術なのだろうか……あれほど精密な物が作れるのなら、たとえ腕や足がなくなっても兵士を退役させることなく、新たな戦場へ送り込むこともできるだろう。
……ダメだな、私はついつい考えが物騒な方向へと向かってしまう。
次は何をするのかと見ていると……彼は腕を地面へとくっつけた。
彼自身は立ったまま、目を瞑《つぶ》って腕を組んでいる。
……いや、本当に何をしているんだろうか。
観察していると、彼は腕をほどき、今度はそのまま地面にしゃがみ込んだ。
そして右腕、左腕、精密腕《ウォルドウ》という三本の腕にある掌《てのひら》を、全て接地させる。
彼は何かをブツブツ言っているようだが、さすがにこの距離では聞き取れない。
いったい何をしているのか、教えてくれても——。
「これは……地面が、揺れている？」
ゴゴゴという地響きのような物。
今立っている地面を通して、彼が何かをやっていることだけは伝わってくる。
更にそこから数十秒ほど待っていると、シュウがカッと目を見開く。
「クリエイション・ゴーレム」
今までより一段強い震動。
次に起こったのは、地割れだ。
山が割れていき、いくつもの小さなまとまりに分かれていく。
分割のされ方は、シュウが落とした溶かしたミスリルを基点にしているようだ。

七つの土の山が、ぐねぐねと動きながらその形を変えていく。

ただの土の山が、土の塊になる。

そして大きな一つのブロックになった。

色は灰色。

恐らくはミスリルと土を混ぜているせいで、このような濁った色になったのだろう。

大きなブロックの側面の一部が凹《へこ》み、その分の土が使用されて腕が伸びる。

また別の部分が凹み、足が伸びる。

そして気付けば、土塊は人型に変わっている。

他の場所でも同様の変化が起きており、七体の人型のものが生まれていた。

無機物によって生み出される魔物――ゴーレムだ。

だが七体同時に生み出せる者などそうそういない。

シュウはもしやゴーレム使いでも特に秀でた存在――ゴーレムマスターなのか？

彼は生み出したうちの一体の肩に乗り、近付いてくる。

私の周りに居たギルドの男たちは、びびりながらも動かずにいる。

彼らも彼らで、肝が据わっている。

シュウは近付いてから下ろしてもらい、てくてくとこちらへ歩いてきた。

気付けばその背中から、腕はなくなっていた。

「とりあえずこの七体を使って、防衛設備を整えます。いくつか指示は出しますし、あとで僕が魔道具にして補強はしますが、それ以外の部分はギルドの方たちにお任せします。ゴーレムたちの命令権を委譲しますので、お好きなように使ってください」

「シュウ殿……あれは貴殿の魔法なのか？」

「ええ、クリエイション系の魔法の一つであるクリエイション・ゴーレムです。ミスリルを使った核《コア》を事前に用意して、魔力消費を節約して出しました」

「それは……助かる」

「いいえ、気にしなくていいですよ。請求書は後で出すんで」

シュウは何かの球を、ギルドの代表であるリンギールに手渡す。

「ゴーレムたちはそれを持っている人間の言うことを聞きますので、くれぐれもなくさないようにお願いします」

「お、おお、わかった……」

リンギールがいくつかの命令を出すと、ゴーレムたちはそれに忠実に従った。

彼は頷くと礼を言い、工事への意欲を見せる。

今までまともな仕事ができていなかったからか、その瞳はやる気に満ちあふれていた。

「まずは要塞の補強からだ。土嚢《どのう》の積み上げを始め、内側からでもできることはいくらでもある」

「ああいえ、効率優先で外に出ても大丈夫ですよ」

「それは……頻度は落ちているとはいえ、魔物の襲撃は定期的に起こっている。さすがに危険だと思うんだが……」

「問題ありませんよ。僕がゴーレムと魔道具で雑魚をどうにかしますので」

「それならもし強力な魔物が来たら、どうするつもりなのだ？」

私の質問に、シュウは表情を変えずに答える。

まるでそれが当然だとでも言わんばかりの様子で。

「――来ませんよ。エンヴィーたちが、そんな雑な仕事をするわけありませんので」

【side　エンヴィー】

よく、魔法使いは遠距離攻撃が得意で、気力使いは近距離戦に優れていると言っている人がいる。

あとは魔法使いが学者で、気力使いは武道家だなんて言う人もいる。

けどそのどちらも、私からすればちゃんちゃらおかしい。

魔法にだって、強化魔法と呼ばれる身体能力を向上させるものがある。

気力にだって、遠当てと呼ばれる気力弾による遠距離攻撃手段は存在している。もっともこっちは、かなりの実力者じゃないと使えないんだけど……。

いったいどちらの方が強いか、っていう学者さまの意見に興味はない。

どっちだって極めれば、どこまでだって強くなれる。

要は使う人次第という、だけのこと。

私は魔力だけを使われても、気力だけを使われても、両方同時に使われても、アルノード様には勝てないし。

私個人としては、二つの優れている点が違うだけと思っている。

魔力は応用性に秀でていて、精神と才能と密接な関わりがある。

そして気力は持続性に優れていて、肉体と努力と深く関わっている。

魔力は火も出せるし、魔道具造りにも使えるし、かなり融通が利く。

アルノード様やシュウ、セリアなんかを見ていると、魔法さえ使えればなんでもできるのではないかと錯覚してしまいそうになる。

けれどそれは、彼らが才能を持って生まれてきているから。

もちろんアルノード様が『七師』になるまで死に物狂いで努力してきたことは知ってる。

それは本当にすごいと思っている。

だけど才能がなければ、どれだけ努力を続けても報われることはない。

魔法というのは残酷で、努力でカバーできる部分には限界があるという事実を突きつけてくる。

対して気力はどうか。

こちらにはまったく派手さはない。

気力を剣に乗せて一撃を放てば魔法剣ばりの威力が出るけど、特にド派手なエフェクトとかもない。

遠当ても、見た目はファイアボールよりも地味だ。

けれど気力は、使う者を才能の多寡で拒むことはない。

身体を鍛え、扱い方を学べば、際限なく強くなっていくことができる。

努力がある程度報われるのが、気力使いの世界だ。

もちろん戦闘センスや直感力、咄嗟《とっさ》の判断力や動体視力のような、色々な物は必要になってはくるけど。

……ライライみたいな、ちょっと変なのもいるけど。

だから私もマリアベルも、エルルも、そしてまだ合流できていないみんなも……基本的には気力を使う道を選んだ。

そうしなかったのは既に才覚が芽吹いていたセリアや、肉体を鍛えることがあまりにも嫌すぎて魔法の才能を発現させたシュウのようなイレギュラーだけだ。

私も最初は、それほど戦えていたわけじゃない。

けれど、今では――

「ギィヤアアアッ!!」

振り下ろした『龍牙絶刀』が、コボルトシャーマンの頭をぶち割る。

中から飛び出す髄液と血液の混じった紫色の液体を振り払う間もなく、反転。

逆側からやってきているリザードマンソルジャーの喉に剣を突き立てる。

飛び上がり、一回転。

回転の力を自重に乗せて、ゴブリンリーダーの身体を真っ二つに裂く。

転身、瞬転、かがみ込み、飛び上がる。

周囲に居る者は全てが敵で、皆がその手に武器を掲げて命の雄叫《おたけ》びを上げている。

楽しい……楽しい楽しい楽しいっ！

オークナイトの腹部を裂くと、でっぷりと白い脂肪が飛び出してくる。

気力を使い腕力を強化、棍棒《こんぼう》の要領でオークナイトごと周囲の魔物を薙ぎ払う。

こんな雑な使い方をしても、『龍牙絶刀』は決して曲がらない。

だからこそ私は、この戦場にいる誰よりも自由に舞える。

戦場は、命というものが最も輝く場所だ。

そこではあっけないほどに簡単に命の灯火《ともしび》が消える。

だが……だからこそ、何よりも強い輝きを宿す。

私が飛び込んだのは、縄張り争いをして戦う魔物たちのど真ん中だった。

理由は単純で、ここが周囲で一番の激戦地だったから。

ゴブリン・オーク・コボルト・リザードマンによる四つ巴《よどもえ》の戦い。

そこに私は、人間代表の新たな勢力として参戦させてもらうことにした。

「シイッ！」

剣をかちあげる、振り下ろす、突く。

撫でるように斬る、剣を背後の魔物ごと貫通させる、上に振り上げた剣の勢いを使い、そのまま振り下ろす。

魔物たちが死んでいく。

彼らは私たち人間よりはるかに強い身体を持ち、魔力や気力を自然に使いこなす。

だがだからこそ、自ら修練を積むことはない。

自らの才能に飽かせて、努力をしてこなかった。

その驕《おご》りが、あなたたちの死因になる。

あなたたちでは、私には勝てない。

血しぶきが飛び、腕が舞い、絶叫が戦場にこだまする。

地獄絵図となった広原で、私は血に酔い、興奮しながら戦い続ける――。


【side マリアベル】

テンタクルワームは真ん中から少し右、胴体と触手の付け根のあたりに魔石がある。

虫系の魔物は魔石さえ傷つけられれば動きが鈍り、ただの雑魚になる。

コンドラサーペントの弱点は、尻尾。

尻尾の先端にある毒針周辺の筋肉には、たくさんの神経が通っている。

だから毒針を打たせてから、そこにピンポイントに突きを差し込む。

後は痛みから意識を飛ばしかけているところに近づき、そっ首を落としてしまえばいい。

ブルーオーガは自然に気力を使いこなす。

身体能力自体は、私と同じくらい。

けれど使っている得物は、どこかから取ってきた大剣。

動きは速くとも、小回りは利かない。

人型魔物の弱点は、基本的には人間と変わらない。

だから足を傷つけるだけで動きは鈍り、内臓のどこかを痛めつけるだけで呻《うめ》き声《ごえ》を上げるし、原始的な砂の目潰しだって効く。

隙を作れば、バカみたいに突撃してきた。

そこにカウンターを合わせ、脇腹を切る。

そして返す刀で、背中に切り上げた。

皮がぱっくりと開き、大量の血が噴き出す。

倒れたブルーオーガの後頭部に、すかさずトドメを刺す。

私にとって、戦いとは狩りと同じだ。

どこに一撃を入れるのが効率がいいのか。

どこならば攻撃をしても効果が薄いのか。

相手の弱点、されたら嫌なこと……そういった諸々を、今まで戦ってきた全ての経験を投じて導き出す。

戦いが始まれば、すぐに答えは出る。

というか戦い自体が、いくつもの答え合わせの連続でできている。

だから私は誤答をしないように、導き出した答えに従って動き続ける。

それを続けることが一番効率よく敵を仕留められる。

この考え方を、私は父から学んだ。

私――マリアベルは、属州ユシタはハルケケ族と呼ばれる部族の出身だ。

代々名馬の産出地として有名だった私たちユシタは、気力を乗せた矢を放ち、鎧ごと敵兵を貫通させることができる強弓としてその名を馳《は》せている。

そして一部の優れた戦士たちは馬に己の気力を与える賦活と呼ばれる特殊技術を使うことができ、消耗を気にしなければ信じられないような速度で馬を進めることができる。

未だ魔法技術が発展する前は、この二つを使い相当にブイブイ言わせていたらしい。

けれど先進的な魔法技術を持ついくつもの王国が出現し、最後にデザント王国がその全てを統一したことで、気力優位の時代は終わりを告げた。

部族連合だったユシタはあっさりと飲み込まれ、属州になった。

父や祖父は、いつもそのことを悔いていた。

自分たちがもっと強ければ、デザントに負けず、未だハルケケの民として自由に草原を闊歩《かっぽ》することができていたと。

だからお前はもっと強くなれと、彼らは私に気力の扱い方を教えてくれた。

そしてより戦闘経験を積みなさいと、私がデザントの属州兵になるための段取りまで整えてくれた。

周囲にいる大人たちも、多かれ少なかれ父たちと似たような考え方だった。

ユシタに集う部族がより強力な戦士を産出することができれば、いつかデザントに反旗を翻すことも可能だと、酒の席で聞いた回数は両手の指では数え切れない。

私は家族のことが大好きだし、一族の皆も大好きだ。

けれどその思考は――今では本当にバカなことだと思っている。

彼らは何もわかっていないのだ。

戦いとは狩りだと言う父は、一流の狩人《かりゅうど》だ。

しかし父さんは、狩人でしかない。

草原でしか生きてこなかった父は、広い世界を見れば、もっと大きな規模の戦いがあるということを知らない。

この世界の全てが戦いであるということに、気付いてすらいないのだと思う。

けれどハルケケを飛び出した私は、彼らより少しだけ大きな規模で物事を考えることができるようになった。

ユシタがデザントに下された一番の理由は、強者の不足ではない。

多くが死んだとは言え、併合される前のユシタには誇張抜きで一騎当千の猛者がゴロゴロ転がっていた。

けれど彼らは、実にあっけなく負けた。

今では私はその原因が、理解できている。

それを間接的に教えてくれたのは――他でもない『七師』のアルノード様だ。

気力を身につけるには、最低でも数年の期間がかかる。

そして一流の武人になれるほど気力操作に熟達するのには更に数年が。

賦活を覚えるのにだって、一年近い時間がかかる。

一人前の戦士を生み出すには、最低でも五年はかけなければならない。

対し、魔力に関してはどうか。

魔力もまた、身につけるには時間がかかる。

更に言えばこちらは気力以上に才能がものをいう世界なので、一流の魔法使いの絶対数は一流の気力使いよりはるかに少ない。

しかし彼らには——気力使いにはできない、あることができる。

それこそが……魔道具造り。

自分たちの持つ才能を、道具という誰でも使える物に変えて、他者へ貸し出すことのできる技術。

魔道具という形で、他人にも己の魔法を貸し与えることのできる優位性は絶対のものがある。

アルノード様が作った『ドラゴンメイル』を着ければ、弓の構え方も知らない人間であっても、父や祖父の一撃に耐えることができる。

アルノード様がいくつもの効果を付与した砦《とりで》を、ユシタのどの部族も破ることはできない。

たとえそれを守るのが、新兵ばかりだったとしてもだ。

どんな兵にも、一騎当千の武人と戦えるだけの強さを与えることができる。

私は魔法技術のもっとも恐ろしい点は、その一点だと考えている。

更に言えば、魔道具を使う人間が戦いをこなし気力を身につけていけば……その戦闘能力は際限なく上昇していく。

それを体現した部隊こそ、私たち第三十五辺境大隊だ。

『七師』が己の魔法技術や稀少《きしょう》な素材を惜しみなく使い生み出した、強力な気力使いたちによる軍団。こんなものがうちら以外にも大量に作られたのなら、恐らくデザントは世界を征服することだってできるだろう。

だが、そうなることはない。

デザントだととにかく攻撃魔法の威力が重視され、広域殲滅魔法が使えるかどうかが一流か否かの分水嶺《ぶんすいれい》だという考え方が主流だからだ。

私はまったくそうとは思わない。

私は、この世界でアルノード様が最強の魔導師だと思っている。

デザントで、魔法の才能が広域殲滅魔法を使えるレベルまで高い人間は極めて少ない。

『七師』たちはみなその基準を超えているが、私見を述べさせてもらえば彼らはみな異常なまでにプライドが高い。

彼らが味方に魔道具を作ってあげたなどという話を、私は聞いたことがない。

『七師』の人間は王の命令を拒否することなんか日常茶飯事だし、命令違反をすることもざら。

王命で『七師』同士が争うことになった事例は、一度や二度ではない。

停戦命令を無視して広域殲滅魔法を発動させ、味方ごと数万人の兵士を殺戮《さつりく》したウルスムスのような頭のネジがぶっ飛んだ奴もいる。

そんな中で私たち二等臣民にもその力を惜しげなく使ってくれるアルノード様は、正しく異端だった。

そして異分子としてデザントでは浮いてしまい、国を追い出されることになった。

アルノード様の存在を、どう表現すればいいのか。

憧れ、畏怖、憧憬、尊崇……簡単に言い表すのは難しい。

けれど私は今、国を出てまったく後悔はしていない。

そしてこれからもきっと……己の選択を悔やむことは、ないと思う。

「へっへっ、倒した魔物の数は私の方が多いね！」

「量より質。エンヴィーは何もわかってない」

「何よ、それなら決闘して決着つける!?」

「ちょっと二人とも、今はそんなことしてる場合じゃないでしょ」

第三十五辺境大隊……いや、『辺境サンゴ』に来て変わったことがもう一つある。

それが、競い合えるライバルの存在。

地元では、同年代で私と対等に戦えるような人はいなかった。

けれどエンヴィーも、エルルも、模擬戦をすれば勝率は五分に近い。

元百人隊長の彼女たちとは、実力は伯仲している……ブチ切れた時のエルルには、さすがに勝てないけど。

「奥の方に強いのいるね、結構エグくない？」

「みんなそれがわかってるから、一度集まったんじゃない」

「大丈夫、三人なら……倒せる」

「倒すって決まったわけじゃないよ」

私たちはグッと顔を上げ、同じ方向を見つめる。

気力察知が、そちらにいる魔物の強さを教えてくれる。

純粋な気力の量なら、ここにいる三人よりはるかに高い。

けれど私含め、みなの顔に不安はない。

戦いは魔力の多寡でも、気力の多寡でも決まらない。

私たちはそれをバルクスで肌で感じ、経験してきた。

「行こっ」

「うん」

「早く終わらせて、隊長の所へ――」

私たちはまだ見ぬ強敵へ向け、歩き始める――。

【side　シュウ】

「ふあぁ……」

あくびをこらえることもなく吐き出す。

これは頭に空気がちゃんと回っていないことが原因で起こると聞いたことがある。

しかし眠いな……一応ちゃんと寝てはいるんだけれど。

睡眠を削って研究する研究者がいるが、そいつらはみなすべてバカだ。

寝なければいけない人間がその時間を削れば、仕事のパフォーマンスは落ちる。

自分の頭が優秀だとわかっている人ほど、むしろ人一倍睡眠時間を確保するものだ。

「早く終わんないかなぁ……これならまだ、みんなの装備を整えてる方が楽だったよ」

目の前の光景に目をやる。

人間では持てないような重量であっても、ゴーレムにとっては大した負担にもならない。

僕が生み出した出来損ないのミスリルゴーレムは、今日も今日とて資材運びに精を出していた。

僕――シュウが言いつけられたことは、侯爵の力になるように防衛設備を整えること。

具体的には要塞の補修と、要塞周りの防衛施設の更新、衛生面での問題解決だ。

要塞の補修は簡単だ。

ゴーレムに重たい物を運ばせて、レンガや石で壁を作る。

あとは僕がそれ自体に『頑健』をかけてあげれば、それで終わり。

鉄壁よりも安上がりで、硬度はそれよりはるかに高い城壁のできあがりだ。

そして防御施設の更新は、要塞周りで細々と続けてもらっている。

魔物は単純な奴らがほとんどなので、罠《わな》に面白いくらいにはまってくれる。

バルクスでは罠やセリアの悪魔にアンデッドを使って、可能な限り数を減らしてから防戦にあたっていた。

ここではアンデッドも悪魔も使えないが、罠くらいは張っておこうというわけだ。

杭《くい》に堀、落とし穴に逆茂木に薔薇《ばら》。

まず外周に魔法を使わない罠を置き、次に魔道具による本格的なトラップを置く。

僕は本職の罠師ではないので、できる罠も即死級とはいかない。

けれど中級魔法が飛び出る仕掛け筒くらいなら作れるので、既にいくつかを設置してもらっている。

ただ僕は魔道具を作る以外の作業が基本的に好きではない。

なので己の仕事量を減らすために、遺憾ながらミスリルを惜しみなく使った。

あとで侯爵が補塡してくれるらしいが、それが返ってくるまで僕のマジックレアメタルを使う研究は止まってしまう。

大体、このゴーレムたちだってまったく好みではない。

僕は魔道具造りとは、芸術作品を生み出すことだと思っている。

神は細部に宿るという言葉がある。

これは正しく魔道具にも当てはまる。

魔力回路を如何《いか》にして構築するか。

構築した回路に対して、如何に効率的なルートや流れを作り上げるか。

集積させることや拡散させることで、効果を上げたり。

どのような魔力触媒を使えば魔力の動きがどう変わるか。

そういった細かい作業の繰り返しによって、最高の魔道具というものは生み出される。

僕は自分が作る魔道具は、全て芸術的であってほしいと思っている。

だからこそ、今目の前で動いているミスリルのゴーレムは落第点だ。

こいつは元々あったゴーレムの核《コア》を使い、溶かしたミスリルを土に流し込んで固めて作った、ミスリルゴーレムのパチモノみたいなものだ。

ゴーレムを作るなら素材は均一にしたいし、そもそも普通のゴーレムの修復した核《コア》など使いたくはない。

自然界にいるゴーレムの核《コア》には無駄が多い。

自作した核《コア》を使った方が、ずっと良い物ができる。

けれど悲しいかな、魔道具職人の希望というのは、常に顧客によって潰される運命にある。

何よりも速度をということで、僕は数分で作った出来の悪い木偶人形たちを、魔道具職人シュウの作品として売り出さなければいけないのだ。

パトロンの言うことには逆らえないという点も、芸術家に似ているかもしれないね。

彼らが描く貴族の肖像画は、必ず美男美女になる。

世の中、そういうものなのだ。

「サクラさん、これを」

「ありがとう、渡してくる」

今やっている防衛用の魔道具は、何かを考えながらの並列作業でも作れるようなものばかり。

僕は新たに作った『ファイアアロー』を射出する筒をサクラさんに手渡す。

彼女は嬉しそうな顔をして、職人たちのいる方へと駆けていった。

当たり前だが、罠の設置の作業は外周から行っている。

今頃木工ギルドなんかは大忙しだろう。

焼き固めた杭を、ノイローゼになるほど作り続けているはずだ。

「ふあぁ……」

またあくびが出る。

もしかすると眠いだけではなくて、退屈なことも原因なのかもしれない。

そう、この作業は退屈だ。

まるで隊長がいなくなった後のバルクスのように。

新しく赴任してきた『七師』は、火力が高すぎるせいでほとんど素材を残さなかった。

そして余っている素材を全て自分とその部下たちの懐に入れるものだから、僕たちはまともに仕事をしなくなった。

そしたら後方勤務になって……そして今に至る。

アルノード様のことは、尊敬している。

彼が出す論文は独創的だし、必要なものであれば際限なく投資をしてくれる。

それに空いている時間であれば、何をしても許されるからね。

隊長自身がやっているものも、僕への指令も少しばかり俗っぽいのが玉《たま》に瑕《きず》だが……それはあの人の生得的なものだろう。

誰にも必要のない形而上《けいじじょうがく》学ではなく、あくまでも実践的で、実際に使えるような研究を。

隊長の考え方は、常に徹底している。

僕に潤沢な予算と、普通なら手に入らない素材をあれだけ融通してくれるパトロンは、他にいないだろう。

――そうか、隊長は僕のパトロンなのか。

さっきした芸術家の例えがピタリとはまり、会心する。

（それならさっさと、この魔道具を作り上げなくちゃね。これさえ作れれば、僕はもっと引きこもっていても許されるはず）

そんな風に考えながら、僕は以前からずっと作り続け、既に人生が十回は終わるほどの金を注ぎ込んでも未だ完成の目処《めど》の立たない、とある魔道具と向かい合う。

『収納袋』から、小指サイズの精密腕《ウォルドウ》を取り出し、目を細めながらガリガリとミスリルを削っていく。

僕は元来あまり器用な方ではないので、繊細な魔道具造りには精密腕《ウォルドウ》が必要不可欠だ。

この精密腕《ウォルドウ》は用途別に作られた、言わば僕だけが使える第三の手。

貴重なオリハルコンを惜しみなく使うことで魔力伝導率は僕の腕よりもはるかに高く、今では魔道具造りには欠かせない相棒となっている。

大きい精密腕《ウォルドウ》を使えば、本来の僕が使えるよりはるかに大規模な魔法の行使が可能になる。

ゴーレムを生み出すために土とミスリルに干渉し形を変え大雑把な魔力回路を組めたのも、この腕のおかげだ。

そして小さい精密腕《ウォルドウ》は、マイクロメートル単位での精密操作が可能だ。

本来の人間の腕では不可能な微細な調節を利かせることができる。

これを作ってくれた隊長には、本当に頭が上がらない。

僕が一廉の魔道具職人になれたのは、隊長のおかげだ。

そして今から造る魔道具には、この最小の精密腕《ウォルドウ》によるコントロールが必要不可欠だった。

ほんのわずかでも削りすぎれば、劇的に効果が落ちてしまう。

そして少しでも予定より厚ければ、魔力の通りが五割は変わってくる。

加減は人力では不可能で、魔道具による補助が必須だ。

だがその分、見込まれる効果は劇的。

この『通信』の魔道具さえできれば、世界は変わる。

僕の名前もきっと、歴史に残るはずだ――。

【side エルル】

「あれは……中位龍？」

「にしては気力の量が……それにサイズも大《お》っきいし」

「初めて見るけど……多分上位龍」

私たちが向かっていった先、明らかに一つだけ強大だった反応の正体は――ドラゴンだった。

体色は灰色で、大きさはバカみたいに大きい。

鱗《うろこ》は板金のようになっていて、明らかに物理耐性が高そうな感じがする。

中位と上位の間……上位龍の中では弱い方、くらいに考えておいた方がいいか。

「どうする？　倒す、倒そっか、倒すよね？」

「何その三段活用」

「龍種かぁ……こっちに来る魔物を間引いてくれてはいるんだろうけど……」

既に私たちは、ドナシアからかなり森よりに進んだ場所へとやって来ている。

あらかたの清掃は完了しているため、問題はない。

強い個体はマリアベルが、魔物の群れはエンヴィーが倒してくれた。

そして私は彼女たちがこぼした魔物を、逃さずに処理してきている。

おかげで今は、ゴブリンやオーク等のシュウでも対応できる魔物以外はほとんど完全に駆除が完了していると言っていい。

「私たちが次の街に行ってる間に攻められたら、即席の防衛施設じゃどうにもならない」

「あいつがここでふんぞり返ってるってことは……倒しといた方が、安全だよね？」

シュウが作る要塞がどれほど堅牢《けんろう》かはわからないが、数日の突貫工事ではさすがに限界はある。

素材を惜しみなく使ったとしても、目の前の龍が攻めてくれれば街は簡単に亡《ほろ》ぶだろう。

そうすると倒した方がいいかもしれない。

だが現状、ドラゴンは動いていない。

見れば、ドラゴンの周囲には雑草が生え始めている。

ここしばらく、激しい戦闘は行われていないということだ。

恐らく既に索敵範囲に入っている私たちに即座に攻撃を仕掛けてこないところからも、気性は大人しめだと推測できる。

私たちならあのドラゴンを狩れるだろうか。

できるかどうかで言えばできるだろうが、あまり無理はしたくないところだ。

誰かが『不死鳥の尾羽』を使わなければいけないような大怪我をする可能性もある。

残された尾羽の数は五つ、そのうち私に渡されているのは一つ。

これを今使うような危険を負うべきか否か。

ドラゴンを倒してしまったせいで、新たな魔物の群れがドナシアへ行ってしまう可能性もある。

どう動くかを判断するのは、この本隊を任せられた私だ。

私は考え……そして決断する。

「別の街へ行きましょう。ドラゴン狩りはまた次の機会に」

「えー……」

「ぶぅ」

二人は不満そうだが、この隊のリーダーは私だ。

逆らいはせず、すごすごと帰る私のあとをついてきた。

私たちの目的は、侯爵に取り入ること。

でもそもそも取り入る目的は、私たちの身の安全のため。

ここで下手なリスクを取る必要はない。

もし龍が攻めてきてドナシアが地図上から消え失《う》せたとしても、私たちが無理をしない範囲で、できることをしたのは事実だ。

それを批難されることは、今後のことを考えれば絶対にない。

それにこれ以上の魔物の侵攻を防ぐという目的のためには、急ぎ各地を転戦し現状を好転させる必要がある。

一つの場所にあまり長く留《とど》まっていてはいけない。私たちはドナシアで無理のない範囲で補強と魔物の討伐を行い、すぐに次の街へと向かっていった。

どんどんと、デザントから離れていく形でリンブルを縦断していく。

きつい戦い自体は、何度かあった。

けれど隊長がいない以上、無理だけはしなかった。

アルノード様はトイトブルク大森林に近い最前線で、悪魔とアンデッドによる防御網を作っているはずだ。

第一の防衛線をアルノード様とセリアが造り、第二の防衛ラインを私たちが構築する二段構え。

わかってはいるけれど……アルノード様と離れることは、本当に耐えがたい。

私が頑張っているのは、隊長に褒めてもらいたいから。

私が戦っているのは、そうすれば隊長の近くにいることができるから。

私が頭を回すのは、そうした方が隊長が喜んでくれるから。

隊長、隊長、隊長。

私の頭の中のほとんどは、常に隊長のことで占められている。

隊長に会いたい。

会いたいよ。

会って、頭を撫でてもらいたい。

その一心で、私は各地を転戦し続けた。

途中何度か懸想されることもあったが、全て丁重にお断りさせてもらった。

私の貞操は、ぜーったいに隊長に捧げるのだ！

それは全体の行程の三分の二ほど、七つ目の街であるゼノーブの補強を終えた時のことだ。

ようやく向こうの目処が立ち、セリアの使い魔が私たちの下へやってきたのだ！

待っていてください、隊長。

今――あなたに、会いに行きます！

第四章 ✦ 合流と全力

トイトブルク大森林の付近に陣取りながら、魔物をひたすら間引いていく作業が長いこと続いた。

飛び出してきている魔物たちを潰し、とりあえずセリアに悪魔たちを召喚して警護に使ってもらう。

セリアはアンデッドたちを更に呼び出そうとしたが、それは俺が止めた。

ある程度身の安全が確約できるまでは、彼女のアンデッド使役のリソースは取っておくべきだ。

なので俺がクリエイション・スケルトンで骸骨兵を造り出し、悪魔に貸し出す形を取らせてもらった。

悪魔召喚も、やっていることはアンデッドの使役とそれほど変わらない。

ただいくつかの違いはある。

アンデッドは素材を用意しなくとも召喚自体は可能だが、悪魔を呼び出すには生け贄《いにえ》か彼女の血が必要という点。

そしてかなり知能が高く自律行動を取れるため、彼女のリソースを圧迫しない点だ。

これはメリットでもあり、デメリットでもある。

セリアは悪魔を選別し、不満が出たりしないように気を配らなければいけないのだ。

要は彼女は、悪魔たちにとっていい上司にならなければいけないということだ。

悪魔にも人間同様性格があり、真面目な奴《やつ》もいればさぼったり、命令違反をするような奴もいる。

自分がこの場を離れる際、アンデッドならばセリアがお願いをすればそれを必ず守ってくれる。

だが悪魔の場合は誓約や契約によるものではなく、悪魔たちのいる精神世界から、彼らをこちらの世界に受肉化させているだけに過ぎない。

そのため口では従っていても面従腹背で、セリアがいなくなるのと同時に好き勝手暴れる奴らもいるのだ。

以前それで一度痛い目を見てから、彼女は使う悪魔を慎重に選定するようになった。

そんな風に悪魔任せで防衛準備を着々と整えながら先を進み、時折戻っては悪魔たちがさぼっていないかを確認するような感じで進んでからしばらく経《た》つと、見慣れた目印が見えてきた。

俺がバルクスに居た頃に彫り込んだ、国境を意味する単語の刻まれた樹《き》だ。

つまりここから先は、デザントの領土。

新しい『七師』が頑張って守っているであろうバルクスがあるってことだ。

俺が用意した『幻影』や『欺瞞《ぎまん》』の魔道具、国境ギリギリのこのあたりまでは設置してたはずなんだが……見当たらないな。

まぁ、いいか。

『サーチ&デストロイ君三号』で確認をすると……相変わらずトイトブルクの奥地には、集合体恐怖症なら失神しそうなくらい大量の魔物が居る。

そしてこれは……デザントの方にも、魔物がいくらか漏れてるな。

さすがに領土侵攻まではされてないみたいだが、ところどころ防衛線を突破され魔物の侵入を許している。

あいつらがいるのに、どうしてこんなことになって……いや、もしかして既に全員こっちに移動済みなのか？

そういえばずっと確認してなかったな。

俺たちがここまで来てから、どれくらいの日数が経っただろう。

……俺もセリアも何かに熱中すると、他のことをおろそかにするタイプだからな。

もしかするとあまりにも時間が経ちすぎて、既にエルルなんかが怒っている頃かもしれない。

「セリア、とりあえず一度連絡を入れるか。応急処置は終えたし、魔物が侵攻してこないよう魔道具設置の準備をしていく」

「わかりましたぁ、とりあえず全部の街に飛ばしときますねぇ」

「助かる」

俺はセリアに頼み、使い魔を飛ばしてもらうことにした。

使い魔は、言わば悪魔召喚を色々とグレードダウンした代わりに対価が魔力だけになった物と考えてくれればいい。

使い魔を飛ばすのは、死霊術士の割とポピュラーな力だ。

セリアの使い魔は蝙蝠《こうもり》型なので、見た目もそんなにグロテスクではない。

全ての街に飛んでいっても、問題になったりすることはないだろう。

俺は『欺瞞』と『幻影』の魔道具で魔物の認識をずらし、森の内側へ向かっていくための魔道具『森へ帰れ！』を作っては、等間隔で設置していく。

『葬送の五騎士』にはその間、森の外でたむろしている魔物たちの掃討作業をしてもらった。

魔道具と悪魔による二段構えの防御網を構築し始めてから三日ほど経った時、俺たちに来客があった。

「アルノード様！」

その声の主は――。

「久しぶりネ～」

「ライライか、どうしてここに？」

俺たちの目の前に現れたのは……大隊のメンバーを呼びに行ったはずの、ライライだった。『ドラゴンメイル』の『偽装』のせいで、反応はあったが強さまではわからなかった。

自分の作った魔道具に騙《だま》される……探してみたら、そんな感じの童話とかありそうだな。

「そりゃもう、森伝いにこっち来ただけヨ～」

「お前……酒臭いぞ」

「そりゃ言いっこなしネ」

ライライは酔っ払うほど気力が増加していき、戦闘能力が上がっていくという特殊体質持ちだ。

彼女は酔っ払う度合がある程度より上になると、途端に呂律《ろれつ》が怪しくなってくる。

語尾が半音上がってインチキ商人みたいになってるのは、間違いなく相当酔ってる証拠だ。……

ライライが酒乱じゃなくて、本当によかったよな。

にしても森伝いにってことはトイトブルクから直《じか》に南下してきたのか？

命知らずだな……遠回りしてでも、安全なルートを取った方が楽だと思うんだが。

俺たちは遠回りをしてデザントからリンブルへ抜けた。戦闘の回数なんか少ない方がいいし、辞めた職場で危険な戦いに身を投じなくちゃいけない理由もないし。

それに、いくつかすませなくちゃいけない事務手続きもあったしな。

これでも元貴族で金もあったので、住居だの債権だのの処理も必要だったのだ。

「いやネ、あれだったのヨ、あれ」

「あれってなんだ、あれって。というか他の奴らは？」

「あるぇ？　みんな居ないネ、不思議なことは続くネ〜」

『ドラゴンメイル』の『偽装』のせいで『サーチ＆デストロイ君三号』に引っかからないので、気力察知で探す。

すると少し離れたところに、大量の反応があった。

放射状に拡《ひろ》がりながら、ゆっくりとこちらの方に向かってきている。

多分あれが、ライライが連れてきた第三十五辺境大隊のメンバーだろう。

ここらへんの魔物だと、下手をすれば死ぬ危険もある。

ベロベロになったライライが、露払いをしながら進んできたってところか。

こいつは酔うとあまり力の加減ができないからな。

下手に味方を巻き込まないよう、一人で先行してきたんだろう。

にしてもこれだけ酔ってるってことは……。

「相当無理しただろ、おつかれさま」

「……いやいや、私はただお酒飲んでただけネ。タイチョと比べたら、罰当たっちゃうヨ」

見ればライライの身体《からだ》は、かなり傷だらけだった。

回復魔法で治してはいたんだろうが、肌にいくつか白い傷痕も残っている。

『ドラゴンメイル』も、今すぐ補修が必要なくらいにいくつもの線が走っているし。

かなり急いでここまで来たんだろうな。

そこまで合流を焦る必要はないと思うが……何か理由があるのか？

気にはなったが、今のライライにそこらへんの細かい説明はできんだろう。

俺は疲れてくたくたになっている彼女に浄化《ピュリファイ》をかけ、他の隊員たちの到着を待つことにした。

「ゆっくり休め、今日は『ふろーてぃんぐ☆ぼぉど！』持ってきてるから」

「アイヤー、私これ好きネ。なんか高級なハンモック乗ってる、みたい、で……」

『ふろーてぃんぐ☆ぼぉど！』自体はただの分厚い板なので、綿を詰めてから絹で覆い、上に枕なんかを乗っけてやると即席の寝具になる。

ライライを上に乗っけて、その上にタオルケットをかけてやる。

彼女は最初は笑って楽しそうにしていたが、すぐにすやすやと眠りに落ちた。

相変わらず、こいつの寝心地は抜群そうだ。

本来は怪我人《けがにん》を楽に運ぶために作られた魔道具なんだが……大隊では高級寝具みたいな扱いを受けている。

魔力を結構使うから、長時間浮かすには俺が事前に注入しといた魔力を使うか、魔石をいくつかおじゃんにしなくちゃいけなくて、あんまりやりたくはないんだが……まぁ今日くらいはいいだろう。

お酒は適度に楽しむがモットーのお前が、ここまで泥酔するほど頑張ったんだ。

これくらいの労《ねぎら》いはしてやらんと。

ありがとな……ライライ。


「隊長！」

「わっ、隊長だ！」

「あれ本物かな、実は幻覚だったりしない？」

「幻影騎士《ファントムナイト》はさっき倒したでしょ、大丈夫よ……多分」

ライライから遅れること数十分ほど。

懐かしい顔ぶれの面々と、俺は久しぶりに再会をした。

少し茶化しながらも点呼を取ると、幸いなことにメンバーは誰一人欠けていなかった。

みんなの顔はかなり疲れていたが、それも当然だ。本来敵を削っていたセリアのアンデッドや悪魔たちは、こっちに来るに当たって全部引き上げていたらしいからな。

セリアから最初に聞いた時は本当にビビった。

そして大隊のみんなからの許可を得ていると聞いて、更にビビった。

後方勤務になりあまり戦う機会もなくなったし、なんなら俺の方に行きたいと思っている。それならまず全力で、俺の方の基盤を整える手助けをしてほしい。

それが全体としての総意だったんだとさ。

なんというか、ありがたいやらすまないやら……。

皆をねぎらい、とりあえずこんなところで再会を祝うのもと近くの街へ向かうことにした。

「よし、走るぞ。遅れずについてこいよ。街に着いたらゆっくり休んでいいから」

俺はギリギリ大隊のメンバーがついてこられる速度で走ったつもりだった。

けれどみんな疲れで皺《しわ》を寄せた顔をしながらも、わりと平気な顔をしてついてくる。

……そっか、当たり前だけどこいつらも俺と離れている間にちゃんと成長しているんだ。

なんだか嬉《うれ》しくなり、俺は更に速度を上げた。

テンションが上がったせいで、街に着く頃にはかなり距離が離れてしまっていた。

……自分ではわからないが、結構舞い上がってるのかもしれない。

「ほぉ、なるほど、新しい『七師』が……」

ライライたちがデザントとトイトブルク大森林の境界を、危険を冒してまで進んできたのには当然ながら理由があった。

「はい、私たちのように抱えていた魔導騎士大隊は半壊し遁走《とんそう》。『七師』になったヴィンランドも重傷を負い戦線を離脱しています。本人は王家に隠しているようですが」

「新しい『七師』も、やっぱり見栄《みえ》っぱりなんだな」

「見栄とプライドは魔導師の標準装備ッス。隊長がおかしいだけかと」

どうやら俺の代わりに入ってきた『七師』のヴィンランドという男が、大ポカをやらかしたようだ。そのせいで今や、トイトブルク生まれの活発な魔物たちのデザントへの侵入を許してしまっているらしい。

おまけに本人も魔物との戦闘でやられてしまっていると。

前線がまともに連絡も通じないくらいに混乱してたから、そのどさくさに紛れて全員に軽く伝言だけして退役したらしい。

そして下手にいちゃもんをつけられる前に、境界線を越えこちらまで来てしまったんだと。

まぁ今までバルクス防衛を頑張ってきた第三十五辺境大隊を後方勤務にして、大して引き継ぎもせずに自分の抱える大隊と入れ替えたら、そりゃぐちゃぐちゃになるよなぁ。

俺たちがまともなマジックウェポンで武装するまでに、どんだけ苦労したと思ってるんだ。

最初の一ヶ月くらいは、常に死と隣り合わせだったんだぞ。

赴任の前に事前に用意してた『欺瞞』と『幻影』の魔道具『森へ帰れ！』を作ってなかったら、リアルにデザントに魔物の群れがなだれ込んでいただろう。

「他の『七師』とその配下を動員して、第二防衛ラインは突破させてないみたいだけどさ」

「そこらへんはしっかりしてるな」

「属州兵を徴兵して、反攻に転じるんだって」

「反乱対策にもなるだろうし、上手《うま》い手だと思う」

デザントという国は広大だ。

ぶっちゃけ属州の多い東部エリアは、経済的に重要な地域ではないので替えが利く。

兵馬の産地ではあるので、軍事的には痛手だろうけど。

属州兵の大量動員は諸刃《もろは》の剣《つるぎ》でもある。

属州の人間にはエンヴィーやマリアベルのような戦い大好きっ子が多いが、徴兵されて無理矢理戦わせれば反感は拭えない。

徴兵は治安維持や反乱防止の短期的な目で見れば有効だが、国体護持の長期的な視野で見ると、あかん感じがするな。

それはデザントに見えない根を張り、反乱の芽を大きく育てていくことになるだろう。

リンブル視点から考えれば……ありがたい話ではあるんだけど。

「新しい指揮官次第では、属州兵をまるごとリンブルに引き抜くこともできそうですね」

エルルはおとがいに手をやりながら、地面を見つめている。

最寄りの街だったエグラに行くと、何故《なぜ》かハァハァ言いながらこちらへ駆けてくるエルルの姿があった。

おかげで彼女とだけは既に合流済みだ。

既に息は上がっておらず、平常心を取り戻してくれている。

どうやらエルルは使い魔を確認してすぐに、全力で俺の方へ向かってきていたらしい。こいつの気力探知の範囲はそんなに広くなかったはずだが……偶然近い街にでもいたんだろうか？

「引き抜くと角が立つからそれはナシだな。リンブルとデザントの相互不可侵条約は未《いま》だ有効だ。だからできればコンタクトを取って、内々に独立を支援するくらいにしといた方がいいだろう。これなら向こうにいちゃもん付けられても、『こっちの地方分派の金の流れがおかしいんですが、何か知りませんか？』と切り返せる」

「なるほど、さすが隊長」

「ミミィ、何言ってるかわかんない！」

「リリィもわかんない！　一緒だね、お姉ちゃん！」

「「ねーっ！」」

メンバーが揃《そろ》ったせいで、普段の何倍も周りがやかましい。

大隊の――もう全員揃ったから、これからは『辺境サンゴ』呼びで行くか。

『辺境サンゴ』のメンバーの頭の回転速度はかなりまちまちだ。

戦えればいいというやつから、シュウみたいに引きこもって研究だけしてたいというやつまで実に人材の幅が広い。そのせいで俺は大分頭を悩ませてるわけだが……俺のイエスマンだけが揃っているよりずっといい。

やっぱりこういう真面目な話をするときは、ある程度面子《メンツ》を絞らなくちゃダメだな。

戦いたい奴らには、然《しか》るべき場所を与えてあげた方が、向こうも嬉しいだろうし。

「まっ、とりあえず大体のことはわかった。どさくさ紛れの退役にとやかく言われるかもしれんが、そこらへんはアルスノヴァ侯爵に任せよう。まずはゆっくりするか」

「隊長、一つだけ報告が」

真面目そうな顔をするエルルの話によると、なんでもドナシアという街の近隣に、上位龍が棲《す》み着いているらしい。

ふぅん……面白いな。

そういえばシュウが作ってたアレ、一応そろそろ目処《めど》がつくって話だったはずだ。

それなら一丁、『辺境サンゴ』の実力のお披露目会でもやってみるか。

なるたけ盛大に……な。


それからしばらくは、俺とシュウ、そしてかつてシュウが小隊長をしていた頃の隊員たちによる魔道具設置の時間が続いた。

セリアによる悪魔召喚とアンデッドによる防衛線構築、『辺境サンゴ』による残敵掃討もほとんど完了している。

そしてその二重の網を抜けてきた魔物たちへ戦力を集中させるための用意も整ってきている。

街の要塞化も着々と進んでいるのだ。

アルスノヴァ侯爵を始めとする街の有力者たちと話し合った結果、街の前方と後方に警戒線を立てるという合意が成った。

基本の防衛作戦は、俺たちが街の後方にある砦《とりで》で待機。

魔物が防衛網を突破してきた場合、まずは街の設備で防衛。

即座に連絡をよこし、後方で警戒中の俺たちが迎撃に出る。

無論俺たちは魔力や気力を探知できるので、基本的に街が襲われるより早く迎撃に出ることになるだろう。

まぁ俺たちは前と変わらんくらい忙しい。

バルクスより魔物の強さが一段落ちるのが、せめてもの救いだな。

ただこれだと、俺たちの負担がかなり大きい。

やってること、大隊だった頃とそんな変わらんくらいハードだからな。

そのため今後は街の防衛設備を順次増強し、要塞だけで完全に魔物の撃退ができるところまで持っていってもらう。そして街の外を闊歩《かっぽ》する魔物を撃退できるような魔道具を、俺たちがリンブルに提供することになった。

リンブルにも気力使いは多いから、強力なマジックウェポンさえあれば街の防衛自体はできる。

なので俺たちとリンブル兵を逐次入れ替えていき、ある程度のところまで行ったら自由にさせてもらうつもりだ。俺とシュウ率いる魔道具作成部隊が頑張れば、そう遠くないうちに『辺境サンゴ』はフリーになるだろう。

ちなみにこんな風に色々やってた過程で、俺たち『辺境サンゴ』はオリハルコン級に格上げになった。

オリハルコン級になったってことは、国が俺たちのことを必要だと認めたことに等しい。

これで当初考えていた、国から無下《むげ》にされるという可能性は完全に消えたことになる。

まぁその分色々厄介は背負っているが……この荷物も、そう遠くないうちに大分軽くなってくれるし問題はない。

俺は昇格にあたり、アルスノヴァ侯爵に一つお願いを聞いてもらうことにした。

その内容とは——シュウがとうとう作成に成功した、『通信』の魔道具である『短距離通信儀』による、俺たち『辺境サンゴ』対上位龍の戦闘映像提供である。

フルメンバーで戦うため俺たちは防衛の任務を一旦抜け、その穴はアルスノヴァ侯爵騎士団によって埋める形だ。

実際に俺たち抜きでもやれるということを示す必要があるとは思っていたのだろう。

アルスノヴァ侯爵も、マジックウェポンの貸与を代償にオッケーを出してくれた。

どうして龍との戦闘映像を見せるのか。

これにはいくつもの理由がある。

一番の理由は、とにかくリンブルの偉い人間たちに魔物の脅威と俺たちの力を見せつけることだ。

未だ冒険者である俺たちによる防衛に、難色を示している街はまだいくつかある。

『辺境サンゴ』のことを冒険者だからとバカにしてくる手合いも多い。

頭の固い貴族には、俺たちの力を見せて力で分からせた方が手っ取り早い。

二つ目は、ようやくシュウが完成させた魔道具の有用性をお偉方に見てほしいという理由もある。

俺は無理だと思ってたが、本当に『通信』の魔道具なんてできるもんなんだな……使い魔なんかの視覚同調から発想を得て完成にこぎつけたらしい。

死霊術が不得手な俺では、恐らく途中で行き詰まり、完成はしなかっただろう。

シュウもあれで中々多才なやつである。

後は……まぁ久しぶりに、『辺境サンゴ』として戦いたいというのもある。結果デザントに居た頃より忙しいかもしれない仕事から来るストレスを、発散させたいのかもしれない。

許可が出て、日取りも決まった。

そしてドラゴンは相変わらず動いていないらしい。

作戦決行の日は——明後日だ。


そしてようやく、俺たちの戦いの機会を整えることができた。

エルルたちの案内に従い、ドナシアを出発してから数十分ほど経つと目的のドラゴンが見えてきた。

かなり近いな……たしかにこれは、彼女たちも言っていたようにさっさと狩らなければ危ないだろう。

今は非好戦的かもしれないが、もし血迷って冒険者が手でも出そうものなら……きっと周辺一帯に惨劇が起こることになるだろうから。

対するこちらは、『辺境サンゴ』のフルメンバーだ。非戦闘員たちは、後方待機をしたり、ドナシアとこちらをつなぐ『通信』の魔道具の調整に忙しい。

シュウたちを除く五百五十人全員が、隊列を組んで戦いの準備を終えている。

「よしお前ら――今から久しぶりのドラゴン狩りだ！」

ドラゴンの感知能力は高い。

既に間違いなく場所は知られているので、奇襲をする意味は薄い。

それならば上手くいくかも分からない不意打ちを狙うより、大声を上げてみなの士気を高めた方がずっといいだろう。

後ろを振り返れば、誰一人俺のことを疑わず、まっすぐな瞳で見つめているのがわかった。

『辺境サンゴ』として生まれ変わった俺たちが、いったいどれだけ重要な存在なのか。

リンブルの貴族たちに、しっかりと見せつけてやらなければならない。

上位龍の純粋な戦闘能力は、俺よりも高い。

俺が出せる一番高威力の魔法を『超過駆動』で放っても、一撃で仕留めることは難しいだろう。

もし俺が単騎で戦うのなら、気力と魔力の合一による身体強化《フィジカルブースト》――魔闘気を使う必要がある。

けれど今回、それはしない。

今回見せたいのは俺の戦闘能力ではなく、『辺境サンゴ』の総合的な戦闘力だからだ。

俺たち『辺境サンゴ』が傾向と対策を練りしっかりと準備を整えれば、どんな相手だろうが倒すことができる。

それを見せることが第一の目的である。

そしてこれは、温《ぬる》い防衛任務に慣れぬよう、『辺境サンゴ』を引き締めるためのものでもある。

格上との戦いを経なければ、いずれ俺たちは痛い目を見る羽目になる。

今後もきっと、強敵たちと戦うことになるだろうからな。

だからたかが上位種のドラゴンごときで、躓《つまず》くわけにはいかないのだ。

「戦闘用意！」

「「「ハッ、各員戦闘用意！」」」

俺の命令が百人隊長の六人に伝わり、それが各小隊へ、そして小隊の構成員へと伝わっていく。

この命令系統は、大隊だった頃のままを維持している。新たに作り直すより、今までと同じチームでやった方が連携もずっとまともにできるはずだからな。

「gyuaaaaaaa!」

こちらに向き合うは、この場に長いこと居座っていたらしい上位龍。

俺たちの戦意に呼応してか、琥《こ》珀《はく》色《いろ》の目を大きく開き咆《ほう》哮《こう》を上げている。

体色はくすんだ銀色で、全身の鱗《うろこ》はスケイルメイルのように何重にも重なっている。

物理防御力は間違いなく高いだろうし、恐らくは魔法防御もしっかりしていると考えた方がいい。

上位龍は長い時間を生きたからか、個体ごとの差異が大きい。

俺たちはこの龍を、シルバリィドラゴンと仮称していた。

シルバードラゴンは他に居るし、とりあえずの名付けだ。

どうせこいつが死ねばもう同個体は出ないだろうから、適当なネーミングで済ませている。

「投擲《とうてき》構え！」

「「ハッ、『闇玉』構え！」」

既にこの戦場に向かう段階で、各員の気力による身体強化《フィジカルブースト》は終えている。

魔法使い組の強化魔法も済んでおり、作戦に使用する魔道具も、有事の際に使用する『回復』の魔道具も各員に配り終えている。

もし命の危険があったときに使う『不死鳥の尾羽』も未だ五つある。

準備は万端、と言っていいだろう。

「――戦闘開始！」

俺の声に従い、各員が手に持つ魔道具を投げつける。

そしてドラゴンの周囲は、闇に包まれる――。


そもそもの話、上位龍にしっかりとしたダメージが入るような一撃を放てる人間は少ない。そのため大隊のメンバーのほとんどは、サポートと牽制《けんせい》の役目を引き受けることになる。

大型の魔物の厄介な点はとにかくタフネスがすごいところだ。

なのでこちらは長期戦ができるよう、適度にメンバーを交代し休ませなければならない。

まずは第一陣、エルル率いる百人隊を使う。

第一の作戦は、とにかくシルバリィドラゴンと戦いデータを収集すること。

効率的な攻撃方法の発見が、大物を狩る上では一番大切だ。

『属性攻撃をかたっぱしから撃ち込みなさい！　効果確認の後、即座に離脱！』

エルルの指示に従い、彼女の部下たちが魔法の籠もった攻撃を放っていく。

俺とセリアは、『辺境サンゴ』から距離を取った場所で二人で戦況を観察していた。

二人で右耳と左耳でカフを分けあいながら、耳に意識を集中させている。

「にしてもこれ、すごいですねぇ……もう隊長が最前線で戦う必要、ないのではぁ？」

「何かあればすぐ駆けつける必要があるだろ」

今、俺とセリアの耳にはカフが装着されており、それは後ろにある巨大な箱へと繋《つな》がれている。

そしてカフからは、向こうで戦っているエルルたちの声が流れてきている。

この箱が、『通信』の魔道具だ。

現状使うためにはこの箱に常に大量の魔力を充填しておかねばならず、通信を行うごとにそれをバカスカ消費してしまうため燃費はすこぶる悪い。

ちなみに前線には、これよりもう一回り大きい『通信』の魔道具が固定して設置されている。

ドナシアにいる貴族たちに何をしているかを見せるための魔道具だな。

でもこれ……想像していたよりずっと有用だ。

遠見の魔法で向こうの状況を見ることはできたが、俺から向こうに連絡を取る手段はなかった。

だがこの魔道具なら送受信が可能なので、俺からエルルへ連絡を取ることもできる。

技術的な問題で、エルルたち百人隊長が持つ親機としか双方向通信ができないが、それでも十分だろう。

ちなみに映像を届かせるにはまた別の送信用の魔道具が必要であり、それはまだ一つしかできていない。なので俺たちができているのは、音声の送受信だ。

俺は遠見のクレボヤンスの魔法で、セリアは使い魔との感覚同調で戦場を俯瞰《ふかん》している。

属性のついた魔法が放てる『魔法筒』に属性付与が成されたマジックウェポンのナイフ等色々な飛び道具が飛んでいき、各員が己の攻撃の戦果を報告する。

『投げナイフ、火属性のみ効果有り！』

『初級魔法攻撃、どれも通りません！』

『中級火魔法のみ効果有り、効力射を継続します！』

エルルの部下たちが彼女へしている報告を、反芻《はんすう》する。

どうやら魔法攻撃は、ある程度威力の高い……具体的には中級以上の威力のある火魔法だけが、ドラゴンに傷をつけることができたようだ。

ただし投げナイフのような属性付きのマジックウェポンであれば、付与される魔法の強弱にかかわらずダメージは入ると……。

要はマジックウェポンか威力高めの魔法でしか傷がつかないってことだな。

そして弱点属性は火と。

そこらへんも見たまんまって感じだ。

「gyaaaaaa!」

シルバリィドラゴンは闇雲に動き回り爪や尻尾を振り回しているが、被害報告は入ってこない。

つまり、攻撃はまったく当たっていないのだ。

そのカラクリは、先ほど使わせた『闇玉』である。

これは使い捨ての魔道具で魔力によって生み出した黒い煙幕を周囲に放射する効果を持つ。現在シルバリィドラゴンの周囲は、真っ黒な靄《もや》で覆われていることだろう。

更に言えばこの『闇玉』には偽物の魔力反応を大量に生み出すデコイのような効果もあるため、ドラゴンはエルルたちを捉えることができない。

結果として龍は視界が回復しないままに、闇雲に攻撃を加えている。

対しエルル率いる部隊はその攻撃を誰一人食らうことなく、相手に対して一方的な攻勢を続けている。

その理由は、彼女たちがつけているゴーグル型の魔道具『見え見え発見君』。

事前に用意していたこれを使えば、『闇玉』が続く限りエルルたちだけが連続して攻撃を続けることができる。

『近接部隊は各部位ごとの剣の通りやすさを報告しなさい！』

エルルは戦果を焦らず、自分たちに与えられた仕事を着々とこなしていく。

各員にドラゴンの身体を攻撃させ、有効部位を探す。

そして同時並行で、どの程度の威力ならば斬撃が通るのかの検証も行わせていた。

『アルノード様、どうやら下腹部が一番もろいようです。柔らかい順に腹、腕、背中、尻尾です』

「了解。セリア、出番だ」

「はいはぁい、みなさんお仕事しましょうねぇ」

一当てして検証を終えたら、ここからは消耗戦。

まずは消費しても痛くないアンデッドたちで、可能な限り相手の体力を削らせてもらう。

俺は地面に火魔法の込められた魔道具をありったけぶちまける。

もちろん全員に行き渡らせるだけの分量はあるので、スケルトンたちは拾い各々装備を進めていく。

これらを作ってくれたシュウたちには、感謝感謝だ。

アンデッドたちに火魔法付与がなされたマジックウェポンをガンガン使わせる。弱点と思われる部位から優先的に攻撃をするよう、なるべく俺とセリアで攻撃の場所を誘導させよう。

『辺境サンゴ』のメンバーを下がらせ、交替するように俺とセリアのアンデッド軍を出した。

作ること自体は事前に済ませているため、待機させていたスケルトンたち三万をこちらへ呼び出す。

これが俺たちの第二陣だ。

本当ならまだセリアの力を見せるのは早いとも思っているんだが……本人の希望なら仕方ない。

それに実際、これが一番被害が少なくなるからな。

事前に死霊術士がいるという話は通してあるし、なんとかなるだろう。

このデモンストレーションさえ上手くいけば、後で最前線を悪魔とアンデッドに任せているという話も切り出しやすくなる。

セリアは今回、スケルトンを可能な限り呼び出している。

一番呼ぶ頻度の高い『葬送の五騎士』だけでなく、魔法に特化した『冥府魔導団』、そして防御に特化している『トーチカ』。

三集団の同時召喚は、森にアンデッドを残している彼女にできる限界ギリギリだ。

彼らにそれぞれ二千のスケルトンを率いらせ、とにかく全方位から当たらせる。

徹底的に狙うのは腹部。

遠距離攻撃手段がある奴はとにかく火魔法をぶち込み、火魔法の付与された武器を持つ奴らはとにかく弱い部分から切りつけていく。

エルルたちは後方へ下がり、適宜『闇玉』を投げてシルバリィドラゴンの視界を塞いでいる。

「相変わらず美しくないな」

「まぁ、総員突撃させてるだけですからねぇ」

細かい統率なんかは取れないから、とにかく突っ込んでは攻撃して、バラバラにされるということの繰り返しだ。

強力なアンデッドたちも、大量の味方に囲まれていては動きは取れない。

なので雑魚スケルトンたちがいる間は、とにかく指揮に徹させている。

「だが……思っていたより動きが遅いな」

「そうですねぇ、まだ飛びませんし」

ドラゴンの脅威は色々ある。

例えば、エルルたちが一当たりした程度ではびくともしない、高いタフネス。

そして大量に攻撃を食らっても平気な顔ができるような、高い物理と魔法への耐性。

けれどやはり一番大きいのは、なんと言っても空を飛び、一方的に攻撃をしかけてくるところだ。

ドラゴンが飛んだ場合、各百人隊長と遊撃隊の隊長であるライライ、そしてセリアの支援を受けたアンデッドの精鋭が高度が上がる前のドラゴンを落とすことになっている。

基本的にドラゴンは劣勢になると空を飛ぶ傾向にあるのだが、どうやらこのシルバリィドラゴンはその例外にあたるようだ。

全身に傷をつけられ続けても、一向に飛ぶ気配がない。

あるいは、飛ぶ必要もないと思われているのかもしれないが。

スケルトンが千死に、二千やられ、三千がひき殺される。

どれだけ派手に動かれようが、こちらは痛くもかゆくもない。

全部替えの利く雑魚だからな。

スケルトンが一万ほどやられた頃、とうとうシルバリィドラゴンが動きを見せた。

ばさりと翼をはためかせ、空を飛ぶ体勢に入ったのだ。

このまま飛ばなかったらどうしようかと思ったぞ。

カフに触れ、送信モードへと切り替える。

『ライライ、やれ』

『あいあーい、任せるネ』

連絡を取ると、即座に現場に動きがあった。

空を飛ぼうと勢いをつけ、上空に飛び上がったドラゴンの頭上に、一つの影が現れる。

『堕《お》ちるネ、トカゲ！』

ライライは顔を真っ赤にしながら、ドラゴンの背中目掛けて己の拳を放つ。

既に限界ギリギリまで酔っ払っている今、彼女の気力量は大隊の誰をも凌駕《りようが》する。

純粋な総量で言えば、俺すらも超えているだろう。

ライライが装着しているのは、オリハルコン製のナックルフィスト。

この世界にある中で最硬の金属が、莫大《ばくだい》な気力で限界まで強化された肉体により、ドラゴン目掛け超音速で振り切られる。

ドゴオオオオオッ！

とても攻撃がぶつかったとは思えないような爆音がしたかと思うと、ドラゴンが地面へとたたき落とされていた。

その衝撃で周辺にいたスケルトンたちが潰れていく。

だが直下にいたスケルトンたちは、きっちりと得物をがら空きの下腹部へと差し込んでから、バラバラになった。

こんな風に命を顧みない行動がいくらでもできるところが、アンデッドを使うメリットの一つだ。

まだまだ彼らには働いてもらうぞ。

『先手必勝ヨ！』

一撃、二撃、三撃。

衝撃だけで周辺のスケルトンたちがバラバラになっていくほどの威力の拳打が繰り返される。

一度攻撃を受ければ鱗が凹《へこ》み、二撃目を受ければ弾《はじ》け飛んだ。

そして三撃目を食らう時には、肉が衝撃で大きく凹む。

「syaaaaaaa!!」

ドラゴンはこれまでで一番の苦悶《くもん》の声を上げながら、ビクビクと身体を動かしている。

彼女たちが大怪獣バトルを繰り広げている間に、事前に渡していた『収納袋』からスケルトンたちの装備を入れ替えていく。

遠く離れた俺たちのところまで、ライライの殴打の音は聞こえてきていた。

ライライが攻撃を繰り返している間に、ドラゴンの周囲を固めるように『辺境サンゴ』のメンバーが現れた。

彼女率いる遊撃隊のメンバーたちだ。

鉄爪や鎌、斧《おの》といったワンオフの装備をめいめいがつけている。

彼女たちは統制が取られていては真価を発揮できない、ライライのような特殊な人間ばかりを集めている。中には全身をガチガチのカースドウェポンで覆い、たまに味方に攻撃しているファノのようなやつまでいるからな。

「kyuuuuu……」

飛ぼうとすれば、ライライが落とす。

動こうとすれば、ライライが殴ってその場に縫い付ける。

そして周囲からは、絶えず攻撃が飛び続ける。

ドラゴンはここに来て初めて、弱気な声を出す。

今までの蓄積も効いているのだろう、その動きは明らかに鈍っているように見えた。

「kyowaaaaaa!!」

シルバリィドラゴンは、劣勢になったと見るや強引に身体を制動。

ライライの攻撃を敢《あ》えて捨て身で食らい、ぐるりと身体を回転させた。

距離が離れたことで、『闇玉』の効果範囲から抜け出ることに成功した。

身体が大きい分、ごろんと転がるだけでも結構な距離が稼げる。

みなが追いつくより早く、ドラゴンは少し離れたところに陣取った。

そしてライライたちの方を向き、大きく口を開く。

ドラゴンが放つことのできる最強の遠距離攻撃である息吹《ブレス》だ。

各ドラゴンごとに属性や威力は異なるが、上位龍であるシルバリィドラゴンのそれは確実に命を持っていくだろう。攻撃を当てられれば全身を『ドラゴンメイル』で固めているとは言え、重傷を負うのは避けられない。

――なので無論、これも対策済みだ。

「a1－a4、飛べ」

俺は事前にスケルトンを各ポイントに設置し、待機させておいた。

地表から息吹《ブレス》攻撃を行う際に、それを文字通り命がけで止めさせるためだ。

コォォォォと、息吹《ブレス》を収束させる甲高い音が聞こえてくる。

息吹《ブレス》を放つためにはタメが必要であり、その隙が非常に狙い目になってくる。

俺の命令に従い、あらかじめ待機していたスケルトンたちが飛び出してくる。

そして彼らは息吹《ブレス》の発射態勢で構えているドラゴンの……口腔《こうこう》へと突っ込んでいった。

その両腕には、人の胴ほどもある大きさの箱が抱えられている。

彼らが入り込むのと、息吹《ブレス》が発動するのはほとんど同じタイミングだった。

ライライたちが即座に効果範囲から逃げだそうと横へ回避軌道を取る。

息吹《ブレス》が発動していれば、ドラゴンが首を動かすだけでいくらでも方向修正が利くために危ないところだが……今回はそうはならない。

「kuruoooooooo!!」

ドラゴンの息吹《ブレス》が発射され、その爆発的なエネルギーが喉を通って飛び出すから。

そして内部にいるスケルトンたちへ当たり……その腕に抱えた『ブラストファイアボール』の魔道具が轟音《ごうおん》を立てて爆発。

スケルトンを木っ端微塵《こっぱみじん》にし、骨片と木片がドラゴンの口内をズタズタに切り裂いた。

スケルトンたちに持たせた魔道具は『ブラストファイアボール』という中級火魔法を込めたマジックウェポンだ。といってもかなり低級の素材を使い、本来の許容量をはるかに超えるよう設計し、臨界点に近付けている。

それこそ何か衝撃があれば、暴発してしまうくらいの調整を施してあるのだ。

俺が割と使うのが、この替えの利くスケルトンたちによる特攻戦術である。

息吹《ブレス》という衝撃によって魔道具は爆発。

スケルトンの全身と魔道具を包んでいた箱は破片になって、シルバリィドラゴンの口の中へ飛び散っていく。

「kyaaaaaaa!?」

初めて味わう衝撃に、ドラゴンが口を大きく開いた。

だがそのままでは同じことをされると思い、急いで口を閉じる。

まぁ口の中じゃなくても、同じことやるんだけどな。

悶《もだ》えているドラゴンに対し、臨界状態の魔道具を抱えるスケルトン部隊を順次突撃させていく。

ところどころ目標にぶつかるまえに爆発した者もいたが、大体全体の八割くらいは無事に着弾してくれる。元々弱い腹部と、ライライたちが削って鱗が意味をなしていない背面と側面を重点的に狙わせてもらった。

ドラゴンは目を白黒させながら、ライライたちの方を睨《にら》んでいた。

おいおい、そんなことしてていいのか？

ライライたちがドラゴンの目を引き付けているうちに、エンヴィーとマリアベル率いる部隊が左右からぐるりと回って龍の背後を取る。

『『閃光弾《せんこう》』、投擲！』

そして『ライト』の魔法を封じ込めた『閃光弾』を投げた。

激しい光が網膜を焼き、ドラゴンは苦悶の声を上げる。

みなは『見え見え発見君』を使っているので、むろん『閃光弾』の影響を受けていない。

今まで無傷で保存されていた隊員たちが、飛翔《ひしょう》を封じられブレス攻撃で手痛いダメージを負った手負いの龍へと向かっていく。このまま戦えずに終わるかもしれないと思っていたからだろうか、彼女たちの攻撃はいつもの五割増しくらいで激しいように思えた。

しばらくすると、遊撃隊の姿が見えなくなった。

見れば遠く離れたところで、ライライが酒瓶を抱えて眠っている。

先ほどの攻防で完全に酔いが回り、限界を迎えてしまったのだろう。

残りのメンバーも自分の仕事は終わったと考え、距離をとっていざという時に乱入できるように得物を構えながら戦闘を見守っていた。

セリアたちが呼び出したアンデッド集団も、戦列へ加わっている。

頭部の方で戦っているのは、彼らがスケルトンであることをドラゴンに認識させるため。

もしまた息吹《ブレス》を使おうものならまたあの爆発を食らうと、ドラゴンに躊躇《ちゅうちょ》させるのが目的だ。

閃光弾の効果が切れドラゴンの動きが明らかに良くなってきた段階で、再び『闇玉』を投擲。

『閃光弾』と『闇玉』を交互に使うのは、どちらも連続して使用しているうちに相手が慣れてきてしまい、効果時間が短くなってしまうからである。

目は優秀なので、暗いところにも明るいところにも慣れる能力がある。

だが暗さと明るさを交互に浴びせれば、慣れさせる時間を与えないということが可能なのだ。

状況を俯瞰し、自分たちの全力を出す機会を測っていたマリアベルとエンヴィーが動き出す。

二人はここぞと見たタイミングで、空歩を発動。

宙を駆けながら、首筋のあたりから顔まで飛んでいき、そして一気に急降下。

『獲《と》った！』

『――もらった！』

体力を用い限界まで強化した『龍牙絶刀』による振り抜きが、シルバリィドラゴンの左目と右目をそれぞれ襲う。

龍は攻撃を察知し事前に瞳を閉じたが、二人の全力の一撃は龍の皮膚を貫通し瞳を傷つけた。

「guooooo……」

放置できぬような傷を多数つけられ、龍は明らかに元気を失っていた。

視界が奪われ、攻撃手段を奪われた。遁走しようと空を飛べばエンヴィーたちがたたき落とすため、今の龍は逃走手段すら奪われている。

もはやあれに伝説のドラゴンとしての威厳はなく、ただ闇雲に攻撃を繰り返すだけの魔物に成り

下がっていた。

ただ暴れるだけの魔物となれば、『辺境サンゴ』の敵ではない。

革の保存状態を気にせず全力で攻撃を続けたことで、龍は一時間もかからぬうちに息絶えた。

作戦が終わり、損害を確認する。

アンデッドはほとんど全て消耗し、魔道具はかなりの量を使い捨てた。

だがこれらは、また作ればいいだけ。

怪我をした者も多かったが、ひどい者でも複雑骨折程度。

致命傷を負ったメンバーはいなかったので、俺が回復魔法をかけるだけで元通りになった。

ただドラゴンとの攻防で、みんながつけている『ドラゴンメイル』がかなり傷ついてしまっている。修復が面倒だなぁと思いつつ、無事作戦が完了したことにホッと胸をなで下ろす。

前回とは違い、今回は俺が直接戦闘に参加せずとも無事上位龍の討伐ができた。

それだけみなの基礎能力が上がっていたということだろう。

みなの回復を終え勝利を祝ってから、くるりと後ろを振り返る。

雑木林の中には、俺たちの戦いを映し出している『通信』の魔道具と、それを動かしているスケルトンの姿があった。

さて、これで貴族連中の固い頭がほぐれてくれると助かるんだが……。

第五章 ✦ 台風の目

【side　ソルド・ツゥ・リンブル＝デザンテリア】

リンブル王国は、存亡の危機に立っている。

だがそのことを正確に理解している奴《やつ》は……いや、理解した上で奔走している奴は、全体の一割もいない。

下手をすれば明日にもこの国に翻る国旗がリンブルを示す双頭の鷲《わし》から、デザントの牙を剝《む》く獅子《しし》へすげ替えられるかもしれないのにだ！

この国のバカ貴族共は――本当になにもわかっていない！

今は国内でごたごたを起こしてる場合ではないというのに、やっていることは足の引っ張り合いばかりだ。

リンブルの狭いパイを分け合うために、あの手この手で俺――リンブル王国第一王子たる、ソルド・ツゥ・リンブル＝デザンテリアの邪魔をしてくる。

リンブルは早急にまとまり、デザントを封じ込めるためにガルシア連邦へ救援を出すべきなのだ。

デザントはバカではない。

矛先が連邦に向いている限り、新たにこちらに宣戦布告し二正面作戦をするような愚は犯さない。

連邦が戦ってくれている間は、俺たちが直接戦争をする必要はないんだぞ！

もし連邦が落とされれば、次に狙われるのはリンブルだ。

オケアノスの海上支援は、陸路を取ってやってくるデザントの侵攻には間に合わないし、戦力も限られてくる。

今ならまだ、デザントが覇を唱えることを防ぐ術《すべ》はある。

オケアノスと組めば、三方からデザントを封じ込めることができる形になるからだ。

なんとしてでも同盟を組み、こちらの技術がデザントに追いつくまでの時間を稼がなくちゃいかんのだ。

時間は俺たちの味方なのだ。

魔法技術で追いつくためにも、デザント国内の反乱の気運が高まるためにも。

デザントの魔法技術や『七師』の力は絶大だが、その分彼《か》の国はいくつもの歪《ゆが》みを抱えている。

国内にある属州民と王国民との間に広がる軋轢《あつれき》は大きい。

そしてデザント内での派閥争いは常に激しく、派閥の中でも細部に分かれて常に戦っているような魔境と聞く。

『七師』をバンバン海外へ派遣しないのも、その間に宮廷内のパワーバランスが崩れたり、暗殺や自領への虐殺が起こることを警戒してのことらしい。

『七師』は『七師』でしか倒せぬため、おいそれと動かすことができない状況なのだ。

デザントは今、自縄自縛に陥っている。

だから今こそが――リンブルが生き残るための千載一遇の好機なのだ！

同盟さえ結んでしまえば、事態は一気に好転する。

奴らがリンブル・ガルシア・オケアノスの連合同盟を破るより、こちらが向こうの属州を始めとする反王国勢力と結託し、デザントを内側から崩す方が早い。

というか俺が、早くしてみせる。

だというのにリンブルのバカ貴族共と来たら……っ！

思い出すだにはらわたが煮えくり返る。

アイシアもノヴィエも、宮廷の外に出たことがない箱入り娘だから、配下の甘言に容易《たやす》く惑わされる。下手に王位継承権があるせいで、あいつらの発言は影響力を持ってしまう。

そして今はそこを突かれ、俺率いる王党派は劣勢に陥っている。

こちらが切り崩しを考えるなら、向こうも同じ手を考えてくるのは当然のことだ。

今リンブルの国内――具体的には第一王女アイシア率いる地方分派に、明らかに不透明な金の動きがある。

とてつもない量の裏金がばらまかれ、各地で買収工作が始まっているのだ。

既に寝返っている貴族の数は両手の指では数え切れない。

俺が全てを把握できていないだけで、恐らく魔の手はリンブルのかなり深いところにまで入り込んでいることだろう。

恐らくアイシアは――既にデザントの手先になっている。

きっとリンブルをデザントが併合したら、新リンブル王国の女王にしてやるとでもそそのかされ、それを真に受けたんだろう。

あのバカが――デザントが何度約束を反故《ほご》にしてきたかも知らんわけではあるまいに。

中途半端に利口な奴が要らぬ知恵を回すのが一番厄介なのだ。

処理するのにも時間がかかるからな。

ノヴィエが旗幟《きし》を明確にしないせいで、俺はアイシア率いる地方分派に完全な優位をつけきれていない。

父である現王フリードリヒ四世が事なかれ主義なこともあって、どうにも思い通りに動けていない現状だ。

それでもできることをしようと、俺はかつての教育係でもあったアルスノヴァ侯爵と共に二人三脚で頑張ってきた。

俺たちが仕掛けていたデザントの裏切り工作や反乱支援は実を結ばなかった。こちらが提供できる魔道具などの質が、向こうが求めている水準にはるかに及んでいなかったからだ。

その分金品や美術品を使いなんとかパイプだけは作ったのだが……結局上手《うま》いこと活用できてはいない。

頭を悩ませながら焦りだけが募る日々が続いた。

けれど……転機は突然、やってきた。

アルスノヴァ侯爵の愛娘《まなむすめ》であるサクラが、デザントを追放された元『七師』と接触し、交流を持つことに成功したからだ。

アルスノヴァ侯爵が引き入れた元『七師』――『怠惰』のアルノード。

その実力は、単身トイトブルク大森林を守っていたという噂《うわさ》に違《たが》わぬほど凄《すさ》まじいものだった。

彼が率いる冒険者クラン『辺境サンゴ』は、俺たちが劣勢で防戦一方だった魔物との戦況を立て直してしまった。

魔物の脅威の大部分が消え、彼らは残敵掃討や森からの新たな侵入を警戒し、罠《わな》を張っているほどである。

魔物の数自体も順調に減っており、かつて放棄せざるを得なかった各地の危険度も減少傾向にある。防衛体制や警戒態勢が整えば、そう遠くないうちにかつての領地へ難民たちを帰すこともできるようになるだろう。

停滞していた何もかもが動き出していた。

そしてその流れを作ってくれたのは、間違いなく彼らだ。

当時の部下まで引き連れて俺たち王党派へついてくれた『怠惰』のアルノード様々である。

彼の去就は、トイトブルク大森林からの魔物の氾濫に地方分派の裏工作、弱り目に祟《たた》り目という有り様だった俺たちに現れた久方ぶりの朗報だ。

今の我々がなんとかしてリンブルをまとめるためには、彼の協力が必要不可欠だった。

王党派を纏《まと》め上げるためにも、そして地方分派を牽制《けんせい》するためにも。

だから俺は、危険だとしきりに言ってくる周囲の奴らを無視して、行ってみることにしたのだ。

――『辺境サンゴ』が行うという、戦闘映像のお披露目会というやつにな。

まず最初に驚いたのは、行われるドナシアを囲む外壁だ。

俺が想定していた物より、ずっと立派な物が築かれている。

魔物の侵入も防げそうなほど堅牢《けんろう》で分厚く、焼きしめられた杭《くい》や壕《ごう》によって何重にも侵攻を阻止するための罠が張り巡らされている。

見れば見たことのない魔法生物が、土木作業を手伝っていた。

聞けばあれは、アルノードの部下が作ったミスリルゴーレムなのだという。

ゴーレムの作成ならば問題はないだろうが、あのサイズ、そして素材にミスリルを使っているとなると……果たしてうちの宮廷魔導師で、再現できる者がいるかどうか。

門を抜けてみると、ドナシアの街は少し前まで魔物たちの侵攻に怯《おび》えていたとは思えぬほどに明るい雰囲気だった。

外壁と『辺境サンゴ』が供与した魔道具、そして兵士や冒険者たちによる魔物狩りが進み、以前のような魔物の被害を受けることがなくなったのが原因だろう。

大量に狩りすぎてしまうせいで、魔物の素材がだぶついているほどだった。

見れば遠方へ向かう大量の馬車の群れがある。

各地からの名産品も届いており、物の行き来はかなり頻繁になっているようだ。

不安は払拭され、失った領地もそう遠くないうちに戻っていくだろう。

道中の魔物による襲撃にも対応が可能になり、余所《よそ》へ行く場合はずっと安心に商売ができる。

そんな希望的観測と『辺境サンゴ』によってもたらされたデザントの魔法技術、そして魔物の素材によって経済は非常に活発化していた。

「これは……特需が来るな。今のうちに俺たちも、一枚噛《か》ませてもらうか」

「もしやるのなら、魔法技術の方でしょう。特許や機密関連のことは、国がまとめた方が上手く回ります」

「うちのシンパに回し、地方分派の奴らには情報を差し止める。向こうが焦って手を出してきても大義名分ができてよし、何もしてこぬなら技術格差が広がってよし。どちらに転んでも、悪いようにはならないな」

街を歩きながら、俺の政治顧問である政務官のネッケルと話し合う。

こいつも俺と同じで、何事も現場を見なければと考えるタイプの男だ。

神経質で細かいが、俺が大雑把な分こういう奴が近くに居た方がバランスが取れる。

それにしても……話に聞くのと、実地で五感で感じるのとではやはり大きく違う。

郊外でも大して栄えていなかったはずのドナシアでこれならば、他の街ならば繁栄の規模が更に大きくなっていることだろう。

今まで東部に金が落ちてこなかったのは、魔物の襲撃というリスクがあったからだ。

だがそれがなくなった以上、今後東部は栄えていく。

強力で稀少《きしょう》な魔物の素材が回るようになれば、ここは言わば開かれたダンジョンのような形で、魔物の素材の一大供給地点となってくれるだろう。

我らの金回りがよくなったのなら、鼻薬を嗅がされているうちの貴族たちもなんとかできる。

『辺境サンゴ』がもたらしてくれたのは、純粋な戦闘能力だけではない。

魔法技術、そして更には経済的な利益まで。

ここまでされれば、リンブルとして彼らに応えないわけにはいかない。

貴族位程度、惜しくはない。既に防衛時に当時の貴族たちはほとんどが討ち死にしてしまっているため、ここら一帯の土地の譲与に文句をつける者もいないしな。

この防衛線より東、未《いま》だ人の住んでいない領域を、まるまる辺境伯領として認めるのが得策だろうか。

「どうやら彼らは、自分たちが邪険にされなければそれでいいようです」

「……なんだ、それは。これだけのことをされて、どうして粗雑に扱えようか」

「デザントでは功績を横からかすめ取られ、苦労していたようなので……」

「なんと、デザントの奴らの目は節穴か!?」

アルノードは貴族位を求めていないようだ……どうやら彼に権力欲はないらしい。

だが何もしないというのも王家の面子《メンツ》的にマズい。

では一度……それこそ龍の討伐をこの目で確認してから会って話してみるとするか。

俺が来た一番の目的は、この機会にアルノードと面識を持つことなのでな。

にしてもお披露目会とは言っても……果たしてどうやって、俺たちに戦いの様子を見せるつもりなのだろうか？

案内されて向かったのは、ドナシアにある代官の屋敷だった。

パーティールームへ入ると、俺を含む王党派の重鎮たちが揃《そろ》っている。

だが、中には既に地方分派に鞍替《くらが》えしている奴らもいるな……なるほど。

地方分派の奴らにも、アルノードと『辺境サンゴ』の力を見せつけておこうというアルスノヴァ侯爵の粋な計らいということか。

「あれは何をやっているのだ？」

「とある魔道具の調整にございます、殿下」

「魔道具……？」

アルスノヴァ侯爵と俺が見つめるその先には、何やらデカくて黒い箱が置かれている。

その奥の方で五人ほどの魔導師然とした者たちが、何やらその箱を相手に悪戦苦闘している。

いったい何をしているかはわからないが、彼らの顔つきは真剣だった。

侯爵に聞いてものらりくらりとかわされ、答えは教えてもらえない。

ここから別の場所へ移動するのだろうか。

周囲にいる貴族たちに挨拶をこなしてからしばらくすると――いきなり室内が暗くなった！

すわ暗殺かと俺を含めたみなが恐慌を起こしかける中、一人落ち着いているアルスノヴァ侯爵の低くよく通る声が響いた。

「安心してくだされ、みなの衆。これは今から使う魔道具のために必要な措置でしてな」

「ほう……いったい何が起こるのか、楽しみに待たせてもらおうではないか」

「殿下が期待している以上の物をお出しできるとお約束致しますよ……シュウ、準備の方はどうか？」

「できたので起動します――スイッチ、オン！」

ブワン、と虫の羽音を大きくしたような音が聞こえたかと思うと次の瞬間には――室内に何かが、浮かび上がっていた。

そこに映っているのは――ドラゴン。

見るだけでどこか神々しさと怖気《おぞけ》を呼び起こす、ただならぬ雰囲気を持った個体だった。

一瞬緻密に描かれた絵画かと思ったが、そのあまりのリアルさに即座に否定する。

ドラゴンがまばたきをしたことで、これが今まで見たことのない何かであることがわかった。

「これがこちらにいるシュウが開発した新たな『通信』の魔道具――『通信箱』でございます。この映っている像……映像は、向こうにいる『辺境サンゴ』の『通信箱』と繋《つな》がっており、リアルタイムのものが投影されております」

「は、はは、なるほど……これは度肝を抜かれたな」

遠くの様子を見る遠見の魔法クレボヤンスは、術者にしかその映像を投影しない。けれどこの魔道具であれば、たとえ魔法の心得がないものでも遠距離の映像を見ることができる。

これは正しく――革命だ。

従来の情報伝達そのものに、凄まじいまでの影響を及ぼすだろう。

この魔道具があれば、戦況をリアルタイムで知ることができる。

伝令兵というものは、なくなるかもしれない。

……今回はそういう場ではないというのに、つい戦時利用について頭がいってしまうな。

もうこれは、職業病と言ってもいいかもしれない。

思考を巡らせながら映像を見続けていると、そこに変化が生じる。

いくつもの人影が映り、ドラゴンが応戦を始めたのだ。

当初予定していた『辺境サンゴ』とドラゴンの戦いが始まったのである。

だがこの目で見たものを戦いと呼ぶことは、間違っているように思える。

俺にはそれは、蹂躙《じゅうりん》や弱い物イジメにしか見えなかった。

見た瞬間気圧《けお》されたほどのドラゴンが、一騎当千の猛者たちによって傷つけられ、スケルトンたちの自爆特攻により怪我《けが》を負い、飛ぼうとすれば拳打によって地面へと縫い付けられる……これをいったい、なんと表現するべきか。

あれほど大量のアンデッドを使役すること、アンデッドたちそれぞれに持たせることができるほど大量の魔道具。

一人一人がドラゴンに手傷を負わせることができる手腕を持つ優秀な配下たちに、それらを統率しドラゴンに深い傷を負わせていた何人もの豪傑たち。

それら全てが、俺には絵巻物の中の出来事にしか思えなかった。

しかし、これは――紛れもない現実だ。

そして更に恐ろしいことに——この戦いに、アルノードは参加していない。

つまりこの戦いは『辺境サンゴ』にとって、彼自身が参戦する必要のないレベルのものでしかないのだ。

「アルノードを、絶対に敵に回すわけにはいかないな……」

「殿下もこうして映像を見てわかっていただけたと思います。果たして彼らがいったいどれだけ規格外なのかを」

「ああ、本当ならこの『通信箱』だけでも十分なインパクトがあったというのに……あの戦闘の様子を見せられては、それさえ霞《かす》む。とにかく『辺境サンゴ』に対しては十分な礼を尽くそう」

「賢明な判断にございます、殿下」

これだけの力を見せられてなお、アルノードに対して冒険者だのデザントのスパイだのと言うバカな奴らもいるのには呆《あき》れるしかない。

侯爵に聞けばこのデモンストレーション自体がそういった貴族を納得させる側面もあるということらしいが……自派の人間のオツムがそこまで弱いとは、また新たな頭痛の種が増えそうだ。

他の奴らは俺が黙らせよう。

『辺境サンゴ』がやりたいようにさせるのが、絶対に一番いい。

侯爵の娘御たちを経由して、軌道修正くらいはさせてもらうがな。

なにせ彼らは、リンブルのために動いてくれているのだから。

何よりも第一に、機嫌を損なわせてはいけない。

現状では『辺境サンゴ』なくして、魔物の進軍を抑える術はないのだから。

彼らに負担が行きすぎないよう、リンブルの国軍もある程度の軍を出す必要があるだろう。

……地方分派の中でも浮いている奴らをこちらに寄せて寝返らせるか。

あらゆるものがこの激動の中で動くだろう。

俺はなんとしてでも、この波を乗りこなさなくてはいけないな。

だがそのためにはまず……。

「これからあの軍隊を従えている元『七師』と会うんだよな……侍医に胃薬を用意してもらうとしよう」

「賢明な判断にございます、殿下」


「伝令！　第三から第七辺境大隊、壊滅！」

「新たに徴兵した属州兵たちが、命令を聞きません！　懲罰である十分の一刑の執行の際に反乱が勃発、トイトブルク近辺での命令系統は完全に麻痺《まひ》しております！」

「『七師』ヴィンランド卿《きよう》重傷！　戦線離脱により戦況悪化！」

『七師』アルノードを追い出してからというものの、デザント王国が東部からもたらされる情報は悪化の一途を辿《たど》っている。

戦況のあまりの悪さに、デザント国王ファラド三世は頭を抱えていた。

「クソッ、あのバカ息子のせいで散々だ！　これでは王位を譲ることもできやしない！」

第二王子であるガラリオが自らの勢力を強めるためにアルノードを追放したことを、恨んでも恨みきれない。

アルノードが大隊を率いほぼ彼の手勢だけで防衛を完遂していたことをファラド三世が知ったのは、既にガラリオを出家させバルクスの街のいくつかが陥落してからのことであった。

「いったいアルノードは、どのような手段を使い防衛を完璧に行うことができていたというのか……」

『七師』アルノードが開発、設置していた魔除《まよ》けのための各種魔道具は、第三十五辺境大隊の面々がどさくさ紛れに回収してしまっていた。

魔物避《よ》けのポプリも既に効果は切れており、今ではトイトブルク大森林からひっきりなしに魔物が攻め立ててくる状況だ。

これらを一から開発しようとするのは難しい。

トイトブルクの生態系に詳しく、それに合った素材や触媒の選定ができる人材は既に国内にはいない。今から研究開発を行うことには多大な困難が予想された。

「ヴィンランドも使えん男だ。自信満々にやって、すぐさま大怪我を負うとは」

自分ならアルノードがやっていたことを、より高い水準でやってのけると豪語していた新たな『七師』であるヴィンランドは、アルノードが収束させた魔物の軍勢《スタンピード》の余波を食らっただけで手勢を半壊させ、本人も重篤となっている。

既にバルクスではいくつもの街が失陥しており、被害は甚大であった。

天領の失陥は、そのままファラド三世の失政とみなされる。

既に国内のいくつかの属州では、バルクス防衛のための徴兵による反感もあり、反乱の気運が高まっている。

「だがこれだけで潰れるほどデザントは弱くない。『七師』クックと彼の重装魔導騎士派遣で、侵攻自体は食い止められている。このせいで連邦への侵攻も遅くなる……デザントの軍事は完全に停滞してしまっているぞ」

だがファラド三世も、彼に付き従う軍務大臣フランツシュミットも決してバカではない。

彼らは自分たちにできる最善手を打ち、一応現状を停滞にまで持ち込んでいた。

属州の反乱の気運や貴族たちの王家への侮りを払拭するため、軍務大臣であるフランツシュミットは彼の私兵と王国兵を連れ視察へと出向いている。

バルクスは東の半分ほどを完全に放棄し、縦深防御の要領で魔物を領内深くまで入れ、魔物同士に縄張り争いをさせるやり方で強引に勢いを殺していた。

そこから浮いた魔物を狩るだけならば、『七師』クックなら損害なく防衛が可能な状態である。

だが、予断を許す状態でもなかった。

とにかく連邦との戦いを早期に終結させ、バルクス防衛と治安維持に回さなければデザントの屋台骨が揺らぎかねない。

「しかし連邦相手に戦線を開いている今、リンブルと仲違《なかたが》いをするわけにはいかない……地方分派への献金を引き上げ、友好ムードを演出する必要があるな。何せあの国には、私たちが身を引き裂いてなんとかしている魔物の侵攻を単身で抑えていた元『七師』のアルノードがいるからな」

ファラド三世にとって今や、リンブルはボトルネックになっていた。

リンブルがもし連邦やオケアノスと結託し新たな戦争の引き金を引いたのなら、デザントはいよいよ危なくなってくる。

リンブルには何よりも友好を示す必要がある。

「わ、私がですか……?」

「ああ、その通りだ。プルエラには是非、両国の親善の証《あかし》としてリンブルに表敬訪問をしてもらいたい」

「で、ですが私にそんな大任は……」

「向こうにはアルノードがいる。お前は彼に会いたくはないのか？　折角の礼を言うチャンスだぞ」

「――行きます、行かせてください、お父様」

ファラド三世はプルエラにリンブル訪問を命じ、彼女はこれを了承した。

相互不可侵条約を結んでいるリンブルもこれを拒否することはできない。

その場には必ず、アルノードが出てくるだろう。

そこでプルエラがアルノードをこちらに引き込むことができれば、それが最上だ。

(リンブルにアルノードがいる……それ自体が何よりの問題だ。あやつがいるだけでリンブルの魔法技術は進み、魔道具は整備され、トイトブルクの魔物の脅威が消える。あいつさえいなくなれば

……リンブルも下手な野心は抱かなくなる。何かを言われたとしても、『七師』に広域殲滅《せんめつ》魔法を数発撃ち込ませれば黙るだろう）

プルエラには本当の目的は伝えず、彼女には純粋にアルノードへ自分の持つ思いを伝えろとだけ言っておく。

ただしファラド三世の策略は、それだけでは終わらない。

「ようやく俺の謹慎を解く気になったのか？」

ファラド三世が謁見の間に呼び出したのは、一人の男である。

真っ赤な髪と瞳、そして獰猛《どうもう》な犬歯が特徴の男だ。

彼はキツい視線を王であるファラド三世にも向ける。

誰であろうと噛みつこうとする、正に狂犬のような男であった。

「待て、そう逸《はや》るでない――『七師』ウルスムスよ」

ファラドに対してもまったく物怖《ものお》じしないその男こそが……『七師』が一人、『強欲』のウルスムスと呼ばれる男である。

彼はデザントが忙しいこの時局にも、まったく動くことはなかった。

ウルスムスは『七師』でありながら、現在謹慎中の身だったからである。

その理由は――停戦後に起こした虐殺。

ウルスムスは現在では属州となっているゲオルギアとの戦争において、捕虜や味方を含める延べ五万人以上の人間を広域殲滅魔法で焼き殺した。

今までの功績と相殺ということで爵位の没収こそされなかったものの、長い期間屋敷を出ることすらできない状態が続いていた。

ここ数年の間は彼が勝手な行動を取らぬよう、王都に『七師』を常に一人ないし二人置いておかねばならなかった。

『七師』を頻繁に派遣できぬ理由はいくつかあるが、王都に複数人の『七師』を滞在させねばならない最大の理由は、このウルスムスの存在だった。

「ウルスムスよ、長い蟄居《ちっきょ》にも飽きたであろう。もし良ければ物見遊山でもいかがかな？」

「あはっ、俺を出してくれるのか？　それなら喜んで行かせてもらうが」

「隣国リンブルなどどうかね。ちょうど我が国を抜けた元『七師』のアルノードもいるのだが」

「アルノード……あのいけ好かねぇ野郎か」

ウルスムスは元々トリガー公爵家の次男である、由緒正しき血統の持ち主だ。

彼は強い選民思想を持ち、孤児でありながら『七師』の座についているアルノードのことを何よりも嫌っていた。

「俺に何をしろと？」

「今から私は独り言を話そう。それを聞こうが聞くまいが、お前の自由だ」

あらかじめ予防線を張りながら、ファラド三世はウルスムスを見据える。

無論彼は、アルノードへ抱く敵意を理解した上でウルスムスを呼んだ。

そう、全ては――リンブルのこれ以上の伸張を防ぐために。

「アルノードを――殺せ」


デザント王国の歴史は侵略によって紡がれている。

彼の国は優れた魔法文明を持ち、周辺国を併呑《へいどん》しながらその版図を広げていった。

デザントはその国内の地域を三つの区分によって分けている。

まず一つ目は王国区、これは元来デザントであった地域である。

領都デザントリアから四方へと延びている区域だが、大きさ自体はそれほどでもない。

ここに元から住んでいた民は王国民とされ、国民権と呼ばれる各種免税特権や施しの麦を受ける権利を持つ。

国民権を持つ限り、人は飢えずに生きることができる。

続いて二つ目は同盟区、これは元来デザントと仲が良かった地域を指す。

デザント王国の周囲に飛び飛びになっている場所が多く、デザント王国の中でもリンブルやガルシア連邦に近い場所にはあまり存在していない。

それはこの同盟区が、元はこのユグド大陸における国家間戦争の過程で、デザントが作ってきた同盟に由来しているからである。

デザントは地理上、周囲に自領よりも大きないくつもの国があった。

デザントはそれらの国と時に組み、時に争ってきた。

同盟区はその中でも、デザントと争わずに組むか下ることを選んだ地域の集まりと言える。同盟区に住まう人は、制限付き国民権を付与される。

免税特権等はほとんどないが、最低限度の生活だけは保障される。

同盟区に住む人間に、デザントに否定的な人間はあまり多くはない。

そして三つ目が、属州区である。

これはデザントと戦い下されるか、デザントが同盟区として遇する必要がないと決めた弱小国や地域の成れの果てだ。

属州に暮らす属州民には国民権はなく、彼らは二等臣民として各種権利を持たない。

徴兵されても仕事に就いても、彼らは安い賃金で扱《こ》き使われることが多い。

生活の保障もなく、彼らが国民権を持つには三十年以上の軍属か国家への貢献が必要だった。

属州民は、常にデザントに対する隔意を抱えている。

本来有った文化を破壊され、デザント式の生活を強制される。

『七師』を始めとした強大な戦力を持つデザントに強引に頭を押さえられている状況に、満足している属州はほとんど存在しない……。

「ふむ……では未だ時は満ちてはいないか」

暗がりに一人、部下の報告を聞き腕を組んでいる男がいる。

その顔には横一文字に大きな傷痕が残っており、その身長は優に二メートルを超えている。鋼のような肉体を持ちながら、彼の持つ雰囲気はどこまでも静謐《せいひつ》だった。

「はっ、ですがバルクスでの魔物の侵攻騒ぎの意義は大きいです。あれでデザントの戦闘能力を疑う者たちが明らかに増えています」

「元『七師』アルノード……あまり有名ではないが、有能な人間だったのだろうな。地味な活躍は、評価されぬのが常だ」

ここは属州ゲオルギア――かつて『七師』ウルスムスによって停戦後に多数の兵士を殺されたあのゲオルギアである。

部下の報告を聞く男の名は、グリンダム・ノルシュ。

かつてゲオルギアがまだ独立国家だった頃、『不屈』の名で親しまれていた英雄である。

ゲオルギア公国において、彼は万夫不当の気力使いとしてその名を馳《は》せていた。

ゲオルギアの民の心は、決して折られてはいなかった。約定を違え何万もの命を奪ったデザントに対する敵意は、薄まるどころか日増しに強くなっているほどだ。

「既にプロヴィンキア・ユシタ・エルゴルムは我らと同じ考えのようですが……」

「――まだ、だな。デザントの支柱は未だ健在だ」

現在デザントに属州は八つある。

そしてゲオルギアを含め、既に半数である四属州は着々と反乱・独立の準備を整えていた。

しかし彼らだけでは、デザントから勝利をもぎ取ることは難しい。属州民には強大な気力の使い手は多数いるが、魔法技術に関してはかなり後れを取ってしまっているからだ。

そのため装備と総合的な戦闘能力の差で勝てない。

また『七師』と戦って勝てる可能性はかなり少ない。

そして『七師』を殺せずに逃がしてしまえば、国そのものの維持すらできなくなる可能性がある。

戦闘に関しては、完全に八方塞がりといってよかった。

猛者だけでは、デザントの魔法文明には勝てない。

デザントの覇は、個人ができる限界をも示していた。

現状、ゲオルギアは他の属州との接触を控えている。

行った密約がいかなる方法によって盗み見されるかわからぬためである。

他の属州も似たような考えを持っているようだった。

何かあれば反乱を起こせるよう機会を窺《うかが》っているというのも、ゲオルギアと同じだ。

「だがこれでリンブルと繋がる芽ができた。元『七師』のアルノードを経由すれば、俺たちの目論《もくろ》見《み》がバレることもないだろう」

他国と連携してことにあたろうというのがグリンダムの基本方針だ。

しかしここでもデザントとの技術格差のせいで、ことが露見してしまう可能性があるために大胆な行動に出ることができないでいる。

だがリンブル王国に元『七師』のアルノードがついたことで、形勢が動いた。

リンブルとどうにかして渡りをつけることができれば、アルノードの持つデザントの技術を貸してもらうことで、目論見を看破されることなく連携を深めることができる。

更には他の属州と繋がることのできる可能性も生まれてくる。

「なんとしてでもアルノードと連絡を取る必要があるな。……よし、俺が行こう」

「なっ!? グリンダム様が直接出向かれる必要はありません！ あれさえ使わせてもらえるのなら――」

「何か胸騒ぎがするのだ……こういう時の俺の予想は、外れたことがない」

こうしてゲオルギアの重鎮、『不屈』のグリンダムは単身動き出すことを決める。

今やリンブルは、ユグド大陸の台風の目となり始めていた――。


デザント王国を南に進めば、そこはガルシア連邦の領土である。

ガルシアの自然環境は、それよりも北に位置するどんな国とも異なっている。

四季はなく、どんな場所も常に生き物に牙を剥くような厳しい気候をしている。

鼻水が凍り、定期的に足を動かさねば凍傷で切断を余儀なくされるような氷雪エリア。

定期的に火山が噴火し、火山灰が降り積もり、まともな農作物が育たない活火山エリア。

常に太陽が沈んでいるエリアもあれば、砂漠地帯も存在している。

このような場所でもなんとか暮らしてきたのが、ガルシア連邦を構成する八つの国家だ。

連邦は現在、デザントと戦争状態にある。

彼らは力を合わせ、デザントに対し北部に長く続く砂漠エリアでゲリラ戦を敢行。天候に慣れた現地兵を用い相手の物資を焼き、夜襲で睡眠を削り、デザント側の士気を削《そ》ぎ続けてきた。

しかしこのような捨て身の作戦は、戦争の勝敗を曖昧にすることしかできない。

時間が経《た》つごとに国も民も疲弊し、その負担は他の七ヶ国へとのしかかる。

今はデザント憎しでまとまってはいるが、連邦もまた決して一枚岩ではない。

このままではもたないか……そう悲観していた彼らは、急にデザント側の攻勢が弱まったことに気付く。

そしてガルシア連邦の上層部は調査の結果を聞き、その理由を知ることになる。

「なるほど……トイトブルクの魔物の氾濫に追われているというわけだな」

「リンブルのようになったということですね」

ガルシア連邦の名は、八つの国名の頭文字を取ったことに由来する。

八ヶ国の中で盟主とされているのは、garushia のうちの g――ガンドレア火山国。

今そのガンドレアにおいて、国の代表が集まり行われる連邦議会が開かれていた。

各国の重鎮たちは、密偵の調査により、デザントの攻勢が収まった理由が彼の国が東方からの魔物の侵攻と国内での統制から回復するためだと知る。

「しかしそこまで凶悪な魔物をどうやって今までは封じ込めていたというのです?」

「どうやら一人『七師』を放逐したようで、その穴を埋め切れていないようです」

「なんと！　今すぐにでも我がアンドルーに招待状を――」

「狸爺《たぬきじじい》、もう遅いのですよ。リンブルに持っていかれちゃったみたいなのです」

「畜生、あいつら上手くやりやがったな！」

きっと初めてこの会議を見た人間がいるとすれば、そのあまりの多様性に驚くことだろう。

髭《ひげ》を生やしたずんぐりむっくりな体型をしたドワーフ。

長い耳を持ち、恐ろしいほどに整った顔をしたエルフ。

そしてその隣にいるのは、浅黒い肌と長い耳をしたダークエルフ。

ぺたんと垂れた狸の耳を持ち、小さな眼鏡を鼻の上に乗せる獣人。

尻尾を生やし、腹部の怪しげな紋章が丸見えになっている露出度の高い魔族の女性。

無論、中には普通の人間もいる。

しかしそのうちの過半数が、非人間種によって構成されていた。

ガルシア連邦とは、現在のユグド大陸においてあらゆる種族が結託し作り上げた、彼らにとっての楽園である。

その中には、人間種も含まれている。

自分たちは人間と同じことはしないと、亜人たちは逃げ込んできた人間種を同胞として受け入れてきたからだ。

連邦に住まう民たちは、肥沃な土地を追い出され、結果として厳しい気候の中で生きていくことを余儀なくされてきた。暮らしぶりは決して楽ではなかったが、この場所は他の国に侵害されることのない彼らにとっての聖域だったのだ。

彼らが徹底抗戦を行いデザントに下らない理由は、その歴史を紐解《ひもと》けば簡単にわかる。

デザントにいる非人間種の扱いは、属州民よりなおひどい。

まともに暮らせている亜人たちは、全体の一％もいないだろう。

デザントは多神教であり宗教的な排斥はない。

だが人種差別は歴然と存在しており、見た目が明らかに違う彼ら亜人に対しては常に冷たい態度を取り続けており、奴隷になっている者も多かった。

「魔の森の魔物ですか……いったいどれほど強いのでしょうか」

「我ら連邦の東側に霊峰ヌンがあって助かりましたなぁ」

「然《しか》り、正しく霊験あらたかな聖山であるな」

トイトブルク大森林の魔物は連邦には入ってこない。

連邦と森を繋ぐ経路には、霊峰ヌンと呼ばれる特殊な山が横たわっているためである。

どういうわけかヌンは天然の魔物避けとなっており、魔物はヌンの近くに近付いてくるようなことはない。

「しかし攻勢は弱まっただけ、あちらさんはまだまだ攻めてくるつもりのようだけど？」

「リンブルとオケアノスの返答はどうなのだ？」

「……芳しくないですね、どこも静観しているだけです」

「うちは僻地《へきち》ですし、外交文書を出すのにも一苦労ですからねぇ……」

ガルシアはゲリラ戦や焦土作戦を行いながら、なんとかして他国と繋がりを持てないかと画策してきた。

リンブルやオケアノスが戦端を開いてくれれば、デザントもガルシアにだけかかずらっているわけにはいかなくなる。

三方からデザントを囲い込み、属州の反乱を起こすことで内と外からデザントを壊す。

これが現在のガルシアがデザントに勝てる、ほとんど唯一の手段であった。

「未だ機は熟せず、か……」

「……」

皆が暗い顔をしながら黙り込む。

ガルシアの未来は、未だ先の見えぬ深い闇の中にあった――。


海洋国家オケアノスは、ここ百年ほどユグド大陸へ兵を下ろしたことはなかった。

それはオケアノス中興の祖と呼ばれるヘグディア二世の遺言に端を発している。

「我らが選ぶのは泥沼の戦争ではなく、栄光ある孤立である」

彼の下、オケアノスは今までの外交戦略を一変させた。

彼らは侵略し、橋頭堡《きょうとうほ》を築き、自国から離れた領土を得ようとすることをやめた。

そしてとにかく陸軍を削減し、海軍を増強した。

結果としてオケアノスは大星洋の海上交易を独占し、海の支配者となった。

大国デザントですら、海上においてはオケアノスの機嫌を伺わなくてはならない。

彼らは国としての規模は比較的小規模でありながら、その特異性と外交戦略によって栄えることに成功したのである――。

オケアノスは、元は海を渡り逃れてきた異教徒たちによって建設された宗教国家である。

そのためこの国は『星神教』と呼ばれる一神教を国教と定めており、オケアノスの民はほぼ全てこの宗教を信仰している。

国家元首である国王は『星神教』の代弁者であり、同時に守護者でもあり、神から統治の正統性を授けられた神授王権を持つ聖者でもあった。

オケアノスの王家であるシュトゥツァレルン王朝の血統を持つ人間は、すべて聖者として列される。

その中に、時折とある魔法適性の高い女子が生まれることがある。

王家に連なる者しか使えぬ、オケアノスそのものを意味する魔法の使い手であるその人物は、こう呼ばれる。

――『オケアノスの聖女』と。

「海風が心地いいですね……」

一人の少女が、磯《いそ》から吹く風に髪を揺らしながら、大星洋を眺めている。

金の髪がたなびき、ロングスカートがふわりと浮かぶ。

海に近いからか、海岸線には時折強い風が吹く。

彼女はその打ち付けるような強風が嫌いではないようで、柔和な笑みを浮かべている。

「ひ、姫様っ！　危のうございます！」

その少女を追いかけるようにやってきたのは、一人の女騎士だ。

赤銅色の髪をポニーテールにして結んでおり、オケアノスからしか産出しないマジックレアメタルであるオーシャンミスリル製の甲冑《かっちゅう》に身を包んでいる。

戦闘中ではないからか、兜《かぶと》は小脇に抱えられていた。

「平気ですよ。昔はよく海辺で遊んでましたから」

「ひ、姫様っ!?　それは――」

「……わかっています、エスメラルダ。大丈夫です、今周囲には誰も居ません」

金切り声を上げる女騎士エスメラルダに笑いかけてから、姫と呼ばれた少女――『オケアノスの聖女』、アウレリア・ツゥ・バーベルスベルクは再度海を見つめる。

その顔はどこか寂しそうで、儚《はかな》げだった。

アウレリアには、出生に関わるとある秘密がある。

オケアノスでも五人も知らぬその秘め事は、彼女が『オケアノスの聖女』である限り、他の誰かに打ち明けてはならない。

彼女が本当は――公爵家の病弱な娘アウレリアではなく、ただのレリアだということは。

「アウレリア様……」

「二人きりの時くらい、レリアと呼んでください。私も本当の名前で呼ばれた方が嬉《うれ》しいですし」

「で、ですからっ――」

目を白黒させているエスメラルダを落ち着かせながら、アウレリアは一人空を見上げる。

彼女が時折思い出すのは、自分の義理の兄のことだ。

まったく血はつながっておらず、ただ同じ施設で育っただけ。

ただ自分にとっての家族は、今も昔も彼一人だけだった。

魔法の才能があるからと、とある魔法使いの弟子として働きに出てしまい、それっきり連絡は取れていない。

また会うことはできるのだろうか。

いや……会ってどうするというのだろうか。

今ではもう、何もかもが変わってしまったというのに。

「アル兄ちゃん……」

「……何かおっしゃられましたか？」

「いえ、なんでもありません。少し寒くなってきました、離宮に戻りましょう」

「お供致します」

アウレリアは離宮へと戻り、茶会の準備を整えることにした。

オケアノスは海洋国家であり、大陸の情報が届きにくい。

更に離宮暮らしで、そもそも俗世の情報に疎い彼女は知らない。

自分と兄との再会が——そう遠くはないということを。

エピローグ

装備の点検とみんなの健康チェックを終え、ドナシアに戻る。

事前にシュウたちに魔道具のお披露目会をしていた会場を聞いていたので、みんなを掘っ建て小屋に押し込んで一人で向かった。

衛兵の誰何《すいか》を終え中に入ると、俺が見たことないおっさんが居た。

彼は俺の姿を見つけると、小走りで駆け寄ってくる。

周囲の人間の反応からして、ここにいる人たちの中ではかなり一目置かれているようだ。

「よぉ、お前がアルノードか。戦いは見させてもらったぞ、よろしく頼むな」

「はっ……アルノードと申します。今は冒険者クラン『辺境サンゴ』のリーダーを務めさせていただいております」

「ああ、そういう堅っ苦しいのはいらない。そういえば名乗ってなかったな、俺はソルド。ソルド・ツゥ・リンブル＝デザンテリアだ」

「――っ!?」

名前を聞いて、俺はビビった。

この人――王党派のリーダー、第一王子のソルド王太子殿下じゃないか！

アルスノヴァ侯爵の上司にあたる次期国王だぞ!?

なんでこの人がこの場にいるんだろう。

偉い人っていうのはなんかこう……もっと後ろの方で腕組みしてるイメージがあるんだが。にしてもまったく聞いてなかったぞ……アルスノヴァ侯爵のサプライズなんだろうか。

「失礼しました、まさか殿下がこの場におられるとは思わず」

「ああ、他の奴《やつ》らには反対されたからお忍びで来た。多分王宮に戻ったら、侍従長にこってりしぼられるだろうな」

そう言って笑う殿下は、いたずらに成功した子供のような無邪気な笑みを浮かべている。

年齢は既に三十を超えているはずだが、実年齢よりずいぶんと若く見える。

「東部領土の魔物の掃討はずいぶん進んでいると聞く。実際のところはどんなもんなんだ？　張本人であるアルノードからの話が聞きたい」

「難敵は掃除しましたので、あとの魔物たちはそこらにいる魔物より少々強い程度かと。私たちの魔道具を使っていただければ、防衛は十分に可能だと思います」

「ほう、では報告通りそこまで進んでいるのか。そう遠くないうちに領地を奪い返すことができそうだな、その時にはまた戦働きをしてもらうことになるかもしれんが、よろしく頼む」

「御意に」

殿下が来たのは俺たちの戦力確認と、ここらへんの実地での調査のためってところか……。

たしかに一クランに戦闘を任せきりではよろしくない。

向こうもできれば、さっさと自分たちで守れるようにしておきたいんだろう。

俺も同じ考えなので、もう少し魔道具造りのペースを上げるか。

しなくちゃいけないこともまだまだ沢山あるから、誰かに任せられる部分は任せてしまいたいしな。

「これから我ら王党派は躍進する！　一層の奮起を期待するぞ！」

みなに演説をぶっているソルド王太子殿下は様になっていた。

王の器があるかどうかとかは俺にはわからないけど……統治者としては、そう悪くないんじゃないだろうか。

真《ま》っ直《す》ぐで、頼もしく、人に頼ることを知っている。

良い王様の条件を兼ね備えている感じがするぞ。

ファラド三世みたいな腹芸はあまりできなそうだけど……そこは配下が補えばいい。

アルスノヴァ侯爵とソルド殿下のコンビは、少なくともリンブルを率いることができるだけの牽《けん》引力《いんりょく》がある。

——与《くみ》すると決めたのが、王党派で良かったな。

俺の帰還後は討伐のお祝いと決起集会を兼ねたパーティーが始まる流れになった。

『辺境サンゴ』のみんなも、全員とかじゃなければ連れてきていいらしい。

きっと喜ぶぞ、あいつら。

俺はるんるん気分で、みなの下へと向かっていく——。

あとがき

はじめましての方ははじめまして、そうでない人はお久しぶりです。

しんこせいと申す者でございます。

最近、ありがたいことに忙しい日々が送れています。

やらなければならないことをこなしているうちに、気が付けば日が暮れて夜になっている毎日です。

やりたいこと、やらなくちゃいけないこと、やりたいけど難しいこと……色々なものに優先順位をつけるというのは、本当に難しいです。

もう本当に、社会というのは難しいことだらけです。

大学受験の頃の方がやることが明確だった分、わかりやすかったように思えます。

大人の世界ではごく一部の難関資格を除けば、偏差値を上げてもそれがお給料に反映されるわけではないのがキツいですよね。

一番有能な人がトップに立つというわけでもなければ、言われていた内容と違う業務内容に頭を悩ませることも多いのも闇が深いです。まあ一番大切なのが対人コミュニケーション能力なので、少し考えれば納得はできるんですが。

けれど、国外に出るつもりがない以上この日本で生活していかなくちゃいけないわけで。

お酒を飲んだり何かにお金を使ったり、本を読んだりして日々のストレスを発散して生きていくしかないですよね。

今作『宮廷魔導師、追放される』がストレス社会で生きるあなたの一服の清涼剤となりましたら、それに勝る喜びはございません。他にも色々と出しているので、是非読んでみて下さいね！（自然なダイレクトマーケティング）

不遇だった男が隣国で一旗揚げる、地味だけど実はすごい男の成り上がり英雄譚《たん》をぜひお楽しみ下さい。

今作はコミカライズも決定しております。

詳細は僕もまだ知らされておりませんが、漫画となって動くアルノードたちを是非楽しんでいただけたらと思います！

最後に謝辞を。

今作を目に留めてくれた編集のSさん。同じくオーバーラップさんから出している『豚貴族』共々お世話になっております。できれば今後とも末永くよろしくお願いします。

美麗なイラストで本作に彩りを加えてくれたろこ様。正直今まで一緒に仕事をしてきた方々とはまた毛色が違う感じのイラストで、上がってくる度に自宅で叫んでおりました！

引き続きよろしくお願いします。

そして何より、ここで今この本を手に取ってくれているそこのあなたに何よりの感謝を。

この物語があなたに何かを与えることができたら、物書きとしてそれに勝る喜びはありません。

それではまた、二巻でお会いしましょう。

OVERLAP NOVELS

宮廷魔導師、追放される 1

～無能だと追い出された最巧の魔導師は、部下を引き連れて冒険者クランを始めるようです～

発行　2023年8月25日　初版第一刷発行

著者　しんこせい

イラスト　ろこ

発行者　永田勝治

発行所　株式会社オーバーラップ
〒141-0031
東京都品川区西五反田8-1-5

校正・DTP　株式会社鷗来堂

印刷・製本　大日本印刷株式会社

ISBN　978-4-8240-0583-0 C0093

【オーバーラップ　カスタマーサポート】
電話　03-6219-0850
受付時間　10時～18時（土日祝日をのぞく）

作品のご感想、ファンレターをお待ちしています

あて先：〒141-0031　東京都品川区西五反田8-1-5 五反田光和ビル4階　ライトノベル編集部
「しんこせい」先生係／「ろこ」先生係

スマホ、PCからWEBアンケートにご協力ください

アンケートにご協力いただいた方には、下記スペシャルコンテンツをプレゼントします。
★本書イラストの「無料壁紙」　★毎月10名様に抽選で「図書カード（1000円分）」

公式HPもしくは左記の二次元バーコードまたはURLよりアクセスしてください。
▶ https://over-lap.co.jp/824005830
※スマートフォンとPCからのアクセスにのみ対応しております。
※サイトへのアクセスや登録時に発生する通信費等はご負担ください。

オーバーラップノベルス公式HP ▶ https://over-lap.co.jp/lnv/